HEYNE <

Das Buch

»Joseph E. M. war 1973 im Alter von sechs Jahren zum ersten Mal aufgenommen worden, und eine entsprechende Markierung verriet, dass er sich noch immer in der Obhut der Klinik befand. Die Akte war so dick mit Staub bedeckt, dass ich mir kaum vorstellen konnte, dass jemand sie während der letzten zehn Jahre geöffnet hatte. Doch die klinischen Notizen waren noch immer vorhanden und in überraschend gutem Zustand, ebenso wie das grobkörnige Schwarz-Weiß-Foto eines blonden Jungen, der mit weit aufgerissenen Augen und wilder Miene in die Kamera starrte. Das bloße Betrachten des Bildes flößte mir ein Gefühl der Schutzlosigkeit ein.«

Parker macht es sich zur Aufgabe herauszufinden, was hinter der mysteriösen Krankengeschichte von Joe steckt – gegen den Willen seiner Vorgesetzten. Und gegen eine innere Stimme, die ihn bereits warnt, als er das erste Mal den langen Flur zu Joes abgelegenem Zimmer hinuntergeht. Doch seine Neugierde ist stärker und er kann sich der Faszination, die von Joe ausgeht, nicht entziehen. Ist Joe wirklich so verrückt, wie alle behaupten? Oder steckt etwas ganz anderes hinter seinen Symptomen? Etwas, das so abgründig und dunkel ist, dass es sich jedem menschlichen Verständnis entzieht …

Der Autor

Jasper DeWitt ist das Pseudonym eines Journalisten.
»Der Angstsammler« ist sein erster Roman. Der Autor lebt in L. A.

Jasper DeWitt

DER ANGSTSAMMLER

Aus dem Englischen
von Martin Ruf

WILHELM HEYNE VERLAG
MÜNCHEN

Die Originalausgabe *The Patient* erschien erstmals 2020 bei Houghton Mifflin Harcourt Publishing Company, New York

FSC www.fsc.org
MIX
Papier aus verantwortungsvollen Quellen
FSC® C014496

Penguin Random House Verlagsgruppe FSC® N001967

Deutsche Erstausgabe 10/2021

in der Penguin Random House Verlagsgruppe GmbH,
Neumarkter Str. 28, 81673 München
Redaktion: Sven-Eric Wehmeyer
Printed in Germany
Umschlaggestaltung: Zero Werbeagentur, München,
unter Verwendung eines Motivs von © arcangel/MALCOLM BRICE
Satz: Uhl + Massopust, Aalen
Druck und Bindung: GGP Media GmbH, Pößneck
ISBN: 978-3-453-42465-4

www.heyne.de

Für Roy,
von dem ich lernte, das Beste
in mir zu sehen, statt das Schlechteste
aus der Vorstellung anderer

Das folgende Manuskript wurde in mehreren Einzellieferungen unter dem Titel »Warum ich die Medizin fast aufgegeben hätte« auf MDConfessions.com veröffentlicht, ein inzwischen eingestelltes Webforum für Beschäftigte im Medizinbereich, das seit 2012 offline ist. Einer meiner Freunde, der im Jahr 2011 in Yale seinen Abschluss machte und sich für Medizin interessiert, hat es aus Neugierde archiviert und war so freundlich, es mit mir zu teilen, da er um mein Interesse an angeblich wahren Horrorgeschichten weiß. Der ursprüngliche Autor hat offensichtlich ein Pseudonym benutzt, und alle Versuche, seine wahre Identität oder die anderer Personen in dieser Geschichte herauszufinden, blieben erfolglos, da er anscheinend zahlreiche Einzelheiten, die Hinweise darauf geben könnten, verändert hat, um zu verhindern, dass sie publik werden.

13. März 2008

Ich schreibe dies, weil ich inzwischen nicht mehr weiß, ob ich in ein schreckliches Geheimnis eingeweiht wurde oder selbst wahnsinnig bin. Letzteres wäre für mich als praktizierender Psychiater zweifellos in ethischer wie auch in wirtschaftlicher Hinsicht schlecht. Weil ich jedoch nicht glauben kann, dass ich verrückt bin, poste ich diese Geschichte, denn wahrscheinlich seid ihr die einzigen Menschen, die sich überhaupt vorstellen können, dass sie möglicherweise wahr ist. Für mich ist es eine Frage der Verantwortung gegenüber der Menschheit.

Bevor ich anfange, möchte ich betonen, dass ich hinsichtlich der Namen und Orte, die hier erwähnt werden, gerne präziser gewesen wäre, doch ich muss meinem Job nachgehen und kann es mir nicht leisten, als jemand, der die Geheimnisse seiner Patienten verrät, wie außergewöhnlich der Fall auch sein mag, auf irgendeiner schwarzen Liste im Medizin- oder Psychotherapiebereich zu landen. Dementsprechend sind die Ereignisse, die ich in diesem Bericht beschreibe, allesamt wahr, auch wenn Namen und Orte verändert werden mussten, damit weder meine Karriere noch meine Leser Schaden nehmen.

Folgende Angaben kann ich jedoch gewähren: Meine Geschichte ereignete sich zu Beginn des einundzwanzigsten Jahrhunderts in einer staatlichen psychiatrischen Klinik in den USA. Meine Verlobte Jocelyn, eine überaus gewissenhafte Frau von koboldhafter Intelligenz und strahlender Schönheit, die dank eines Treuhandvermögens im Rücken im Begriff war, sich eine Karriere als Shakespeare-Expertin aufzubauen, steckte damals noch mitten in ihrer Doktorarbeit über die Frauenfiguren in *König Lear*. Diese Doktorarbeit war – neben meinem Wunsch, ihr so nah wie möglich zu sein – der Grund dafür, warum ich mich entschlossen hatte, meine Bewerbungen ausschließlich an Kliniken in Connecticut zu schicken.

Nachdem ich an einigen der angesehensten Universitäten Neuenglands Medizin studiert und im selben Teil des Landes eine gleichermaßen gründliche wie erfolgreiche praktische Ausbildung in meinem Fach absolviert hatte, waren meine Mentoren besonders darauf bedacht, zu erfahren, wie mein nächster beruflicher Schritt aussehen würde. Eine Anstellung in einer kleinen, mit bescheidenen Mitteln ausgestatteten Klinik war etwas für gewöhnliche Sterbliche von irgendeiner Provinzuniversität, aber nichts für Ärzte mit *Lux et Veritas* auf ihren Prüfungsbögen und schon gar nichts für Ärzte, die ihr Studium und ihre klinische Ausbildung mit so guten Bewertungen abgeschlossen hatten.

Für mich selbst jedoch spielte dieser Versuch, anderen stets um eine Nasenlänge voraus zu sein, keine große

Rolle. Weil ich schon als Kind die hässliche Seite des Medizinsystems kennengelernt hatte, nachdem meine Mutter wegen paranoider Schizophrenie in eine psychiatrische Klinik eingeliefert worden war, galt mein Interesse heute weit eher dem Versuch, die auseinandergebrochenen Teile der Medizin wieder zusammenzufügen, als es mir auf einem jener angenehmen Plätze bequem zu machen, die für die höheren Ränge in meinem Fach vorgesehen sind.

Doch selbst für eine Anstellung im allerschlechtesten Krankenhaus musste ich Referenzen vorweisen können, was bedeutete, dass die Vorurteile meiner Ausbilder eine gewisse Rolle bei meiner Wahl spielen würden. Ein besonders griesgrämiger Arzt, an den ich mich wandte, kannte zufällig noch aus der Zeit seines Studiums die medizinische Direktorin der nahe gelegenen staatlichen Klinik. Unter jemandem mit solcher Herkunft und Erfahrung zu arbeiten, würde, so meinte er, wenigstens verhindern, dass ich einige schlechte Gewohnheiten annahm, und vielleicht wären wir ja aufgrund unserer »übertrieben altruistischen Einstellung« imstande, gut miteinander auszukommen. Ich stimmte gerne zu, zum Teil, um die Referenz zu bekommen, zum anderen Teil, weil die Klinik, die mein Professor empfohlen hatte – eine trostlose Einrichtung, die ich hier Connecticut State Asylum (CSA) nennen möchte, um einen Prozess zu vermeiden –, perfekt zu dem passte, was mir vorschwebte: Es war eine der am schlimmsten unterfinanzierten und glücklosesten Institutionen im Gesundheitssystem Connecticuts.

Wenn ich nicht voller Überzeugung die unter Wissenschaftlern gängige Weigerung teilen würde, natürliche Phänomene zu anthropomorphisieren, hätte ich fast den Eindruck haben können, dass bereits die atmosphärischen Bedingungen den Versuch unternahmen, mich auf meiner ersten Fahrt zu meinem Vorstellungsgespräch in der Klinik zu warnen. Jeder, der im Frühling schon einmal eine gewisse Zeit in Neuengland verbracht hat, weiß, dass das Wetter dort ohne jede Vorwarnung drastisch umschlagen kann, denn – Entschuldigung, Forrest Gump – das Klima in Neuengland ist nicht wie eine Schachtel Pralinen, sondern wie eine Schachtel Scheiße. Was immer man auch bekommt, es stinkt.

Aber sogar nach Neuengland-Maßstäben war der Tag schlimm. Der Wind kreischte in den Bäumen und drang mit der Wucht eines angreifenden Stiers zunächst auf mich und dann auf mein Auto ein. Der Regen schlug gegen meine Windschutzscheibe. Die Straße, die trotz meiner Scheibenwischer nur halb sichtbar war, wirkte weniger wie eine Straße als vielmehr wie ein ins Fegefeuer führender Weg aus Holzkohle, an den Seiten begrenzt von stumpfem Gelb und den scheinbar leeren Hüllen anderer Autos, welche von Reisenden gesteuert wurden, die in der nassen, grauen Weite eher Gespenstern als tatsächlich lebenden Menschen glichen. Der Nebel durchtränkte die Luft mit bedrohlich stummen, rankengleichen Schwaden, die sich über die Straße zogen und eine Herausforderung für jeden darstellten, der sich auf diese einsame Landstraße wagte.

Sobald das Schild für meine Abzweigung auftauchte, verließ ich die Hauptstraße und folgte der ersten Nebenstraße, die einem Labyrinth ähnlich verlassener und vom Nebel verschlungener Sträßchen anzugehören schien. Hätte ich mir nicht zuvor eine Reihe vertrauenswürdiger Angaben meines Routenplaners ausgedruckt, hätte ich mich wahrscheinlich stundenlang verirrt bei meinem Versuch, den richtigen Weg unter etlichen sich träge räkelnden Serpentinen zu finden, die den Navigator meines Routenplaners immer wieder zu provozieren und zu verspotten schienen und mich die Hügel hinauf zum Connecticut State Asylum führten.

Doch obwohl bereits die Fahrt unter einem schlechten Stern zu stehen schien, wurde dieser düstere Eindruck noch deutlich durch das übertroffen, was ich empfand, als ich auf den Parkplatz rollte und das weitläufige Gelände des Connecticut State Asylum zum ersten Mal vor mir sah. Wenn ich sagen würde, dass der Ort einen nachhaltigen und unangenehmen Eindruck auf mich machte, so wäre dies die diplomatischste Formulierung, die ich finden kann. Der Gebäudekomplex war gewaltig, was mich angesichts der Unterfinanzierung dieser Einrichtung einigermaßen überraschte, und er strahlte eine unverwechselbare Atmosphäre des Verfalls aus, wie sie nur einer ehemals stolzen Institution eigen ist, die durch Jahre der Vernachlässigung schwer in Mitleidenschaft gezogen wurde. Während ich an einer aufgegebenen und mit Brettern vernagelten Ruine nach der anderen vorbeifuhr, in denen sich einst die verschiedenen Stationen befunden haben mussten – einige bestanden aus fahlem, bröckelndem Backstein, andere aus flechtenbedecktem, von Efeu überwuchertem Sandstein –, konnte ich mir kaum vorstellen, wie jemand einst hier gearbeitet oder gar gelebt haben mochte.

In der Mitte des Klinikgeländes und so mächtig, dass es seine aufgegebenen Brüder geradezu winzig erscheinen ließ, befand sich jenes eine Haus, das trotz der Budgetkürzungen noch in Betrieb war: das Hauptgebäude der Klinik. Trotz seiner vergleichsweise funktionalen Form wirkte dieser monströse Klotz aus rotem Backstein, als hätte man mit seiner Errichtung alle möglichen Ziele verfolgt, nur jenes eine nicht, das darin bestand, die Schatten zu vertreiben, die Denken und Empfinden der Patienten heimsuchten. Seine hoch aufragende Gestalt, die von strengen rechten Winkeln beherrscht wurde und deren Fenster nichts weiter als vergitterte rechtwinklige Löcher waren, schien die Verzweiflung nur noch zu vergrößern und alles in einen zusätzlichen Schatten tauchen zu wollen. Sogar die massive weiße Freitreppe, die zu den Eingangstüren führte – die einzige Verzierung, die man dem Gebäude zugestanden hatte – sah eher aus wie etwas, das man weniger bemalt, sondern vielmehr mit Bleichmitteln behandelt hatte. Als ich die Treppe anstarrte, hatte ich ungewollt den Eindruck, als triebe mir ein letzter Hauch von Desinfektionsmitteln in die Nase. Nie zuvor hatte ich ein Gebäude gesehen, das so sehr die unerbittlichen und wenig einladenden Konturen willkürlich erzwungener geistiger Gesundheit zu verkörpern schien.

Paradoxerweise war das Innere des Gebäudes bemerkenswert sauber und gepflegt, wenn auch farblos und karg. Eine gelangweilt aussehende Frau am Empfang beschrieb mir den Weg zum Büro der medizinischen Direktorin im obersten Stock. Wie zu erwarten, summte der Aufzug ein paar Augenblicke leise, bevor er plötzlich und unerwartet mit einem Ruck im zweiten Obergeschoss anhielt. Ich wappnete mich gegenüber einem zweiten Fahrgast, während sich die Aufzugtür langsam öffnete. Doch davor wartete nicht nur eine einzige Person. Vielmehr waren es drei Krankenschwestern, die um eine Rolltrage standen, auf der ein Mann lag. Doch obwohl er auf der Trage fixiert war, begriff ich sofort, dass es sich nicht um einen Patienten handelte. Er trug die Uniform eines Pflegers. Und er *schrie*.

»Lasst – mich – los!«, brüllte der Mann. »Ich war noch nicht fertig mit ihm!«

Ohne auf ihn einzugehen, schoben zwei der Schwestern die Rolltrage in den Aufzug, während die dritte – eine ältere Frau, die ihr dunkles Haar zu einem lächerlich straffen Knoten gebunden hatte – ihm folgte. Sie schnalzte mit der Zunge, als auch sie den Knopf zum dritten Stock drückte.

»Ich bitte dich, Graham«, sagte sie mit einer Stimme, in der ich einen schwachen, singenden Akzent hörte, den ich als irischen identifizierte, »das ist schon das dritte Mal in diesem Monat. Wir haben dir doch gesagt, dass du nicht in dieses Zimmer gehen sollst.«

Angesichts des Wortwechsels hatte ich naiverweise

den Eindruck, dass die Klinik mein Wissen und meine Fürsorge unbedingt nötig hatte. Deshalb überraschte es mich auch nicht, dass mir die Stelle sofort angeboten wurde, obwohl ich während des Bewerbungsgesprächs eine ungewöhnlich rigorose Befragung durch Dr. G., die medizinische Direktorin der Einrichtung, hinter mich bringen musste.

Es dürfte wohl kaum überraschend sein, dass die Arbeit in einer psychiatrischen Klinik, besonders in einer mit viel zu wenig Personal, zugleich faszinierend und trostlos ist. Wir hatten zumeist ambulante Patienten und solche, die nur für kurze Zeit aufgenommen wurden, und die Fälle reichten von Alkohol- und Drogenmissbrauch oder -abhängigkeit bis hin zu affektiven Störungen, besonders Depressionen und Beschwerden, die mit einer Angstproblematik verknüpften waren, sowie Schizophrenie und Psychosen; wir hatten sogar eine kleine Gruppe von Patienten mit Essstörungen. Als staatliche Einrichtung waren wir verpflichtet, jedem zu helfen, der zu uns kam, und oft hatten unsere Patienten eine Odyssee durch das System hinter sich, weshalb sie sowohl mit ihren Nerven als auch mit ihren finanziellen Mitteln am Ende waren. Aufgrund der politischen und wirtschaftlichen Verhältnisse im Gesundheitssystem hatten wir nur eine einzelne kleine Station für Langzeitpatienten. Die meisten Versicherungen bezahlen eine länger andauernde Versorgung nicht, weshalb es sich bei den dort befindlichen Personen um Privatpatienten oder Männer und Frauen unter staatlicher Vormundschaft handelte.

Auf unseren Stationen begegnete man Menschen, deren Sicht auf die Welt auf düstere Weise komisch gewirkt hätte, wäre sie nicht mit so furchtbar viel Leid verbunden gewesen. So wollte mich einer meiner Patienten zum Beispiel unbedingt davon überzeugen, dass eine Verbindung von Studienanfängern an einer Eliteuniversität eine Art riesiges, menschenfressendes Ungeheuer mit unaussprechlichem Namen im Keller eines lokalen Restaurants gefangen hielt und es diese Studentenverbindung war, die seine Geliebte an das Monster verfüttert hatte. In Wahrheit hatte der Mann während eines psychotischen Schubs seine Geliebte umgebracht. Hingegen war ein anderer Patient davon überzeugt, dass sich eine Zeichentrickfigur in ihn verliebt hätte, während er in Wahrheit für eine kurzzeitige Aufnahme zu uns kam, weil er die Künstlerin belästigt hatte. Während meiner ersten Monate musste ich auf schmerzhafte Weise lernen, dass man jemanden, der unter Wahnvorstellungen leidet, nicht auf den wirklichen Sachverhalt hinweist. Es nützt nichts, und der Betreffende wird nur wütend.

Dann waren da noch die drei, vier älteren Herren, von denen sich jeder für Jesus hielt, was dazu führte, dass sie sich jedes Mal gegenseitig anschrien, wenn sie gleichzeitig in einem Zimmer waren. Einer von ihnen war ein ausgebildeter Theologe und hatte als Professor in einem kirchlichen Seminar gearbeitet. Er pflegte den anderen wahllos Zitate von Thomas von Aquin an den Kopf zu werfen, als verleihe dies seinem Anspruch auf den Titel des Erlösers eine größere Berechtigung. Auch dies hätte komisch wirken können, wäre man nicht auf so deprimierend hoffnungslose Weise Zeuge ihrer Lage gewesen.

Doch auch in einer solchen Umgebung gibt es in jeder Klinik wenigstens einen Menschen, der sogar für die Verhältnisse auf einer psychiatrischen Station aus dem Rahmen fällt. Ich meine damit jene Art von Patient, den sogar die Ärzte aufgegeben haben und um den jeder einen weiten Bogen macht, unabhängig davon, über wie viel Erfahrung der betreffende Mitarbeiter auch verfügen mag. Diese Art von Patient ist zweifellos wahnsinnig, aber niemand weiß, wie er es geworden ist. Man weiß allerdings, dass es *einen selbst* wahnsinnig machen würde, sollte man versuchen, es herauszufinden.

Unser Patient war besonders bizarr. Zunächst einmal war er als kleines Kind in die Klinik gebracht worden und hatte es trotz der Tatsache, dass es nie jemandem gelungen war, ihn zu diagnostizieren, irgendwie geschafft, mehr als zwanzig Jahre lang dort zu bleiben. Er hatte einen Namen, aber man sagte mir, dass sich niemand in der Klinik daran erinnerte, denn sein Fall galt als so außerordentlich schwierig, dass sich niemand mehr die Mühe machte, seine Krankenakte zu lesen. Wenn die Leute über ihn sprachen, nannten sie ihn einfach »Joe«.

Ich sage *über* ihn sprachen, denn niemand sprach *mit* ihm. Joe kam nie aus seinem Zimmer, nahm an keiner Gruppentherapie teil, hatte keine Einzeltherapie bei einem Mitarbeiter der Psychiatrie oder einem anderen Therapeuten, und es wurde so ziemlich jedem nahegelegt, sich von ihm fernzuhalten, Punkt. Offensichtlich führte jeder menschliche Kontakt dazu, dass sich sein Zustand verschlechterte – und das sogar dann, wenn dieser Kontakt von einem erfahrenen Mitglied des Klinikpersonals hergestellt wurde. Die einzigen Menschen, die ihn regelmäßig sahen, waren die Pfleger, die seine Bettwäsche wechselten und die Tabletts mit den Mahlzeiten zu ihm bringen und wieder abholen mussten, sowie die Schwester, die dafür sorgte, dass er seine Medikamente einnahm. Diese Besuche verliefen üblicherweise in unheimlichem Schweigen und endeten immer damit, dass die beteiligten Mitarbeiter so aussahen, als würden sie gerne einen Schnapsladen leertrinken, sofern man sie nur ließe. Später erfuhr ich, dass Graham, der Pfleger, den ich auf der Trage festgeschnallt gesehen hatte, als ich zu meinem Vorstellungsgespräch in der Klinik war, an jenem Tag gerade aus Joes Zimmer kam.

Als fest angestellter Psychiater hatte ich Zugang zu seinem Krankenblatt und den Unterlagen über die ihm verschriebenen Medikamente, in denen ich jedoch nur wenige Informationen fand. Die Aufzeichnungen waren auffällig dünn, schienen nur Angaben über das zurückliegende Jahr zu umfassen und ausschließlich die regelmäßige Abgabe von milden Antidepressiva und Beruhigungsmitteln zu betreffen. Am ungewöhnlichsten war, dass auf dem Krankenblatt, das ich einsehen durfte, der vollständige Name fehlte und nur der knappe Spitzname »Joe« verriet, auf wen sich diese Aufzeichnungen bezogen.

Weil ich ein junger, ehrgeiziger Arzt mit einem Überschuss an guten Zeugnissen und einem Mangel an Bescheidenheit war, faszinierte mich dieser geheimnisvolle Patient, und kaum dass ich von seiner Existenz erfahren hatte, beschloss ich, dass ich es sein würde, der ihn zu heilen verstand. Zunächst sprach ich über diese Vorstellung nur wie über einen halbherzigen, bloß nebenbei geäußerten Witz, und alle, die davon hörten, taten meine Einstellung als drolligen jugendlichen Enthusiasmus ab.

Es gab jedoch eine Schwester, mit der ich ernsthaft über meinen Wunsch sprach; es war dieselbe, die ich gesehen hatte, als sie sich um Graham den Pfleger kümmerte. Aus Respekt vor ihr und ihrer Familie werde ich sie »Nessie« nennen, und sie ist es auch, mit der meine eigentliche Geschichte beginnt.

Zunächst sollte ich ein paar Dinge über Nessie erzählen und darüber, warum ich gerade ihr meinen Plan anvertraute. Seit sie aus Irland hergekommen war und in den Siebzigerjahren ihre Schwesternausbildung beendet hatte, arbeitete sie in der Klinik. Offiziell hatte sie die Pflegedienstleitung inne und wäre lediglich verpflichtet gewesen, tagsüber zu arbeiten, doch sie schien immer verfügbar zu sein, weshalb man den Eindruck gewinnen konnte, sie lebe im Gebäude.

Nessie erleichterte mir und den anderen Ärzten und Therapeuten die Arbeit ungemein, denn sie führte ein strenges Regiment, und das betraf nicht nur die Schwestern, sondern auch Pfleger und Aufseher. Nessie schien zu wissen, wie man so gut wie jedes Problem lösen konnte. Wenn ein tobender Patient beruhigt werden musste, war Nessie zur Stelle, das ergrauende dunkle Haar zu einem strengen Knoten gebunden, während ihre scharfen grünen Augen in ihrem wie verhärmt wirkenden Gesicht funkelten. Wenn ein Patient seine Medizin nicht nehmen wollte, gelang es Nessie, ihn doch noch zu überreden. Wenn ein Mitarbeiter ohne ersichtlichen Grund nicht erschien, war Nessie immer bereit, ihn zu decken. Ich bin mir sicher, wenn die gesamte Klinikanlage niedergebrannt wäre, hätte Nessie dem Architekten erklärt, was zu tun war, damit sie wieder genauso errichtet werden würde wie früher. Mit anderen Worten: Wenn man wissen wollte, wie die Dinge funktionierten oder man irgendeinen Rat brauchte, sprach man mit Nessie. Das allein hätte schon genügt, mit ihr über meine eher naiven Ambitionen zu sprechen, doch neben allem, was ich soeben erzählt habe, gab es noch einen anderen Grund – und der bestand darin, dass Nessie diejenige Schwester war, der man die Aufgabe übertragen hatte, sich um die Medikation von Joe zu kümmern, weshalb sie zu den wenigen Menschen gehörte, die einigermaßen regelmäßig Kontakt zu ihm unterhielten.

Ich erinnere mich noch genau an die Unterhaltung. Nessie saß in der Klinikcafeteria und hielt einen Pappbecher Kaffee in ihren überraschend kräftigen Händen. Ich konnte sehen, dass sie guter Laune war, denn sie hatte ihr Haar gelöst; Nessie schien es sich nämlich zur Regel gemacht zu haben, dass sie ihr Haar umso straffer band, je angespannter sie innerlich war. Wenn sie es jetzt also gelöst trug, bedeutete dies, dass ich sie niemals entspannter erleben würde.

Ich holte mir meinerseits einen Becher Kaffee und setzte mich ihr gegenüber.

Als sie mich sah, erschien in ihrem Gesicht ein für ihre Verhältnisse seltenes, unverstelltes Lächeln, und sie neigte grüßend den Kopf.

»Hallo, Parker. Na, wie geht es unserem Wunderknaben?«, fragte sie, wobei ihre Stimme wie immer jenen leicht singenden irischen Akzent aufwies, der sie sympathisch wirken ließ. Ich erwiderte ihr Lächeln.

»Anscheinend suizidal.«

»Um Himmels willen«, sagte sie mit gespielter Besorgnis. »Soll ich Ihnen vielleicht ein paar Antidepressiva holen?«

»Nein, nein, nichts dergleichen«, erwiderte ich lachend. »Wenn ich ›suizidal‹ sage, soll das heißen, dass ich darüber nachdenke, etwas zu tun, das jeder andere wahrscheinlich für sehr dumm halten wird.«

»Und weil es dumm ist, wenden Sie sich an die älteste Närrin der ganzen Station. Ich verstehe.«

»Das habe ich nicht gemeint!«

»Natürlich nicht, mein Junge. Machen Sie sich nicht in die Hose«, sagte sie und vollführte eine beruhigende Geste. »Was ist denn diese halsbrecherische Aktion, die Sie im Kopf haben?«

Ich beugte mich verschwörerisch vor und gestattete mir eine dramatische Pause, bevor ich ihre Frage beantwortete. »Ich möchte versuchen, Joe zu therapieren.«

Nessie, die sich ebenfalls vorgebeugt hatte, um zu hören, was ich sagte, lehnte sich so plötzlich und so heftig zurück, dass man meinen konnte, etwas hätte sie gestochen. Ein lautes Platschen erklang, als ihr Kaffeebecher auf dem Boden aufschlug.

»Jesus«, hauchte sie, und jetzt war ihr irischer Akzent unüberhörbar. »Machen Sie bloß keine Witze darüber, Sie vorwitziger Grünschnabel. Hat Ihre Mutter Ihnen nie beigebracht, dass man alte Damen nicht erschrecken soll?«

»Ich mache keine Witze, Nessie. Ich habe wirklich vor – «

»Doch, das alles ist ein verdammter Scherz, und es sollte auch nie etwas anderes sein.« Ihre grünen Augen waren jetzt purpurgrau vor Zorn, doch als ich sie ansah, konnte ich irgendwie spüren, dass ihre Wut nicht mir galt. Sie sah aus wie eine Bärin, die gerade ihr Junges in Sicherheit gebracht hatte. Sanft legte ich meine Hand auf ihren Arm.

»Es tut mir leid, Nessie. Ich wollte Ihnen keine Angst einjagen.«

Ihr Blick wurde milder, doch ihr Gesichtsausdruck war noch immer angespannt. Jetzt sah sie wirklich verhärmt aus. Sie legte ihre Hand auf meine. »Es ist nicht Ihre Schuld, mein Junge«, sagte sie, und je mehr ihr Schreck nachließ, umso mehr verschwand ihr Akzent. »Aber Sie haben keine verdammte Ahnung, wovon Sie sprechen, und es ist das Beste für Sie, wenn Sie es niemals herausfinden.«

»Warum?«, fragte ich leise. »Was stimmt nicht mit ihm?« Und weil ich wusste, dass sie möglicherweise nicht antworten würde, fügte ich hinzu: »Nessie, Sie wissen, dass mir manchmal mehr durch den Kopf spukt, als mir guttut. Aber ich mag keine Rätsel, die ich nicht lösen kann.«

»Das ist nicht meine Schuld«, sagte sie kühl, und ihr Blick wurde wieder hart. »Aber sei's drum. Ich werde Ihnen den Grund verraten. Jedes Mal, wenn ich Medikamente in sein … Zimmer bringe, frage ich mich, ob es nicht besser wäre, mich irgendwo in dieser Klinik einzuschließen, nur um dergleichen nie wieder tun zu müssen. Ich kann kaum schlafen wegen der Albträume, die ich manchmal bekomme. Und deshalb, Parker, sollten Sie mich beim Wort nehmen und sich von ihm fernhalten, wenn Sie wirklich solch ein gewitzter Junge sind, wie Sie selbst glauben. Sonst könnten Sie irgendwann hier drin enden wie er. Und das will wirklich niemand von uns.«

Ich wünschte, ich könnte behaupten, ihre Worte seien nicht umsonst gewesen, aber in Wahrheit stachelten sie meine Neugierde nur noch mehr an. Davon abgesehen genügt es wohl, wenn ich sage, dass es das letzte Mal war, dass ich meinen Ehrgeiz, den geheimnisvollen Patienten zu heilen, offen gegenüber einem Mitarbeiter erwähnte. Genau genommen hatte ich jetzt sogar einen noch besseren Grund für diese Ambitionen: Wenn es mir gelang, ihn zu heilen, würden Nessie und alle, die mit ihm zu tun hatten, das verlieren, was sich nach der größten

Quelle für alle Schwierigkeiten in ihrem Leben anhörte. Deshalb musste ich seine Krankenakte finden und herausfinden, ob ich eine Diagnose würde stellen können.

Sie fragen sich jetzt vielleicht, warum ich nicht einfach meiner Vorgesetzten Fragen über den Patienten gestellt, sondern schließlich zu einer List gegriffen habe, um an die Unterlagen zu gelangen. Die Arbeit in der Klinik war so organisiert, dass ich Dr. G., die medizinische Direktorin, die mich eingestellt hatte, nur selten zu Gesicht bekam. Mein unmittelbarer Vorgesetzter bei der täglichen Arbeit war ein Mann namens Dr. P., und unglücklicherweise wusste ich schon nach unserer ersten Begegnung, dass wir schnell aneinandergeraten würden. Er war ein abgespannt aussehender Bär von einem Mann mit einer fassartigen Brust, rasiertem Schädel und einem so wild wuchernden Bart, dass darin die Kadaver mehrerer kleiner Tiere hätten versteckt sein können. Seine gelangweilten Schweinsäuglein strömten durch ihre schmalen Schlitze eine so hartnäckige Verdrießlichkeit aus, dass, wie mir schien, wohl nicht einmal ein Lottogewinn ihn glücklich gemacht hätte. Gleich zu Anfang schikanierte er mich, doch ich fand schnell heraus, dass er nur sein Gewicht in die Waagschale warf, um klarzustellen, dass er es war, der im Haus die älteren Rechte hatte. Später fand ich heraus, dass er in Wahrheit faul und seiner Arbeit kaum gewachsen war – seine Standardbehandlung gegenüber allen Patienten bestand darin, sie so sehr mit Medikamenten vollzupumpen, bis sie völlig abgestumpft waren –, was mir bei meiner Arbeit große Freiheiten ließ. Glücklicherweise stellte er sich unser Verhältnis so vor, dass ich möglichst wenig mit ihm sprach, ganz zu schweigen davon, dass ich Rat und Führung bei ihm gesucht hätte, und ich ihm keinen Grund lieferte, dass ein anderer Mitarbeiter mit ihm über mich hätte reden müssen. Tatsächlich nahm er kaum an den vorgesehenen Teambesprechungen teil, jenen kurzen Informationssitzungen, die fast täglich stattfanden und bei denen sich alle Beteiligten über die Behandlungspläne der einzelnen Patienten austauschten. Ich sah ihn nicht einmal häufig außerhalb seines Büros, wohin er sich oft mürrisch und unsicher zurückzog.

Doch zurück zu meiner Jagd nach Joes Krankenakte. Um Zugang zu den Unterlagen eines Patienten zu bekommen, der vor dem Jahr 2000 eingeliefert worden war, musste ich einen der für das Archiv zuständigen Angestellten bitten, die – ausschließlich in Papierform existierenden – Aufzeichnungen herauszusuchen, wozu er den Nachnamen des Patienten brauchen würde. Das lag daran, dass die Klinik vor dem Jahr 2000 außer den Namen und den Aufnahmedaten noch nichts digitalisiert hatte. Eine Suche mithilfe des Vornamens oder des Aufnahmedatums wäre zwar theoretisch möglich gewesen, doch man hatte mir gesagt, ich solle darauf verzichten, darum zu bitten, es sei denn, ich wolle, dass der betreffende Mitarbeiter mich umbringe.

Schließlich fand ich die Lösung durch einen Zufall. Es gelang mir in einem jener seltenen Momente, in denen Nessie ihren Medikations- und Dienstplan offen liegen ließ, einen Blick darauf zu werfen; üblicherweise behielt sie ihn eifersüchtig im Auge. Zu meiner gewaltigen Erleichterung war dies anscheinend das einzige Dokument, auf dem Joes vollständiger Name eingetragen war: Joseph E. M.

Um der klatschsüchtigen Mitarbeiterin aus dem Weg zu gehen, die unter der Woche für das Archiv zuständig war und stets schnippisch reagierte, wenn ich berechtigterweise einen Blick in die Akten werfen musste, ging ich an einem Wochenende ins Archiv, als Jerry, ein Alkoholiker, der nur mit Mühe seinen Pflichten nachkommen konnte, dort Dienst tat. Er ließ mich eintreten, erklärte mir, wohin ich gehen müsse, und ermahnte mich mit verwaschener Stimme, ich solle »die besch… Akten« unbedingt an ihren Platz zurückstellen, sobald ich fertig sei, woraufhin er sich wieder auf seinen Stuhl fallen ließ.

Und dann hatte ich es. Joseph E. M. war 1973 im Alter von sechs Jahren zum ersten Mal aufgenommen worden, und eine entsprechende Markierung verriet, dass er sich noch immer in der Obhut der Klinik befand. Die Akte war so dick mit Staub bedeckt, dass ich mir kaum vorstellen konnte, dass jemand sie während der letzten zehn Jahre geöffnet hatte, und sie war zum Bersten umfangreich.

Doch die klinischen Notizen waren noch immer vorhanden und in überraschend gutem Zustand, ebenso wie das grobkörnige Schwarz-Weiß-Foto eines blonden Jungen, der mit weit aufgerissenen Augen und wilder

Miene in die Kamera starrte. Das bloße Betrachten des Bildes flößte mir ein Gefühl der Schutzlosigkeit ein. Ich wandte meinen Blick ab, konzentrierte mich auf die klinischen Notizen und begann, diese zu überfliegen.

Beim Lesen der Berichte fiel mir auf, dass die Aussage, Joe sei nie diagnostiziert worden, nicht ganz der Wahrheit entsprach. Es war keineswegs so, dass es keine Diagnose gegeben hätte – es gab sogar jede Menge davon. Joes Symptome jedoch schienen sich auf unvorhersehbare Weise immer wieder zu verändern. Das Überraschendste war, dass man Joe zu einem frühen Zeitpunkt seiner Existenz innerhalb unseres Gesundheitssystems schon einmal entlassen hatte, nachdem er nur achtundvierzig Stunden lang in der Klinik gewesen war. Hier die vollständigen Notizen seines damaligen Arztes.

5. Juni 1973

Patient Joseph M. ist ein sechs Jahre alter Junge, der unter akuten nächtlichen Ängsten leidet, zu denen lebhafte Halluzinationen einer Kreatur gehören, die in den Wänden seines Zimmers haust und nachts herauskommt, um ihn zu erschrecken. Josephs Eltern haben ihn nach einem besonders heftigen Anfall, bei dem sich Joe an den Armen signifikante Quetschungen und

Abschürfungen zugezogen hatte, in die Klinik gebracht. Der Patient behauptet, diese stammten von den Klauen der Kreatur. Könnte auf die Neigung hinweisen, sich selbst zu verletzen. Verschrieben: 50 mg Trazodon, zusammen mit einer grundlegenden Therapie.

6. Juni 1973

Der Patient war in der Therapiesitzung kooperativ. Er leidet unter akuter Entomophobie und möglicherweise audiovisuellen Halluzinationen. Letzte Nacht litt er keine Schlafstörungen, erklärte aber, dies liege nur daran, »dass das Monster nicht hier wohnt«. Als dem Patienten gegenüber die Möglichkeit erwähnt wurde, dass das Monster nur ein Teil seiner selbst sein könne, reagierte er sehr aufgeschlossen, was auf nichts Ernsteres als normale Kindheitsängste zu deuten scheint. Habe den Eltern vorgeschlagen, dass wir den Patienten für weitere 24 Stunden zur Beobachtung bei uns behalten und gegebenenfalls eine Therapie mit leichten Antipsychotika in die Wege leiten sollten, wenn es zu weiteren Hinweisen auf Halluzinationen käme. Sie waren einverstanden.

Fast hätte ich gelacht. Es schien lächerlich, dass eine so knappe Folge von Einträgen das Vorspiel zu Jahrzehnten voller Grauen werden sollte. Trotzdem las ich zügig weiter. Die Notizen ließen erkennen, dass Joe anscheinend nach jenen weiteren vierundzwanzig Stunden wie angekündigt entlassen worden war. Darüber hinaus gab es einen Hinweis auf eine Tonaufnahme von Joes damaliger Therapiesitzung, deren Archivnummer ich sorgfältig in das Notizbuch eintrug, das ich mitgebracht hatte.

Doch der Optimismus der Ärzte während Joes erstem Aufenthalt war offensichtlich unangebracht gewesen, denn schon am nächsten Tag war Joe wieder zurück, und diesmal litt er unter einer Reihe weitaus heftigerer Störungen. Und danach wurde er nie wieder entlassen. Hier folgen die Notizen von jener zweiten Aufnahme in die Klinik.

8. Juni 1973

Patient Joseph M. ist ein sechs Jahre alter Junge, der bereits zuvor wegen nächtlicher Ängste aufgenommen worden war. Sedativa und eine rudimentäre Verhaltenstherapie waren verschrieben worden. Seither hat sich der Zustand des Patienten dramatisch verändert. Er zeigt nicht länger Anzeichen von Entomophobie oder möglichen Halluzinationen. Stattdessen scheint der Patient in einen präverbalen Zustand regrediert zu sein. Zusätzlich zeigt er eine ausgeprägte Neigung zu Gewalt und Sadismus. Der Patient hat mehrere Klinikmitarbeiter angegriffen und musste fixiert werden. Trotz seines relativ geringen Alters scheint der Patient intuitiv zu wissen, welche Teile des menschlichen Körpers besonders verletzlich und schmerzempfindlich sind. Möglicherweise trifft dies sogar konkret in Bezug auf einzelne Personen zu. So trat der Patient eine ältere Schwester gegen das Schienbein, an dem sie erst kürzlich operiert worden war. Die Schwester musste in einem Rollstuhl weggefahren werden.

Der Patient ist nicht mehr kooperativ, was eine Therapie betrifft. Statt zu sprechen, äußert er Klick- und Reibelaute und ist nicht mehr in der Lage, sich auf zwei Beinen fortzubewegen. Er ist nach wie vor gewalttätig und musste fixiert und fortgeschafft werden, nachdem er versucht hatte, Dr. A. anzugreifen.

9. Juni 1973

Der Zustand des Patienten hat sich erneut verändert. Als Schwester Ashley N. zu dem Patienten sagte, er sei »ein böser Junge, weil er so oft nach anderen trete und sie schlage«, begann der Patient plötzlich, sie zu beschimpfen. Diese Beschimpfungen hielten an, wobei er Ms. N. eine »langnasige Christusmörderin« nannte, sowie eine »dämliche »J…schlampe«, und so weiter. Ms. N. war zutiefst erschüttert und bat in der Folge um eine vorübergehende Beurlaubung, als deren Grund sie traumatische Erinnerungen angab, die durch die Beleidigungen des Patienten aufs Neue wachgerufen worden seien.

Die gezielte körperliche Gewalt des Patienten, seine Beleidigungen und sein antisoziales Auftreten deuten in ihrer Gesamtheit auf eine Form antisozialer Persönlichkeitsstörung hin und sind, gemessen an dem üblichen Verhalten von Kindern seines Alters, viel zu komplex. Das Vorhandensein gewisser spezifischer Kenntnisse des Patienten ist bisher nicht zu erklären.

10. Juni 1973

Der Zustand des Patienten verschlechtert sich immer weiter. Als er zu einer Untersuchung gebracht wurde, bemühte er sich nicht im Geringsten um irgendeine Form der Mitarbeit. Den Psychotherapeuten bezeichnete er unter anderem als »wertlosen, besch… Trinker«, als »geschlechtslosen, kalten Fisch« und »blöde Nervensäge Tommy«. All diese Beleidigungen entsprechen den persönlichen Angriffen, die der Psychotherapeut zuvor bereits erlebt hatte, wenn sich der Patient in großer mentaler Bedrängnis befand. Der Patient wurde gefragt, warum er genau diese Beleidigungen äußerte. Der Patient verweigerte eine Antwort. Der Patient wurde gefragt, ob irgendjemand ihn selbst schon einmal so genannt hatte. Der Patient verweigerte eine Antwort. Der Patient wurde gefragt, warum er sich dafür entschieden hatte, andere auf diese Weise verbal anzugreifen. Der Patient sagte, er müsse das tun, denn er sei »ein böser kleiner Junge«. Der Patient wurde gefragt, ob er aufhören könne, ein böser kleiner Junge zu sein. Der Patient fragte daraufhin seinerseits, was *ich* darüber denke. Ich fragte den Patienten, was er davon hielte. Der Patient verweigerte eine Antwort. Daraufhin wurde der Patient aus der Therapie entlassen. Persönlich möchte ich anmerken, dass diese eine Therapiesitzung mit diesem Jungen mich mehr als jedes andere Erlebnis in Versuchung geführt hat, meine seit zwanzig Jahren eingehaltene Verpflichtung gegenüber den Anonymen Alkoholikern zu brechen. Angesichts dieser Umstände möchte ich darum bitten, dass ein anderer Psychiater den Fall übernimmt.

Das war der letzte Eintrag zu Joes Behandlung. Offensichtlich genügte diese eine Sitzung bereits, dass der Autor der Aufzeichnungen angewidert aufgab. Ich schüttelte den Kopf. Sogar ein unterbesetztes Krankenhaus sollte mehr Einsatz zeigen. In der Tat gab es nur noch einen einzigen weiteren Eintrag. In einer knappen Notiz ordnete der damalige medizinische Direktor an, dass Joe von den übrigen Patienten zu isolieren sei. Und dann, in den vier folgenden Jahren – nichts.

15. März 2008

Puh. Ich hätte nicht erwartet, dass mein erster Post so viel Aufmerksamkeit finden würde. Eigentlich habe ich damit gerechnet, dass jeder da draußen glaubt, ich übertreibe. Sicher, ein paar fanden das tatsächlich (ich höre Sie, DrHouse1982), doch dass die allgemeine Reaktion bisher so positiv ausfiel, hat mich wirklich vollkommen überrascht.

Außerdem habe ich unterschätzt, wie schwierig es sein würde, all diese Dinge niederzuschreiben, obwohl es einigermaßen beruhigend ist, dass die meisten von euch dort draußen offensichtlich bereit sind, mir zu glauben, und bereits darüber spekulieren, was wohl hinter allem stecken mag. Ich habe die Kommentare gelesen, und obwohl ich sagen muss, dass keinem von euch auch nur ansatzweise klar ist, wie durchgeknallt dieser Patient tatsächlich war – immerhin habe ich den Löwenteil der Geschichte noch gar nicht erzählt –, ist es schön zu sehen, dass es Menschen gibt, die solch eine Geschichte ernst nehmen. Also gibt es vielleicht doch noch Hoffnung.

Aber wie auch immer, wo war ich? Genau, Joes Krankenakte und die Tatsache, dass vier Jahre lang nichts weiter darin erschien.

Im Jahr 1977 wurde die Akte wieder aufgenommen. Diesmal waren einzelne Abschnitte der Einträge bearbeitet, und ganz zu Anfang stand der Hinweis, man solle sich mit Dr. G. in Verbindung setzen, um die unbearbeitete Akte einzusehen. Anscheinend zwangen finanzielle Kürzungen die Klinik inzwischen dazu, einzelne Zimmer doppelt zu belegen. In diesem Zusammenhang forderte eine Anweisung des neuen medizinischen Direktors Dr. A. die Mitarbeiter auf, nach jemandem Ausschau zu halten, der mit Joe das Zimmer teilen könne und dabei Joes Verfassung aller Voraussicht nach nicht verschlechtern würde – worin genau diese auch immer bestehen mochte.

Offensichtlich gelang das den Mitarbeitern nicht.

Der nächste Eintrag, der irgendeinen verwertbaren Inhalt hatte, stammte ebenfalls von Dr. A. und war an die Ärztin Dr. G. gerichtet, die, wie ich natürlich wusste, die gegenwärtige medizinische Direktorin war. Er lautete folgendermaßen:

14. Dezember 1977

Ich weiß nicht, wessen Idee es war, Philip A. in Joes Zimmer zu verlegen, aber wer auch immer dafür verantwortlich ist, ich will, dass er gefeuert wird. Einen erwachsenen Menschen, der ein ernsthaftes Problem damit hat, seine Wutanfälle unter Kontrolle zu halten, mit einem Jungen zusammenzubringen, der einen so mächtigen Drang verspürt, bei anderen Menschen die entsprechenden Knöpfe zu drücken, konnte offensichtlich keine guten Folgen haben. Deshalb gibt es jetzt mindestens einen Patienten, dessen Familie die Klinik verklagen könnte, sollte sie jemals erfahren, was ihr Sohn durchgemacht hat. Ich vermute, Sie haben bereits gehört, dass Philip sediert werden musste, damit er seine Ankündigung, er werde »dieses besch… kleine Monster umbringen« nicht wahrmachen konnte. Ich weiß nicht, welchen Einfluss das alles auf Joes Zustand hat, aber ich vermute, keinen guten.

Wie es aussah, war Joe wegen eines gebrochenen Arms, mehrerer Rippenprellungen, einer Gehirnerschütterung und einer Schädelfraktur in eine normale Klinik überführt worden.

Nach diesem ersten Fehlschlag deuteten die Unterlagen an, dass Joe bei seiner Rückkehr mit jemandem zusammengelegt wurde, dessen Alter eher dem seinen entsprach. Es handelte sich dabei um einen achtjährigen Jungen, bei dem es aufgrund seines schweren Autismus zu Komplikationen gekommen war. Doch das zeitigte anscheinend noch weitaus schlimmere Folgen.

16. Dezember 1977

Unsere Versicherung wird nicht gerade glücklich darüber sein, wenn es zu weiteren Zwischenfällen wie dem mit Will A. kommt. Ich vermute, die einzige gute Nachricht dürfte in diesem Zusammenhang sein, dass die Autopsie keine Hinweise darauf erkennen lässt, dass irgendetwas nicht mit rechten Dingen zugegangen sein soll. Vermutlich haben sich Joes gewalttätige Tendenzen etwas gemildert. Aber auch dann, wenn die Autopsie aller Voraussicht nach zum Ergebnis führen wird, dass keinen von uns irgendeine Schuld trifft, mache ich mir Sorgen darüber, dass ein guter Anwalt sie vor Gericht auseinandernehmen könnte. Wann ist zum letzten Mal ein achtjähriger Junge an Herzversagen gestorben? Überprüfen Sie das zusammen mit der Schwester und beten Sie, dass wir Will keine zu hohe Dosis irgendeines Medikaments gegeben haben.

Joes nächster Zimmergenosse war ein sechsjähriger Junge, der nach sexuellem Missbrauch durch seinen Vater aufgrund eines posttraumatischen Stresssyndroms von uns aufgenommen wurde. Eine Anweisung bezüglich dieser neuen Belegung forderte Pfleger und Schwestern auf, regelmäßig nach den beiden zu sehen, denn der Junge neigte zu Gewaltausbrüchen. Schließlich stellte es sich jedoch heraus, dass *er* es war, der von dieser Schutzmaßnahme profitierte.

18. Dezember 1977

Patient Nathan I. wurde zu Patient Joseph M. verlegt, um mit diesem das Zimmer zu teilen. Punkt zehn Uhr abends wurde das Zimmer von Nathan und Joe verschlossen, und die Lichter wurden gelöscht. Um 1:34 Uhr war zu hören, wie Nathan schluchzte und schrie. Um 1:36 Uhr betrat Pfleger Byron R. das Zimmer und fand Joe auf Nathan sitzend vor, im Begriff, ihn sexuell zu missbrauchen. Patient Nathan wurde aus dem Zimmer entfernt, und Patient Joe wurde fixiert und in eine Einzelzelle verlegt. Patient Nathan hat sich dabei mehrere Quetschungen, zahlreiche Bisse und eine kleinere Risswunde im Rektalbereich zugezogen. Er wurde zur medizinischen Behandlung in eine andere Einrichtung verlegt. Patient Joe wird eine Woche lang in der Einzelzelle untergebracht bleiben. Alle Mitarbeiter sind daran zu erinnern, in Hörweite minderjähriger Patienten Gespräche über sexuelle Angelegenheiten zu vermeiden. Nachdrücklich wird allen Pflegern mit Ausnahme von Pfleger R. vorläufig die Einstellung des Kontakts zu Patient Joe empfohlen.

Der letzte unter den anderen Patienten, der Joes Zimmer teilen sollte, war ein Meth-Süchtiger im Teenageralter, der eine schwere paranoide Persönlichkeitsstörung entwickelt hatte. Er wurde wahrscheinlich ausgewählt, weil man davon ausging, dass er mühelos in der Lage wäre, Joe zu überwältigen, sollte der Junge ihn angreifen. Darüber hinaus wurden beide als weitere Vorsichtsmaßnahme gegen einen möglichen Angriff in einem Zimmer untergebracht, wo sie dauerhaft fixiert werden konnten, um zu verhindern, dass sie sich gegenseitig verletzten.

Das hat jedoch genauso wenig funktioniert.

20. Dezember 1977

Zunächst sollte sich jemand darum kümmern, dass wir stärkere Schlaufen für unsere Betten bekommen. Nach den Ereignissen der letzten Woche und besonders nach dem, was letzte Nacht mit Claude Y. geschehen ist, werden wir die Öffentlichkeit davon überzeugen müssen, dass sich in Zukunft nichts dergleichen wiederholen wird. Darüber hinaus sollten die Pfleger das Zimmer noch einmal genau durchsuchen, denn offen gestanden finde ich die Erklärung, die sie uns gegeben haben, nicht glaubhaft. Ich will nichts davon hören, wie paranoid Claude war; es gab in diesem Zimmer einfach nichts, das ihn so sehr hätte in Angst versetzen können, dass er das Bedürfnis gehabt hätte, mehrere Lederschlaufen durchzubeißen und sich selbst aus dem Fenster zu stürzen. Die Sache mit den Lederschlaufen wäre für sich genommen schon schwierig genug gewesen, sogar angesichts eines durchschnittlichen Adrenalinschubs - aber ein vergittertes Fenster aufbrechen? Irgendetwas kann nicht in Ordnung gewesen sein mit dem Gitter, dem Bett oder dem Fenster.

Aber wie dem auch sei, ich werde gewiss herausfinden, was dieses Kind anstellt, um solche Unfälle herbeizuführen. Teilen Sie einen Pfleger Ihrer Wahl dazu ein, die morgige Nacht mit dem Patienten zu verbringen. Sorgen Sie dafür, dass dem Pfleger alles zur Verfügung steht, was er benötigt, um sich zu verteidigen. Behandeln Sie diesen Fall wie den eines forensischen Patienten, auch wenn wir, abgesehen von dem Zwischenfall mit Nathan, nicht viel beweisen können. Und sorgen Sie dafür, dass der Pfleger eine Tonkassette mit ins Zimmer nimmt. Wenn der kleine Bastard auch nur Atem holt, will ich, dass uns das für eine Analyse zur Verfügung steht.

Hier gab es einen Hinweis auf eine weitere Archivnummer, unter der die Aufnahme, die offensichtlich aufgrund dieser Anweisung entstand, zu finden war. Auch diese notierte ich mir.

Dem Eintrag folgte eine letzte Mitteilung von Dr. A. zum Thema Joe, und dadurch erhielt ich zumindest eine Teilantwort darauf, warum die Mitarbeiter so ratlos waren, wenn es darum ging, diesen besonderen Patienten zu diagnostizieren und zu behandeln. Aber im Gegensatz zu den früheren Dokumenten war es kein offizielles Memo, sondern vielmehr eine handschriftliche Notiz, die Dr. G. aufbewahrt hatte.

Liebe Rose,
ich habe gerade mit Frank gesprochen. Ich denke, dass er wenigstens einen Monat lang nicht arbeitsfähig sein wird. Und weißt du was? Ich werde ihm diese Zeit als bezahlten Genesungsurlaub zugestehen, denn ich glaube, es ist mein Fehler, dass er sich in einem solchen Zustand befindet. Man kann niemanden dafür bestrafen, dass er die Anweisungen ausgeführt hat, die man ihm gab. Vergiss nicht, dass es ihm nicht besser gehen wird, wenn diese Zeit vorüber ist; wir werden ihn hierbehalten müssen.

Auch für mich bin ich zu einem Schluss gekommen: Was immer Joe hat, ich bin sicher, dass wir es nicht heilen können. Wir können es wahrscheinlich nicht einmal diagnostizieren. Offensichtlich steht nichts dergleichen im DSM. Und bedenkt man die Wirkungen, die er auf andere ausübt, bezweifle ich inzwischen, dass irgendjemand ihn diagnostizieren könnte.

Aber ich greife vor. Zuerst sollten wir über das sprechen, was Frank mir erzählt hat. Er sagt, dass Joe die ganze Nacht über einfach nur auf ihn eingeflüstert hat. Das ist alles. Nichts weiter als Flüstern. Aber es war nicht die normale Stimme eines Kindes.

Irgendwie hat der Junge es geschafft, seiner Stimme einen kehligen und heiseren Klang zu geben, und er hat immer wieder versucht, Frank an Dinge zu erinnern, die sie gemeinsam getan hätten – gerade so, als kenne er ihn von irgendwoher.

Aber, Rose, entscheidend ist die Frage, an welche Dinge Joe Frank zu erinnern versuchte. Es waren allesamt Albträume, die Frank als Kind gehabt hatte. Er sagte, es sei so gewesen, als habe ihm das Monster aus diesen Albträumen die ganze Nacht über zugeflüstert, wie sehr es vermisse, ihn zu jagen, zu fangen und zu fressen.

Das alles klingt so befremdlich. Wie sollte ein so junges Kind wissen, was ein vierzigjähriger Pfleger damals geträumt hat? Also habe ich mir das Band angehört. Dabei, und das ist der springende Punkt, kann ich zu keinem anderen Schluss kommen, als dass Frank sich das nur vorgestellt hat. Ich habe keinerlei Geräusch gehört, obwohl das Mikrofon voll aufgedreht war. Außerdem war Joe auf der anderen Seite des Zimmers im Bett fixiert; hätte er also irgendein Geräusch verursacht, das so laut gewesen wäre, dass Frank es hätte hören können, wäre es vom Mikrofon aufgenommen worden. Ich glaube nicht, dass er irgendeinen Laut hätte verbergen können, es sei denn, er wäre Frank nahe genug gekommen, um ihm direkt ins Ohr zu flüstern – was offensichtlich unmöglich ist.

Noch ungewöhnlicher ist die Tatsache, dass ich

nach einer Weile Frank laut atmen hören konnte. Sein Atemrhythmus war nicht normal. Es klang, als hyperventiliere er. Eigentlich, als hätte er einen Panikanfall. Ich habe mir das Band immer wieder angehört, aber da waren keine anderen Geräusche. Überhaupt keine. Weshalb ich keine Ahnung habe, wovon Frank spricht.

Nach dieser Sitzung und nach derjenigen, die ich selbst mit dem Patienten hatte, bin ich mir sicher, dass wir Joe nicht heilen können. Nur ein besserer Arzt als ich könnte aus ihm schlau werden, und ich wünsche dir viel Glück dabei, jemanden zu finden, der bereit ist, in diesem Drecksloch zu arbeiten. Vielleicht wird der Patient hier sterben. Aber es gibt nichts, was wir tun können.

Rose, irgendwann wirst Du die medizinische Direktorin sein. Wir beide wissen das. Wir haben ausführlich darüber gesprochen. Ich weiß, Du glaubst, dass unser Versagen Deine Schuld ist. Ich weiß, dass Du in Versuchung bist, neue Dinge bei ihm auszuprobieren. Tu das nicht. Behalte ihn einfach auf Kosten seiner Eltern hier, und füttere sie mit irgendeiner Geschichte, sofern das nötig ist. Sie sind reich genug, um für eine lebenslange Pflege aufzukommen. Sollten sie aus irgendeinem Grund verarmen, möchte ich, dass Du die entsprechende Summe aus unserem Etat dafür aufwendest. Ich könnte es nicht mit meinem Gewissen vereinbaren, wenn ich mir eingestehen müsste, dass er meiner Fürsorge anvertraut war und es ihm irgendwie gelungen sein sollte, nach draußen zu gelangen und in der realen Welt mit dem, was er hat – was immer das auch sein mag – für Probleme zu sorgen. Versprich mir das, Rose.

Thomas

Nach diesem Brief gab es nur noch ein weiteres offizielles Dokument. Aus diesem ging hervor, dass jede Therapie bei Joe eingestellt wurde. Er würde sein eigenes Zimmer bekommen, aber ausschließlich unter der Bedingung, dass er es niemals verlassen durfte. Nur einigen handverlesenen Pflegern war es gestattet, seine Laken zu wechseln und ihm seine Mahlzeiten zu bringen, und der erfahrensten Schwester wurde die Aufgabe übertragen, sich um Joes Medikamente zu kümmern. Alle anderen Mitarbeiter wurden aufgefordert, sich von ihm fernzuhalten. Sofern man überhaupt über ihn sprechen musste, hatte man die absolut unauffällige Kurzform seines Vornamens zu benutzen, wodurch jeder, der weitere Informationen über ihn bekommen wollte, nicht einmal wüsste, wo er mit der Suche beginnen sollte. Kurzum, es war alles so, wie ich es seit meiner Ankunft an meinem neuen Arbeitsplatz erlebt hatte.

War ich, trotz dieser Bedingungen, bereits zuvor neugierig gewesen, so war ich jetzt absolut fasziniert. Hier gab es die Möglichkeit, eine zuvor undokumentierte Störung zu entdecken – und zwar nicht bloß eine Variante einer Erkrankung, die bereits im DSM, also im »Diagnostic and Statistical Manual of Mental Disorders«, beschrieben war, sondern etwas vollkommen Neues. Dass ich gerade diese Einrichtung für meine Assistenzzeit gewählt hatte, erschien mir fast wie ein Wink Gottes. Jetzt war nur noch eines zu tun: Ich musste mir die Bänder anhören, deren Archivnummern ich mir notiert hatte.

Ich ging sofort zurück zu dem zuständigen Mitarbeiter und zeigte ihm die Nummern. Ich rechnete damit, die Bänder recht schnell zu bekommen. Doch zu meiner Überraschung runzelte der Mann verwirrt die Stirn, nachdem er die Ziffern in seinen Computer eingegeben hatte. Dann ging er wortlos ins Archiv. Als er etwa zehn Minuten später wiederkam, sah er sogar noch verwirrter aus.

»Unter diesen Nummern gibt es nichts, Doc«, sagte er. »Und es gab nie etwas. Sind Sie sicher, dass Sie sie korrekt notiert haben?«

Ich war allerdings sicher, aber ich konnte keinen weiteren Besuch im Archiv riskieren, der ihn möglicherweise darauf aufmerksam gemacht hätte, welche Akten ich mir ansah. Sofern sich die Bänder überhaupt jemals an der angegebenen Stelle befunden hatten, war es durchaus plausibel, dass sie inzwischen zerstört oder entfernt worden waren, wenn man bedenkt, dass sie mit dem problematischsten Patienten der Klinik in Verbindung standen.

Ich rang mir ein müdes Grinsen ab und schüttelte den Kopf.

»Jemand hat sich einen Scherz mit mir erlaubt«, sagte

ich. »Es tut mir leid, dass ich Ihre Zeit verschwendet habe.«

Ich trat aus dem Archiv und verließ daraufhin unauffällig die Klinik. Weil ich wusste, dass ich Zeit brauchen würde, um über das nachzudenken, was ich gerade gelesen hatte, beschloss ich, in einem Coffeeshop vorbeizuschauen, bevor ich mich auf den Heimweg begab.

Dort begann ich, mir einige vorläufige Notizen zu machen, um das Gelesene festzuhalten, solange ich es noch frisch im Gedächtnis hatte; analysieren würde ich die Dinge später. Die Notizen bildeten die Grundlage zur Rekonstruktion der Akte, wie ich sie auf den letzten Seiten wiedergegeben habe.

Es war offensichtlich, dass Joe zunächst unter einer Störung seines Einfühlungsvermögens litt, die sich möglicherweise durch die Gehirnerschütterung verschlimmert hatte, die er sich bei der Auseinandersetzung mit seinem ersten Zimmergenossen zuzog. Wäre er nur ein widerliches kleines Kind gewesen, das auf gut Glück versuchte, die Schwachpunkte anderer auszunutzen, wäre es leicht gewesen, ihn als den geradezu lehrbuchmäßigen Fall einer antisozialen Persönlichkeitsstörung zu diagnostizieren.

Doch entscheidend war, dass Joes Probleme mit dem Einfühlungsvermögen gegenüber anderen sich in ganz verschiedene, wenn auch gleichermaßen extreme Richtungen zu bewegen schienen. Seine emotionale Empathie – also die Fähigkeit, zu fühlen, was andere Menschen fühlten – war offensichtlich inexistent: Immerhin war es ihm gelungen, einen anderen Patienten in den Selbstmord zu treiben, und er hatte versucht, einen kleinen Jungen zu vergewaltigen, bevor ihm überhaupt klar gewesen sein konnte, was eine Vergewaltigung ist. Doch seine kognitive Empathie – also die Fähigkeit, zu *erkennen*, was andere fühlten – musste unglaublich ausgeprägt sein. Fast übermenschlich. Er konnte nicht nur erkennen, wann andere Menschen unsicher waren, sondern auch mit absoluter Sicherheit vorhersagen, wie sich diese Unsicherheit am geschicktesten ausnutzen ließ, um dem Betroffenen den größtmöglichen Schmerz zuzufügen. Diese Fähigkeit hätte ich bei einem erfahrenen Verhörspezialisten der CIA erwartet, aber nie damit gerechnet, dass sie sich spontan bei einem Kind entwickeln würde.

Noch verwirrender war, dass Joe nach seinem katastrophalen Zusammenstoß mit seinem ersten Zimmergenossen seine Taktik zu wechseln schien. Bei früheren Gelegenheiten wiesen alle Therapieunterlagen darauf hin, dass seine bevorzugte Strategie darin bestand, Wut oder Selbsthass in seinen Opfern zu wecken. Unmittelbar danach jedoch hatte sich sein Modus Operandi verändert, und er war dazu übergegangen, seine Opfer in einen derart extremen Angstzustand zu versetzen, dass ihnen nur die Wahl zwischen Flucht oder gewaltsamer Gegenwehr blieb. Warum war es zu diesem neuen Ansatz gekommen? Was hatte zu dieser Veränderung seiner Symptome geführt? Wenn wir davon ausgehen wollten, dass tatsächlich er es war, der diese Ängste bei anderen geweckt hatte? Die Tatsache, dass während des Zusammenseins mit dem Pfleger keine Geräusche auf Band aufgenommen wurden, machte die ganze Sache nur umso geheimnisvoller.

Wahrscheinlich aufgrund der Beschäftigung mit der negativen Erfahrung des Pflegers hatte ich in jener Nacht einen Albtraum aus meiner Kindheit. Ich werde nur kurz darauf eingehen, da er schreckliche Erinnerungen in mir weckt, aber weil er für das, was später geschehen sollte, einige Bedeutung besitzt, wird es wohl besser sein, wenn ich die Zusammenhänge erkläre.

Als ich zehn Jahre alt war, wurde meine Mutter wegen paranoider Schizophrenie in eine psychiatrische Klinik eingeliefert. Mein Vater hatte dafür gesorgt, nachdem er eines Nachts aufgewacht war und sie über den Küchentisch gebeugt gefunden hatte. Sein schärfstes Messer war tief in ihr Handgelenk gedrückt, und sie murmelte etwas über dämonische Insekten, die ihr der Teufel in die Ohren gesteckt habe, damit sie die Schreie der Verdammten hören könne. Die Schnitte hatte sie sich deshalb beigebracht, weil sie glaubte, die Insekten würden mit dem Blut aus ihrem Körper strömen, wodurch sie die Stimmen nicht mehr hören müsste. Damals bekam ich von diesen Dingen überhaupt nichts mit, denn mein Dad sagte mir später, er habe stets dafür gesorgt, dass ich außer Haus war, wenn Mom einen Anfall erlitt, was im Nachhinein erklärt, warum er es scheinbar so lässig nahm, dass ich ständig bei meinen Freunden übernachtete. Doch sogar in jenem Alter spürte ich, dass irgendetwas nicht stimmte, weshalb es mich nicht überraschte,

Dad eines Morgens am Küchentisch sitzen zu sehen, wo er mir in ernstem Ton traurig erklärte, dass meine Mutter nicht mehr bei uns war.

Aber natürlich vermisste ich meine Mutter und fing an, meinen Dad zu bitten, sie besuchen zu dürfen. Er weigerte sich lange, gab aber schließlich nach und nahm mich mit ins St. Christina's, jene Klinik, in die Mom eingewiesen worden war. Fast wäre ich zusammengebrochen bei diesem Besuch, und diese eine Begegnung genügte, jedem Verlangen, meine Mutter jemals wiederzusehen, ein Ende zu bereiten.

Um das zu erklären, sollte ich einige Hintergrundinformationen geben. Das St. Christina's ist eine jener armen, städtischen Kliniken, die dauerhaft unterfinanziert sind und bis heute immer wieder wegen des Missbrauchs von Patienten in die Schlagzeilen geraten. In den Augen der örtlichen Verwaltung war es eine wirkungsvolle Müllhalde für menschlichen Abfall, und die Stadt, aus der ich stamme, machte und macht sich nicht allzu große Sorgen über das Wohlergehen jener, die sie als Abfall betrachtet.

Glücklicherweise war die Arbeit meines Vaters relativ gut bezahlt; so konnte er verhindern, dass meine Mutter mit einem Einkaufswagen durch die Straßen irren und wahllos Passanten anschreien würde. Aber es gelang ihm nur gerade eben so. Deshalb war das St. Christina's unsere einzige Option. Weil ich ein Kind war, verstand ich nicht, dass einige Kliniken besser waren als andere. Bis zu jenem Besuch.

Meine Mutter war in einem kleinen Nebengebäude untergebracht, in dem sich die meisten Patienten befanden, die in angespannten finanziellen Verhältnissen lebten, und lange bevor ich ihr Zimmer erreicht hatte, begriff ich bereits, dass ich absolut nicht hierher gehörte. Der Zugang zum Gebäude befand sich hinter zwei schweren, hässlichen grauen Türen, die sich mit einem Summen öffneten, das zu nichts anderem gemacht schien, als den menschlichen Geist in Stücke zu reißen, noch bevor man eingetreten war. Der Eingangsbereich war kaum mehr als ein schmieriger Würfel mit Stühlen, über die selbst Bettwanzen die Nase gerümpft hätten.

Einige Patienten, die allesamt die gleichen schmutzigen Kliniknachthemden trugen, gingen auf den angeschlossenen Fluren ungehindert hin und her, wobei sie den Besuchern starre Hasenblicke zuwarfen und ihnen ein Gemurmel entgegenschleuderten, das irgendwie unterirdisch klang. Obwohl ich erst zehn Jahre alt war, konnte ich die Wut und die Angst in diesen Augen spüren, die aus ihren Höhlen heraus zu schreien schienen: *Warum bist du hier unter den Verdammten, du armes, dummes Kind? Hat deine Mutter dir nicht gesagt, dass das kein angemessener Ort für dich ist?*

Aber meine Mutter war selbst eine der Verdammten. Das wurde mir klar, als wir ihr Zimmer erreicht hatten und ein Pfleger die Tür aufschloss. In diesem Augenblick schlug mir der überwältigende Gestank von Urin und Blut entgegen, und sogar der Pfleger war angewidert und hielt sich unwillkürlich die Nase zu, bevor er seine

Kollegen rief. Weil ich zunächst nicht verstand, was geschehen war, betrat ich das Zimmer. Meine Mutter saß zusammengesunken an einer Wand, während sich ihr Nachthemd langsam mit einer sich ausbreitenden Urinpfütze vollsog. Ihre eine Hand umklammerte ein kleines, selbstgebautes Messer, das bis zur Hälfte in ihrem anderen Handgelenk steckte, aus dem hellrotes Blut rann. Meine Mutter musste meinen Blick gespürt haben, denn sie wandte sich mir zu, als ich sie anstarrte, und ihr Mund verzog sich zu einem so breiten Grinsen, dass ich überrascht war, dass ihre Wangen nicht aufplatzten. Eine hässliche, schwärzlich-purpurfarbene Beule verunstaltete ihre Stirn; wahrscheinlich rührte sie daher, dass meine Mutter ihren Kopf gegen die Wand geschlagen hatte.

»Parker, mein Kind«, murmelte sie. »Komm und hilf mir dabei. Diese verdammten Maden wollen einfach nicht aus mir rauskriechen, Baby.«

Ich wusste nicht, was ich sagen sollte. Ich wusste nicht einmal, was ich denken sollte. So stand ich einfach nur da und starrte dieses nichts als Abscheu erregende Etwas an, das einst meine Mutter gewesen war. Als sie meinen Gesichtsausdruck sah, in dem man Schock und Ekel zweifellos deutlich erkennen konnte, fiel das Gesicht meiner Mutter gleichsam in sich zusammen, und sie ließ das Messer fallen. Während ihr Handgelenk noch immer blutete, hob sie ihren Kopf zur Decke und stieß ein animalisches Heulen aus, das sich langsam in ein perlendes Gelächter verwandelte. Oder in ein Schluchzen. Ich kann wirklich nicht sagen, in was von beidem. Dann begann sie, langsam auf mich zuzukriechen, während sich das Blut aus ihrem Handgelenk mit dem Urin auf dem Boden vermischte und um sie herum ein grässliches, eitrig wirkendes Gebräu bildete. Irgendein Teil von ihr muss sich daran erinnert haben, dass sie eine Mutter war und ihr Kind Angst hatte, denn sie begann mit einer Stimme, die nach Monaten des Elends rau geworden war, leise ein gefühlvolles Wiegenlied zu singen.

»Schlaf ein, mein Kindchen, hoch oben im Baum«, sang sie in heiserem Ton. »Wenn der Wind bläst, schaukelt die Wiege. Wenn der Ast bricht, wird die Wiege fffaaaaalllen.«

Hinter mir erklangen schwere Schritte, und zwei Pfleger eilten an mir vorbei; einer hielt eine Spritze in der Hand. Sie packten meine Mutter und wuchteten sie aufs Bett. Dabei sang – und lachte – sie immer noch.

»Wenn der Ast bricht, wird die Wiege fallen«, kreischte sie. »Und dann fällt auch das Ba …«

Die Spritze senkte sich in ihren Arm, und meine Mutter wurde ruhiger. Ich drehte mich um und rannte in die offenen Arme meines Vaters, der mich hielt, als ich, von tiefem Entsetzen erfüllt, über Dinge weinte, die ich nicht verstand.

Das muss man wissen, denn nur so kann man verstehen, dass ich an jenem Tag beschloss – auch wenn mir das damals noch nicht klar war –, Psychiater zu werden. Und zwar nicht irgendein Psychiater, sondern einer, der niemals einen Patienten aufgeben würde, ganz gleich, wie hoffnungslos oder wenig liebenswert dieser Patient auch immer erscheinen mochte.

Was mich zurückbringt zu dem Albtraum, den ich nach der Lektüre von Joes Krankenakte hatte. Dass man nach einer traumatischen Erfahrung unter schlimmen Träumen leidet, die sich mit dieser Erfahrung beschäftigen, ist kaum überraschend, besonders wenn das Gehirn noch so wenig entwickelt ist wie meines bei jener schicksalhaften Begegnung mit meiner Mutter. Wahrscheinlich dürfte jeder, der diese Zeilen liest, begreifen, dass ich noch immer mit der Vorstellung ringe, jeglichem unter einer psychischen Krankheit leidenden Menschen gegenüber zur Hilfe verpflichtet zu sein – was schlichtweg daran liegt, dass ein Teil von mir sich immer noch fragt, ob es an mir lag, dass meine Mutter überhaupt wahnsinnig wurde. Gewiss, es ist irrational, mir selbst in dieser Weise die Schuld zuzuschreiben, aber Kinder – und auch Erwachsene, die noch immer unter einem Kindheitstrauma leiden – tun das nicht, weil sie insgeheim unter dem Zwang zum Selbsthass leiden. Sie geben sich vielmehr deshalb die Schuld, weil sie in einer Situation, deren Bewältigung unmöglich erscheint, ein Gefühl der Kontrolle gewinnen wollen. Denn die einzige Möglichkeit, ein solches Gefühl der Kontrolle wiederzugewinnen, besteht darin, den eigenen Handlungen eine Wirkung zuzuschreiben – selbst wenn Kinder sich dadurch für Dinge die Schuld geben, über die sie eben keine Kontrolle besitzen.

Ich stelle mir gerne vor, dass es mir mit zunehmendem Alter besser gelungen ist, mit dem Trauma jener Erfahrung umzugehen. Aber zunächst verhielt es sich nicht so, was wahrscheinlich die Ursache für den Albtraum ist, den ich jetzt beschreiben möchte.

In diesem Traum begann alles wie im wahren Leben. Ich besuchte das St. Christina's und setzte mich in jenem trostlosen Empfangsbereich auf einen Stuhl. Nur gab es niemanden, der mich begleitet hätte. Genau genommen wusste ich im Traum sogar, dass im gesamten Gebäude niemand war außer mir. Und es. Dieses Ding, das ich meine Mutter nannte.

Ich konnte seine Gegenwart in dem Gebäude fühlen, ohne es zu sehen oder zu hören. Die schreckliche, traumatische Empfindung, *dass etwas nicht in Ordnung war*, vibrierte in jeder Wand, jedem Stuhl und jedem Abschnitt des fadenscheinigen Teppichs, den ich sehen konnte. Und obwohl ich alles gegeben hätte, um aufzustehen und wegzulaufen aus jenem elenden, verfallenden Monument der privaten Hölle gebrochener Seelen, waren das, was ich tun wollte, und das, wozu der Traum mich trieb, zwei vollkommen unterschiedliche Dinge. Anstatt also davonzurennen, erhob ich mich wie durch Zauberkraft und ging langsam, Schritt für Schritt, über den fleckigen grauen Linoleumboden zu dem Zimmer, in dem meine Mutter untergebracht war.

Noch bevor ich es erreicht hatte, konnte ich ihr Lachen hören. Ein hohes, heftiges, freudloses Gackern der Verdammten, welches zu bewirken schien, dass sich die Wände buchstäblich um mich zusammenzogen wie die Magenwände einer Boa Constrictor. Je näher ich dem Ursprung dieses Lachens kam, umso verzweifelter kämpfte ich darum wegzulaufen, und je mehr ich darum kämpfte, umso schneller trieb mich der Traum vorwärts. Als ich die Tür erreichte, strömte mir der Geruch von Urin und Blut in die Nase und raubte mir fast den Atem, obwohl der Traum mich gnadenlos und unerbittlich zwang, mir die Ursache dieser Geräusche und Gerüche anzusehen. Meine Mutter lehnte sich, wie im wahren Leben, zusammengekauert mit dem Rücken an die Wand ihres Zimmers. Das schmutzige Kliniknachthemd hatte dieses Ding bis auf die Haut durchnässt, weil der Stoff die langsam sich ausbreitende Urinpfütze aufsog, die es umgab. Als ich das Zimmer betrat, spürte das Ding meine Anwesenheit, hob seinen Kopf und sah mir mit einem heimtückischen Blick direkt ins Gesicht.

Und das ist die Stelle, an der es meinem Unterbewusstsein irgendwie gelang, die ohnehin schrecklichen Einzelheiten, an die ich mich noch deutlich erinnerte, in den wahren halluzinogenen Stoff von Albträumen zu verwandeln. Das Lächeln meiner Mutter war nicht länger bloß breit und manisch, jetzt fiel es *tatsächlich* so maßlos aus, dass das Fleisch ihrer Wangen aufriss, wodurch das blutige Zahnfleisch freilag und die grässliche scharlachrote Flüssigkeit ihr über das Kinn rann und auf das Nachthemd tropfte. Ihre Arme waren nicht nur von den brutalen, von ausgefransten Wundrändern begrenzten Schnitten ihres selbstgebastelten Messers aufgeschlitzt; die Wunden hatten vielmehr zu eitern begonnen und wimmelten von Maden. Und während meine Mutter ansonsten nur aus meiner kindlichen Perspektive groß gewirkt hatte, war meine Albtraummutter so groß, dass sie nicht einmal aufrecht stehen konnte, sondern über mich hinwegragte, während sie sich, gegen die Zimmerdecke gedrückt, nach vorn beugte – eine Spinne, über deren Körper bereits das Blut der traumatisierten Fliege in ihrem Netz strömte.

Und dann schrie das Ding. Meistens hörte ich davon nicht mehr viel, denn normalerweise schrie ich selbst als Reaktion darauf, wodurch ich dann aufwachte. Aber in jener Nacht, nachdem ich Joes Akte gefunden hatte, ließ mein Kopf irgendwie nicht zu, dass meine Kehle den ersehnten Laut formte. Stattdessen war ich gezwungen, voller Entsetzen raue Geräusche hervorzuwürgen, während das niemals endende Geheul der ewigen Verdammnis durch jeden Winkel meiner Ohren dröhnte. Ich kann nicht sagen, wie lange es andauerte, denn die Traumzeit entzieht sich sogar der strengsten Uhr, doch der geistige Schmerz, den ich empfand, war so heftig, dass es sehr wohl mehrere Stunden hätten sein können.

Doch das war nicht die einzige schreckliche Überraschung, die mein Unterbewusstsein für mich bereithielt. Es gab noch eine weitere grauenvolle Entwicklung. Während ich zusah, wie meine Albtraummutter mich ankreischte, begann das morastige Gebräu unter ihren Füßen auf einmal Blasen zu werfen, als koche es. Und dann schossen plötzlich zwei entstellte Gliedmaßen aus dieser widerwärtigen, schlammigen Pfütze und schlangen sich beängstigend fest um meine Mutter. Sie sahen aus, als bestünden sie aus verfilztem schwarzen Haar und blutbespritztem Leder, doch sie zuckten und bewegten sich hin und her, als gehörten sie einer entsetzlichen unterirdischen Kreatur des Grauens. Während sie meine Albtraummutter in die Knie zwangen und in die jaucheartige Flüssigkeit zogen, begann sie zu schrumpfen. Ihre Wunden verheilten, und ihr Gesicht nahm den Ausdruck enttäuschter Liebe an, den meine Mutter – meine *wirkliche* Mutter – gezeigt hatte, als sie versuchte, mich zu trösten.

»O, mein kleiner Junge«, sagte meine Mutter in einem sanften Singsang. »Mein süßes Baby …«

Der Traum ließ nicht zu, dass ich ihr half. Ich musste vielmehr mitansehen, wie dieses abstoßende Paar vibrierender, ledriger Fühler meine Mutter in etwas hineinzerrte, das inzwischen wie ein Teich aus ihren eigenen, schmutzigen Körperflüssigkeiten aussah. Als ihr Kopf schließlich die Oberfläche dieser Flüssigkeit erreichte, hörte ich ein schreckliches Geräusch: ein gurgelndes, abgehacktes, unterirdisches Gelächter, das in der Tiefe des Teichs widerhallte und in dem ein sich steigernder Sadismus zu hören war, während das unbekannte Wesen meine Mutter zu sich in die Tiefe zog. Irgendwie sorgte dieser Anblick dafür, dass mein Gehirn mir nicht länger die Kehle abschnürte und ich es schaffte, dieses Ding anzuschreien.

»Mommy! Mommy! Komm zurück! Mo – «

»Parker! *Parker!*«

Ich spürte, wie jemand mich schüttelte, und gerade so, als wäre nie etwas gewesen, verschwand der Traum aus meinem Kopf, und ich starrte in die aufgequollenen, verängstigten und doch von tiefer Liebe erfüllten Augen von Jocelyn.

18. März 2008

Hey, ihr da draußen. Es ist schön zu sehen, wie das hier immer mehr Leser findet. Und vielen Dank für die Rückmeldungen. Nein, ich kann nichts mehr für sie tun. Meine Mutter starb, als ich noch recht jung war, was die Tatsache, dass ich ihr nie helfen konnte, natürlich noch komplizierter macht. Aber eigentlich geht es in dieser Geschichte nicht um sie. Es ist nur wichtig, dass man über diesen Teil meiner Kindheit Bescheid weiß.

Glücklicherweise kam der Traum in jener Nacht nicht wieder, und ich vergaß ihn mehr oder weniger, als ich in die Klinik zurückkehrte. Nachdem ich die Krankenakte eingesehen hatte, wollte ich herausfinden, ob es irgendeine Möglichkeit gab, mit unserem geheimnisvollen Problempatienten zu sprechen. Ich wog die Möglichkeiten ab, mich über meinen direkten Vorgesetzten hinwegzusetzen, denn ich wusste, er würde mir in dieser Sache gleichsam die Tür vor der Nase zuschlagen. Als er mir im Rahmen meiner Einführung die Klinik gezeigt hatte, hatte er mich ganz bewusst nicht einmal an das Ende jenes Flurs geführt, an dem sich Joes Zimmer befand. Ich fragte ihn nach dem Grund dafür. Seine Antwort bestand darin, dass er mir fast den Kopf abriss und mir in energischem Ton empfahl, mich um meine eigenen Patienten zu kümmern und mich niemals unaufgefordert in die Arbeit eines anderen Psychiaters einzumischen. »Sie können nicht *jedem* helfen.« Genau deshalb benötigte ich einen Vorwand, um ihn zu übergehen. Als ich jedoch an jenem Tag die Klinik erreichte, kam mir zunächst ein anderes Ereignis dazwischen.

Vor dem Haupteingang des Hospitals hatte sich eine Menschenmenge versammelt, in der ein nicht unbeträchtlicher Teil der Wartenden an ihren Kameras und Mikrofonen als Reporter zu erkennen war. Natürlich wollte ich wissen, was da vor sich ging, weshalb ich mich nach vorne schob. Dort erkannte ich, dass eine Trage mit einem Leichensack darauf in einen Van der Polizei geschoben wurde. Beunruhigt musterte ich die Anwesenden, indem ich nach irgendeinem Gesicht Ausschau hielt, das mir bekannt vorkäme. Schließlich fiel mein Blick auf einen Pfleger, den ich zuvor schon auf meiner Station hatte arbeiten sehen. Ich kämpfte mich zu ihm durch und fragte ihn, was passiert sei.

»Nessie ist gestorben«, sagte er mit hohl klingender Stimme, als befände er sich eine Million Meilen weit weg. »Es heißt, sie hätte sich letzte Nacht vom Dach gestürzt, kaum dass sie mit ihrer Runde fertig war. Niemand weiß, warum, aber einer der Patienten behauptet, sie hätte es getan, direkt nachdem sie … Sie wissen schon, *ihn* versorgt hatte.«

Jetzt war ich ebenso entsetzt wie mein Gegenüber. Ich drückte den Mann mit steifen Armen an mich, als wolle ich ihm versichern, dass es noch jemanden gab, der genauso fühlte wie er. Er reagierte nicht. Offensichtlich war der Schock noch zu groß.

Und so wurde aus meinem Bedürfnis, Joe zu heilen, eine ganz persönliche Angelegenheit.

Anmerkung: Das nächste Update folgt am Freitag. Wir nähern uns langsam den Dingen, über die zu sprechen mir wirklich schwerfällt, weshalb meine Schreibgeschwindigkeit sich wahrscheinlich verlangsamen wird.

21. März 2008

O Mann. Mir war klar, dass ich mit meinem letzten Post eine Granate zünden würde, doch *das* hatte ich wirklich nicht erwartet. Um Himmels willen, so viele Moderatoren haben meinen Thread an die Spitze des Forums gesetzt! Ich hätte nie erwartet, dass mein kleines Bekenntnis so viel Aufmerksamkeit findet oder auf so viel wohlwollendes Interesse stößt, und ich kann allen da draußen gar nicht sagen, wie sehr ich das zu schätzen weiß. Außerdem hat es mich mehr als nur ein bisschen amüsiert, die vielen Versuche zu lesen, Joe zu diagnostizieren, obwohl keiner davon die Wahrheit auch nur annähernd trifft. Aber die Lektüre der Kommentare hat mir wenigstens dabei geholfen, mir all den Unsinn ins Gedächtnis zu rufen, den die anderen Ärzte ausgeschlossen hatten, und dadurch fiel es mir leichter, mich an weitere Einzelheiten zu erinnern.

Obwohl ich den Teil, der mich an meiner geistigen Gesundheit zweifeln lässt, noch gar nicht erreicht habe, geben mir meine Erinnerungen schon jetzt das Gefühl, dass ich mehr und mehr trinken muss, wenn ich mich einfach nur hinsetzen und schreiben möchte. Meine Frau macht sich Sorgen um mich, aber nachdem ich ihr erzählt habe, worum es geht, hat sie alles verstanden. Sie ist der einzige Mensch, dem ich je davon erzählt habe, und sie glaubt mir – sei es nun aus Liebe oder weil sie für gewisse Dinge offen ist. Ich bin immer noch froh darüber, dass dies auch für viele von euch da draußen gilt, und nach dem letzten Teil scheinen wenigstens einige die wirklichen Verhältnisse zu ahnen. Trotzdem glaube ich nicht, dass irgendjemand sich das ganze Ausmaß vorstellen kann. Noch nicht. Denn es hat einfach noch keiner dort draußen genügend Informationen.

Aber wie auch immer. Ich hatte mit Nessies Selbstmord geendet, der so vielen einen Schock versetzte.

Obwohl ich erst seit Kurzem in der Klinik war, wusste ich, dass der Verlust einer Krankenschwester wie Nessie noch jahrelang spürbar sein würde. In den Tagen nach diesem schrecklichen Ereignis stellte sich heraus, dass die Station, auf der ich arbeitete, kaum funktionierte, weil Nessie nicht mehr da war und den Großteil der Arbeit übernahm. Auch die Polizei war keine Hilfe, da die Beamten unbedingt mit jedem einzelnen Mitglied der Belegschaft sprechen wollten, was alle Abläufe noch weiter verlangsamte und den unangenehmen Verdacht aufkommen ließ, es solle irgendetwas vertuscht werden. Aber schließlich wurde der Fall eindeutig als Selbstmord zu den Akten genommen, und die Polizei behelligte uns nicht weiter.

Damit auf Station wieder Ordnung herrschte, war Dr. P. gezwungen, mehr Einsatz zu zeigen und den Mitarbeitern genauer auf die Finger zu sehen, was – rein theoretisch – jetzt schon seine Aufgabe gewesen wäre. Seine neue, aggressive Teilhabe am Leben auf der Station bestand darin, dass er mich anschrie, ich solle aufhören, meine Zeit damit zu verschwenden, mit den Patienten Einzelgesprächstherapien durchzuführen, denn dazu seien die Gruppensitzungen da; vielmehr sollte ich sie einfach mit Medikamenten ruhigstellen. Ein Arzt, der leichter einzuschüchtern gewesen wäre, hätte das wahrscheinlich hingenommen, aber ich nicht. Stattdessen bat ich Dr. P., sich meine Patienten anzusehen, wenn er den Eindruck hätte, meine Methoden funktionierten nicht; ansonsten würde ich schriftlich festhalten, dass er mich aufgefordert habe, eine weniger wirksame Therapie durchzuführen. Er tobte vor Wut und bezeichnete mich als etwas, das ich hier nicht wiedergeben werde, gab aber schließlich nach, denn er wusste, dass die mir anvertrauten Patienten Medikamente bekamen, die ganz auf ihre spezifischen Bedürfnisse zugeschnitten waren, und von der größeren Aufmerksamkeit, die ich ihnen schenkte, profitierten.

»Sie haben Ihren Standpunkt klargemacht«, knurrte er, »aber seit Nessies Tod muss jeder hier eine größere Last schultern. Und wenn Ihre Methoden nicht zu dieser neuen Situation passen, dann suchen Sie sich gefälligst einen anderen Arbeitsplatz.«

Er hatte nicht unrecht damit, dass alle »eine größere Last schultern« mussten, denn bald darauf – o meine verfluchte Tapferkeit! – schickte ich ihm ein unverlangtes Memo, in dem ich auf die zusätzlichen Patienten und die Einzelheiten des Triageverfahrens einging, die ich in Zukunft zu übernehmen bereit sei, um ihm die Arbeit zu erleichtern. Ich benannte zwei zusätzliche Patienten, die an schweren Depressionen litten, und setzte, was noch wichtiger war, darüber hinaus den Namen »Joseph M.« auf meine Liste.

Am nächsten Tag machte ich mich früh auf den Weg, kam vor Dr. P. in die Klinik und schob den Umschlag unter seiner Tür durch. Zwei Stunden später traf Dr. P. ein, unzufrieden und aggressiv wie immer, und ohne die anderen Mitarbeiter auch nur zu grüßen, öffnete er die Tür zu seinem Büro und trat ein. Das Geräusch von knisterndem Papier erklang, und ich sah, wie er kurz zögerte, um sich dann zu etwas hinabzubeugen, das auf dem Boden lag. Ich eilte rasch davon und stürzte mich in eine angemessene Aufgabe. Wie immer Dr. P. auch reagieren würde, ich wollte ihm wenigstens ein paar Minuten geben, bevor ich mich damit auseinanderzusetzen hätte, wie –

»Verdammt noch mal, Parker H.!«

Dr. P.s Stimme klang wie eine große, raue Glocke. O Mann, das würde interessant werden. Wütende Schritte näherten sich meinem Büro, und dann erschien Dr. P.s Gesicht im Türrahmen, scharlachrot vor Wut.

»In mein Büro, Sie Wunderknabe! *Sofort*!«

Ich zwang mich, ruhig zu bleiben, stand auf und folgte ihm, während meine Hände zu schwitzen begannen. Ich ballte sie zu Fäusten, setzte mich gegenüber Dr. P.s

Schreibtisch und bemühte mich, nichts als heitere Gelassenheit auszuströmen.

Dr. P. griff nach meiner Liste mit den neuen Patienten und schleuderte sie über den Schreibtisch in meine Richtung.

»Was soll das?«, fragte er und tippte mit einem seiner dicken Finger auf den Namen »Joseph M.«. »Was zum Teufel soll das?«

Ich zuckte mit den Schultern. »Sie haben mich gebeten, eine größere Last zu schultern. Ich stelle Ihnen meine Energie zur Verfügung.«

Dr. P.s Atem ging zischend, während er sich bemühte, ruhig zu bleiben. »Wie sind Sie an diesen Namen gekommen?«, fragte er langsam. »Wer hat Ihnen erzählt, dass es bei uns einen Patienten mit diesem Namen gibt? Haben Sie überhaupt eine Ahnung, *wer das ist*?«

»Ja. Ich habe es durch Nessie herausgefunden.« Was *rein formal* tatsächlich der Wahrheit entsprach.

Dr. P.s Augen verengten sich zu zwei wütenden Schlitzen. »Wissen Sie etwas über diesen Patienten?«

»Ja, und ich möchte ihn behandeln.«

»Nein! Das wollen Sie nicht! Das wollen Sie verdammt noch mal nicht. Sie wissen *überhaupt gar nichts* über ihn. Sie wollen unbedingt beweisen, dass Sie König Kack aus den Scheißbergen sind. Nun, damit sind Sie verdammt zu weit gegangen, Parker. Es wird jetzt genau Folgendes passieren: Sie werden dieses Büro verlassen. Sie werden dieses Thema *nie wieder* erwähnen. *Niemals.* Oder, Scheiße noch mal, ich werde persönlich dafür sorgen, dass Sie gefeuert und mit eingekniffenem Schwanz zu Ihren ach so superfeinen Reagonomicals in New Haven geschickt werden, kapiert?«

»Das reicht, Bruce.«

Ich zuckte zusammen. Die kühle, scharfe Stimme, die aus der offenen Bürotür hinter mir kam, gehörte niemand anderem als Dr. G. Dr. P., der sich über den Schreibtisch gebeugt hatte, um mir umso nachdrücklicher zu drohen, wurde plötzlich bleich und sank in seinen Sessel zurück.

»Rose«, sagte er. »Was machen Sie – ich meine, es ist immer eine Freude, Sie auf Station zu haben, aber warum – «

»Weil ich jemanden sprechen möchte«, erwiderte Dr. G. mit sanfter Stimme und schwebte eisig und in königlicher Haltung ins Büro. »Das heißt, wenn Sie damit fertig sind, ihm genügend Gründe für eine Beschwerde zu geben.«

»O«, sagte Dr. P. »Nun … ich meine …«

»Raus, Bruce.«

»Ich wollte gerade – «

»Ich kann gar nicht sagen, wie wenig mich das interessiert. Raus.«

»Langsam, langsam … das ist mein Büro.«

»Und ich brauche kurz Ihren Schreibtisch.«

Dr. P. sank förmlich in sich zusammen, als er aufstand und nach draußen ging. Doch irgendetwas schien ihm keine Ruhe zu lassen, weshalb er sich noch einmal umdrehte und mich mit einem Blick ansah, der zugleich voller Wut und Mitleid war.

»Sie blödes verwöhntes Balg«, knurrte er. »Ich versuche nur, Sie zu schützen. Sie haben hier gute Arbeit geleistet. Ich hasse es, so etwas zuzugeben, aber das haben Sie tatsächlich getan. Lassen Sie die Finger davon, bevor es zu – «

»Raus, Bruce. *Sofort.*«

Dr. P. bedachte mich mit einem letzten, schmerzlichen Blick und verließ sein Büro. Jetzt war ich alleine mit Dr. G. Sie trat hinter Dr. P.s Schreibtisch, setzte sich und musterte mich mit argwöhnischem Interesse. Dabei fiel ihr Blick auf meine Liste mit den möglichen neuen Patienten, und ihr Mund verzog sich zu einem grimmigen Lächeln, als sie sie las.

Eben fällt mir auf, dass ich Dr. G. nie beschrieben habe. Laut den Daten in der Akte, die ich gelesen hatte, musste sie mindestens Anfang fünfzig sein, aber sie sah mit ihrem schulterlangen, kastanienbraunen Haar, dem eindringlichen Blick ihrer grünen Augen und dem runden, wenn auch ein wenig verkniffenen Gesicht nicht einen Tag älter als vierzig aus. Sie war außerdem sehr groß – in ihren hochhackigen, aber praktischen Schuhen sogar größer als ich – und ungewöhnlich schlank; ihr Körper glich eher dem einer olympischen Sportlerin als dem einer Ärztin. Wäre ich älter gewesen, hätte ich sie wahrscheinlich attraktiv gefunden, aber so machte ihr falkenartiges Starren mir nur bewusst, wie peinlich jung und unerfahren ich war. Es war, als würde ich von einer Maschine geröntgt, die alles sofort bewertete.

Nachdem sie mich eine Weile lang betrachtet hatte,

sagte sie: »Ich vermute, das war unvermeidlich. Also, erklären Sie's mir. Warum wollen Sie versuchen, einen nicht therapierbaren Patienten zu behandeln?«

»Nun«, erwiderte ich. »Ich bin nicht sicher, ob er nicht therapierbar ist.«

»Woher sollten Sie so etwas wissen? Haben Sie mit ihm gesprochen?«

»Nein.«

»Warum nicht?«

Ich starrte sie an. »Ich hatte angenommen, ich würde gefeuert, sollte ich das auch nur versuchen. Immerhin hat mir jeder damit gedroht, falls ich mich nicht von dem Patienten fernhalten würde.«

»Wer hat Ihnen damit gedroht?«

»Dr. P., wie Sie selbst sehen konnten. Und Nessie.«

»Ah«, sagte Dr. G. »Na schön. Selbst wenn Nessie jede andere Pflicht übernommen hat, so kann ich Ihnen doch versichern, dass sie nicht das Recht gehabt hätte, irgendjemanden zu feuern. Sie hätten einfach den Schlüssel nehmen und jederzeit zu Joe gehen können.«

Ich blinzelte. »Sie meinen, es gibt überhaupt kein besonderes Procedere?«

»O, um ihn zu *behandeln*, durchaus«, sagte Dr. G. »Aber wenn man einfach nur in sein Zimmer gehen will? Nein. Ich glaube, die Kombination aus Angst vor Bruce, Angst vor Nessie und Angst vor den Geschichten über Joe selbst hält die meisten Leute fern. Diejenigen, die tatsächlich sein Zimmer betreten, bleiben selten länger als ein paar Minuten, es sei denn, sie müssen. Und diejenigen, die müssen … nun, Sie haben ja selbst gesehen, was mit Nessie passiert ist.«

»Ja«, sagte ich. »Das habe ich allerdings.«

Sie reckte mir den Kopf entgegen. »Und das hält Sie nicht ab? Sie haben keine Angst davor, genauso zu enden?«

»Nein«, sagte ich. »Wenn überhaupt, nehme ich diese Sache seit ihrer Tat persönlich.«

»Verstehe«, sagte Dr. G. »Dann also zur nächsten Frage. Sie haben noch nicht mit Joe gesprochen. Haben Sie seine Akte gelesen?«

»Nein«, antwortete ich sofort, doch irgendeine meiner früheren Bemerkungen muss mich verraten haben, denn sie starrte mich grimmig an.

»Ich habe Besseres zu tun, als mir anzuhören, wie ein Assistenzarzt mich anlügt. Versuchen Sie es das nächste Mal mit der Wahrheit, oder dieses Gespräch ist beendet.«

Ich schluckte. »Gut«, sagte ich. »Ja.«

»Schon besser. Wenn Sie die Akte gelesen haben und trotzdem noch mit ihm arbeiten wollen, muss Ihnen irgendeine Diagnose vorschweben. Hätten Sie dann vielleicht die Güte, mich darüber aufzuklären, was der Rest von uns zwanzig Jahre lang übersehen hat, während Sie es so schnell gefunden haben?«

Ich saß in der Falle. »Ich glaube nicht, dass Sie irgendetwas übersehen haben«, sagte ich vorsichtig. »Aber in der Akte steht, dass er zum letzten Mal Ende der 70er-Jahre behandelt wurde, und wie Sie wissen, wurde das DSM seither überarbeitet.«

»Hören Sie auf, mich von oben herab zu behandeln, und kommen Sie auf den Punkt.«

Ich schluckte. »Ich glaube, dass Ihre erste Diagnose zutreffend war und wir es möglicherweise mit einem sehr, sehr komplexen Soziopathen zu tun haben. Komplexer, als man sich das damals vorstellen konnte. Darüber hinaus besteht offensichtlich eine Persönlichkeitsstörung mit sadistischen Zügen, und der Patient leidet darüber hinaus wahrscheinlich an einer Art vorzeitiger psychischer Alterung, wodurch er eher wie ein Erwachsener wirkte. Das Merkwürdigste ist seine Fähigkeit, in Menschen seiner Umgebung Wahnvorstellungen auszulösen, was durchaus vorkommen kann, wenn auch nur selten. Als Alternative, so denke ich, könnte man vielleicht auch testen, ob in seiner Art, die Emotionen anderer zu spiegeln, eine Störung vorliegt.«

Sie hob die Hand, um mich zu unterbrechen. »Falsch. Ich mache Ihnen keinen Vorwurf, weil Sie es versucht haben, aber es ist trotzdem falsch. Und um fair zu sein, Sie hätten die Antwort auch gar nicht finden können. Sie haben die Akte nicht gelesen.«

Ich hob eine Augenbraue. »Haben Sie mich nicht gerade gestehen lassen, dass ich sie gelesen habe?«

»Was Sie gelesen haben, war nicht die vollständige Akte. Ich bin nicht dumm. Ich weiß, dass alle paar Jahre einige Leute einen Weg durch unser Archivierungssystem finden und nachsehen, was wir dort unten haben. Genau deshalb habe ich die Akte nicht aus dem Archiv entfernt, sondern eine unvollständige Zusammenstellung von Dokumenten vor Ort belassen, denn ich weiß, dass das zugängliche Material fast jeden abschrecken würde, der sich aus Neugierde Zugang verschafft. Sie haben gesehen, was ich Sie sehen lassen wollte. Mehr nicht.«

Ich blinzelte dümmlich. »Was gibt es sonst noch?«

»Die übrigen Dokumente sind ein wenig praktischer und technischer ausgerichtet als das, was Sie gesehen haben. Und es gibt natürlich noch die beiden Tonbänder. Diese Bänder sind es übrigens, die mir verraten haben, dass Sie gelogen haben. Denn jedes Mal, wenn jemand nach diesen Archivnummern fragt, ist der betreffende Angestellte im Archiv verpflichtet, mich zu informieren. Keiner von ihnen weiß, warum. Aber ich bin sicher, Sie können es sich denken.«

»Der einzige Weg, wie jemand an die Nummern gelangt sein kann, besteht darin, dass er die Akte gelesen hat«, sagte ich niedergeschlagen.

Sie nickte. »Was bedeutet, ich wusste schon, dass Sie die Unterlagen gelesen haben, bevor ich in dieses Büro kam.«

Sie lehnte sich in Dr. P.s Schreibtischsessel zurück und sah mich mit selbstzufriedenem und durchdringendem Blick an. Ich fragte mich, ob sich eine Maus so fühlte, wenn sie spürte, dass eine Katze sie anstarrte.

»So«, sagte sie knapp, »nachdem wir geklärt haben, dass ich in diesem Raum die einzige Person bin, die Zugang zu weiterführenden Informationen hat, beantworten Sie mir bitte eine Frage. Dabei sollten Sie in Ihrer Antwort nicht in Erwägung ziehen, dass wir alle zu dämlich waren, etwas zu sehen, nur weil es noch nicht im DSM beschrieben war, oder wir niemals in Betracht gezogen hätten, dass er unter einem ganzen Cocktail seltener Störungen leidet. Warum hätte ich also zulassen sollen, dass Sie in die Nähe eines Patienten gelangen, den ich von den übrigen Mitarbeitern isoliert habe? Und bitte, gehen Sie diesmal davon aus, dass ich *intelligente* Gründe dafür habe.«

»Ich …« Ich hielt inne, um meine Gedanken zu ordnen. »Ich vermute, es ist sinnlos, Sie zu fragen, worin diese Gründe in Wirklichkeit bestehen?«

»Im Gegenteil. Ich wäre froh, wenn Sie fragen würden«, erwiderte sie. Und zu meiner Überraschung lächelte sie. »Gehen wir mal davon aus, dass es im Augenblick sinnlos ist. Aber ich rechne es Ihnen hoch an, dass Sie überhaupt eine Frage gestellt haben, anstatt sich auch diesmal sofort auf eine mögliche Antwort zu stürzen. Das ist ein Punkt zu Ihren Gunsten. Trotzdem möchte ich, dass Sie versuchen, die Antwort zu erraten, und wenn Sie dabei genügend Einsicht zeigen, werde ich sie Ihnen vielleicht sogar offenbaren.«

Ich dachte nach. »Nun, es gibt eine Reihe von Dingen, die beim Umgang mit Joe nicht ganz schlüssig erscheinen. Aber ich nehme an, dass das ganz bewusst so ist. Deshalb könnte ich vielleicht damit beginnen und mich dann weiter vortasten.«

Sie sagte nichts, aber ihr Lächeln verschwand nicht. Entweder war ich auf dem richtigen Weg oder lag so spektakulär falsch, dass es geradezu komisch war.

»Fangen wir damit an, dass Sie mir erklärt haben, jeder könne mit ihm sprechen, wenn er wolle, nur tut es niemand«, sagte ich. »Trotzdem ist Dr. P. ausgeflippt, als ich meinte, ich würde bei Joe gerne eine Therapie versuchen. Dabei könnte eine Therapie, zumindest theoretisch, ausschließlich darin bestehen, dass man mit dem Patienten redet. Wenn es also jedem freisteht, mit ihm zu sprechen, sind Sie wahrscheinlich der Ansicht, dass er etwas anderes als eine Gesprächstherapie und Medikamente benötigt, oder zumindest zusätzlich zu diesen noch etwas anderes. Etwas, das – außer der Zeit und dem Rezeptblock eines Arztes – die Möglichkeiten eines Krankenhauses in Anspruch nimmt.«

»Sie sind auf dem Holzweg«, sagte sie und deutete ein Kopfschütteln an. Ich schaffte es, nicht zusammenzuzucken und begann von Neuem.

»Gut. Dann brauchen Sie möglicherweise tatsächlich nichts anderes als eine Gesprächstherapie und Medikamente, um ihn zu behandeln«, begann ich. Jetzt sprach ich langsamer, während ich versuchte, das Rätsel zu lösen. »Und trotzdem raten Sie jedem so nachdrücklich davon ab, mit ihm zu sprechen, dass ich wetten würde, es liegt bereits eine gewisse Gefahr darin, sogar etwas derart Bescheidenes zu tun. Und auch wenn man in kleinen Dosen gut mit ihm zurechtkommen mag, bedeutet ein gelegentliches Gespräch mit einem Patienten noch keine Therapie. Ich kann zu einem katatonischen Patienten gehen und anfangen, mit ihm zu sprechen, aber das macht ihn noch nicht zu *meinem* Patienten. Ich bin nicht verantwortlich für ihn, nur weil ich versucht habe, mit ihm zu reden. Aber wenn ich ihn offiziell als meinen Patienten akzeptiere, dann habe ich sehr viel mehr Verantwortung, und zwar sowohl für seine Behandlung als auch dafür, dass dabei nichts schiefgeht. Vielleicht könnte uns seine Familie verklagen, wenn wir etwas wirklich Falsches unternehmen würden. Auf der anderen Seite …«

Sie wirkte, als wolle sie mich unterbrechen, was bedeutete, dass meine letzten Worte wahrscheinlich panischer klangen als beabsichtigt, aber sie erzielten die erwünschte Wirkung. Dr. G. schloss den Mund und hörte mir weiter zu. Ich atmete langsam aus.

»Auf der anderen Seite«, fuhr ich fort, »halten Sie ihn bereits für nicht therapierbar, weshalb ich vermute, dass die anderen Ärzte alles, was sie nur konnten, bei ihm bereits versucht haben. Trotzdem wurde er Ihrer Obhut noch nicht entzogen, sodass Sorgen über die mögliche Unzufriedenheit seiner Familie keine Rolle spielen können. Was bedeutet, dass es jemanden anderen geben muss, den Sie schützen.«

Und mit einem Schlag begriff ich es. »Genau das muss es sein! In seiner Akte gibt es nämlich eine Notiz des letzten medizinischen Direktors, die an Sie gerichtet ist und in der steht, dass Joe, sollte seine Familie die Zahlungen einstellen, trotzdem auf Kosten der Klinik hier untergebracht bleiben soll, um die Welt da draußen vor ihm zu schützen. Aber das erklärt immer noch nicht, warum Sie unbedingt verhindern wollen, dass irgendein Arzt ihn zu seinem Patienten macht. Eigentlich wird doch gerade von uns erwartet, dass wir uns um die Dinge kümmern, mit denen die meisten nicht zurechtkommen.«

Inzwischen strömten die Worte regelrecht aus meinem Mund, und ich glaube, sie hätte mich nicht aufhalten können, selbst wenn sie gewollt hätte. Doch das schien gar nicht ihre Absicht zu sein. Im Gegenteil. Sie wirkte fast stolz.

»Es sei denn, die Gefahr ist für uns sogar *noch* größer«, fuhr ich fort. »Was in einer psychiatrischen Klinik ungewöhnlich wäre, aber ziemlich normal ist, wenn man es mit jemandem zu tun hat, der wegen einer hoch ansteckenden Krankheit unter Quarantäne steht. Solche Patienten werden in der Tat von allen anderen ferngehalten und haben nur Kontakt zu den Menschen, die sich den üblichen Sicherheitsmaßnahmen unterziehen, die für eine Behandlung notwendig sind, weil das Risiko umso größer wird, je länger man den Krankheitserregern ausgesetzt ist. Wenn man sich für wenige Minuten in einem Zimmer aufhält, in dem sich ein Ebola-Patient befindet, bedeutet das nicht unbedingt, dass man sich ansteckt, aber wenn man über viele Stunden hinweg versucht, ihn zu behandeln, ohne dass man sich an die notwendigen Sicherheitsmaßnahmen hält, ist das praktisch ein Todesurteil. Wenn man bedenkt, wie Sie alles organisiert haben, dürfte es gleichermaßen für niemanden eine besondere Gefahr darstellen, ein paar Minuten lang mit diesem Patienten zu sprechen. Aber ich weiß, was mit Graham, dem Pfleger, und mit Nessie passiert ist. Sie war Joes Einfluss jede Nacht ausgesetzt und hat schließlich Selbstmord begangen. Was bedeutet, Sie machen sich Sorgen um jeden, der ihn als Patienten annehmen möchte, denn dadurch wäre der Betreffende in größter Gefahr, dass Joe ihn dazu bringt, etwas Ähnliches zu tun wie Nessie.«

Ich hielt abrupt inne, denn ich spürte, wie mir ein Schauder über den Rücken lief. »Dr. G., wenn es andere gab, die ihn behandelt haben ... dürfte ich dann fragen, was mit ihnen passiert ist?«

Sie hob die Hände und begann, langsam zu klatschen. »Nun, *das* ist mal eine Frage, die ich beantworten kann.« Sie sprach leise. Ihre Stimme klang nicht länger scharf, sondern war voller Trauer. »Dazu müssen Sie allerdings mit mir kommen.«

Sie erhob sich und verließ Dr. P.s Büro mit raschen Schritten und ohne sich davon zu überzeugen, dass ich ihr folgte. Ich eilte ihr nach und holte sie am Fahrstuhl ein. Schweigend fuhren wir ins oberste Stockwerk und gingen in ihr Büro. Sie schloss eine Schublade auf, holte einen dicken Umschlag heraus und öffnete ihn.

»Wie Sie wissen, war es Dr. A., der die ursprüngliche Diagnose stellte – oder es wenigstens versucht hat«, sagte sie. »Und Ihnen ist wahrscheinlich auch die vierjährige Unterbrechung danach aufgefallen. Nun, ob Sie es glauben oder nicht, wir haben Joe während dieser Zeit nicht vollständig allein gelassen. Mehrere Menschen haben versucht, ihn zu behandeln. Genau genommen ...« Sie schluckte heftig. »... war ich die Erste. Ich hatte kurz zuvor selbst in der Klinik angefangen, und Dr. A. hat mir den Patienten übertragen, um es zu versuchen. Ich hatte mein Studium als eine der Besten meines Jahrgangs abgeschlossen und meine Assistenzzeit und mein Fellowship mit Auszeichnung hinter mich gebracht, und weil psychiatrische Kliniken damals über mehr Mittel verfügten, konnten sie sich absolute Spitzenleute leisten. Sie sind nicht der Einzige, dem man immer wieder vorhält, der Intelligenteste im Raum zu sein.«

Sie warf einen Blick nach rechts, und ich sah zu ihren Abschlüssen auf, Dr. med. und Dr. phil., dazu ihre Zeit als Assistenzärztin in der besten Klink des Landes und die Auszeichnungen bei zwei besonderen Fachprüfungen. Noch mehr Diplome gingen nicht.

»Dr. A. hatte recht. Ich war damals tatsächlich die Intelligenteste im Raum. Aber das hielt mich nicht von dem Versuch ab, im Schwesternzimmer ein ganzes Fläschchen Tabletten zu schlucken, nachdem ich Joe nur vier Monate lang behandelt hatte. Danach zog mich Dr. A. von dieser Aufgabe ab und schickte mich in den vorgeschriebenen bezahlten Krankenurlaub aufgrund psychischer Probleme, damit ich eine Therapie machen und mich von dieser Erfahrung erholen konnte. Zusätzlich verbrachte ich einige weitere Monate in einer Privatklinik, bevor ich hierher zurückkehrte, wo ich nie wieder eine Aufgabe erhielt, die mich ein weiteres Mal mit Joe in Kontakt gebracht hätte. Nach mir hat sein nächster Arzt ein Jahr lang versucht, ihn zu behandeln. Alles endete damit, dass dieser Mann eines Tages nicht mehr zur Arbeit erschien. Nachdem wir eine Vermisstenanzeige aufgegeben hatten, wurde er zwei Tage später gefunden. Die Polizei fand heraus, dass er sich in seinem Haus versteckte; er litt vermutlich unter den Nachwirkungen eines psychotischen Zusammenbruchs. Ich sage ›vermutlich‹, weil er sofort, als die Polizisten sein Haus betraten, mit einem Messer auf sie losstürmte, was ihnen keine andere Wahl ließ, als ihn zu erschießen.«

Sie hielt inne, sah mich vielsagend an und fuhr fort: »Joes nächste Ärztin hielt sechs Monate lang durch, bevor sie katatonisch wurde und hier aufgenommen werden musste. Ich würde gerne sagen, Sie hätten sie bereits behandelt, ohne zu wissen, wer sie ist, doch irgendwie ist es ihr gelungen, sich einen scharfkantigen Gegenstand zu verschaffen, mit dem sie sich etwa einen Monat, bevor Sie hier angefangen haben, die Kehle aufgeschlitzt hat. Aber wie auch immer. Nach ihr haben wir jemanden mit Joes Fall betraut, der über größere Widerstandskräfte verfügte. Er war beim Militär gewesen und kam aus einer Klinik, in der hauptsächlich forensische Patienten behandelt wurden. Er blieb achtzehn Monate bei uns, bevor er seine Kündigung einreichte, die nicht mehr als einen einzigen Satz umfasste, und sich eine Kugel in den Kopf schoss.«

Sie griff nach dem entsprechenden Blatt und stieß einen tiefen Seufzer aus. »Danach entschied Thomas – ich meine, Dr. A. –, den Fall selbst zu übernehmen. Es spricht für ihn, dass er diese Erfahrung tatsächlich überlebt hat. Er brach jedoch die Behandlung nach acht

Monaten ab. Und bevor er ein paar Jahre später als medizinischer Direktor zurücktrat, wurde er Mitglied des Verwaltungsrats, um sicherzustellen, dass jeder zukünftige medizinische Direktor die Zusicherung unterzeichnen musste, keinem Arzt Joes Behandlung zu übertragen, ohne zuvor persönlich mit ihm gesprochen und sich von seiner Eignung überzeugt zu haben. Wie alle meine Vorgänger habe auch ich mich dazu bereit erklärt und Joes Fall niemandem ohne diese vorherige Prüfung übertragen. Denn Sie haben recht. Sein Wahnsinn ist ansteckend. Ich habe erlebt, wie er meine Kollegen zerstört hat, darunter sogar den Menschen, der mein Mentor war und mich auf den Posten, den ich heute innehabe, vorbereitet hat. Und fast hätte er auch mich zerstört.«

Sie sah mir direkt in die Augen, und ich erkannte hinter der Fassade dieser kalten, schroffen Frau etwas von dem Menschen, der sie einst gewesen war. Ich sah eine gedemütigte, wütende junge Ärztin, die sich für brillant gehalten hatte – genau wie ich mich für brillant hielt – und hilflos hatte erleben müssen, wie ein Patient ihr Leben und das Leben der Menschen um sie herum ruiniert hatte.

»Sie stellen mich auf die Probe«, sagte ich leise.

Sie nickte.

»Was tut er den Menschen an, Dr. G.? Wenn sein Wahnsinn so ansteckend ist, würde ich gerne wissen, wovor ich mich fürchten soll. Vielleicht kann ich mich dann dagegen wappnen.«

Ihre Augenbrauen hoben sich abrupt, und ein bitteres Lächeln erschien auf ihren Lippen.

»Ich fürchte, darauf kann ich Ihnen keine Antwort geben, Parker«, sagte sie. »Unglücklicherweise ist das eine Frage, die nur Sie selbst beantworten können. Aber Sie haben das Recht dazu erworben, so sehr ich auch die Vorstellung hasse, noch jemand anderen in Gefahr zu bringen. Sie haben so viel Verstand bewiesen, dass Sie möglicherweise in der Lage sein könnten, etwas bei ihm auszurichten. Also gestatten Sie mir eine Frage. Wovor haben Sie am meisten Angst?«

»Hm.« Ich versuchte nachzudenken, doch mir fiel einfach nichts ein. »Ich ... ich weiß nicht.«

»Tut mir leid, das genügt nicht«, sagte sie. »Wenn Sie bei ihm eine Therapie versuchen wollen, müssen Sie die Antwort auf diese Frage kennen, bevor Sie anfangen. Das ist Ihre erste Verteidigungslinie. Genau genommen ist es auch meine, wenn Sie ihn behandeln, denn wenn ich die Antwort auf diese Frage nicht kenne, habe ich keine Ahnung, was nach Ihrer ersten Therapiesitzung auf meiner Station umgehen wird. Also versuchen Sie es noch einmal. Und lassen Sie sich Zeit.«

Wieder lief mir ein Schauer über den Rücken. »Sie meinen, er weiß, ob – «

»Beantworten Sie. Einfach. Meine Frage.«

Ein deutlicheres »Ja« würde ich nicht bekommen. Also dachte ich nach. Ich grübelte in vollkommenem Schweigen mehrere Minuten lang vor mich hin, wobei mich Dr. G. nicht ein einziges Mal unterbrach. Sie schien ebenso gespannt auf eine Antwort zu sein, wie ich unfähig war, eine zu finden. Natürlich dachte ich an die üblichen Dinge – Ertrinken, Insekten, Feuer –, doch es gab noch eine andere Sache, die sich mir immer mehr aufdrängte, und das war das Bild meiner Mutter in ihrem Krankenzimmer. Hier lag die einzige Antwort, die ich geben konnte.

»Ich habe die meiste Angst davor, Menschen, die mir am Herzen liegen, nicht schützen zu können«, sagte ich schließlich. »Ich habe am meisten Angst davor, jemanden nicht retten zu können.«

Dr. G. hob ehrlich überrascht die Augenbrauen. »Interessant«, sagte sie. »Und gibt es zurzeit jemanden in meiner Belegschaft, der Ihnen so sehr am Herzen liegt, dass es Sie zutiefst verletzen würde, wenn dieser Mensch plötzlich tot umfällt? Sie brauchen sich nicht die Mühe zu machen, höflich zu sein.«

Trotz ihrer letzten Bemerkung war ich zerknirscht. Ich schüttelte den Kopf.

Sie nickte. »Das dachte ich mir. Dazu sind Sie noch nicht lange genug bei uns«, sagte sie. »Achten Sie darauf, in nächster Zeit keine solche Bindung zu entwickeln.« Ohne ein weiteres Wort nahm sie ein leeres Blatt Papier aus ihrem Schreibtisch, notierte etwas darauf, unterschrieb es und reichte es mir.

»Zeigen Sie das Dr. P. Ab heute sind Sie Joes neuer Arzt«, sagte sie. »Ich werde Ihnen eine andere Aufgabe übertragen, wenn Sie mich darum bitten, unter einer Bedingung: Sie müssen zu einem nachträglichen Gespräch mit mir bereit sein, in dem Sie mir so genau wie nur irgend möglich beschreiben, was er getan hat, um Sie zu der Entscheidung zu bringen, nicht länger als sein Arzt fungieren zu können.« Sie griff in ihre Schreibtischschublade, nahm zwei Tonbänder heraus und schob sie mir zusammen mit der Krankenakte hinüber.

»O, und Parker? Versuchen Sie nicht, sich vorher umzubringen«, sagte sie und sah mir wiederum direkt in die Augen. »Und jetzt gehen Sie zu Bruce, wo immer er auch vor sich hin schmollen mag, und geben Sie ihm diese Notiz.«

Ich fand Dr. P. auf einem der Stühle im Wartebereich der Station. Er wirkte zugleich rebellisch und schrecklich müde. Als ich auf seinen Stuhl zutrat, stieß er ein mürrisches Grunzen aus, das wohl eine Art Gruß sein sollte, drehte sich jedoch nicht um.

»Was gibt's, Wunderknabe?«, fragte er. »Wie war Ihr herzerwärmender Plausch mit der Chefin? Sind Sie gekommen, um Ihren Schreibtisch zu räumen?«

Ich wusste nicht, wie ich reagieren sollte, also reichte ich ihm einfach die Notiz. Er nahm sie, las sie und sackte auf dem Stuhl zusammen, als habe er soeben erfahren, dass ein naher Verwandter von ihm ermordet worden war. Dann drehte er sich um und sah mich an. Zum ersten Mal war seine Miene weder feindselig noch wütend, und sein Blick verriet nichts als Resignation und Angst.

»Verdammt will ich sein«, hauchte er. »Rose muss Sie für genauso schlau halten wie Sie sich selbst. Schade. Denn ich weiß, dass das, was Sie versuchen wollen, Sie zum dümmsten und verrücktesten Schwachkopf der ganzen Station macht. Nun, wir werden ja herausfinden, wie dumm. Sorgen Sie nur dafür, dass Sie wegen Ihres neuen, glorreichen Freaks nicht Ihre anderen Pflichten vernachlässigen. Ich erwarte, dass Sie alle Punkte einhalten, die Sie mir vorgeschlagen haben.«

Ich nickte. »Natürlich. Gibt es sonst noch etwas, über das Sie mit mir wegen der vorgeschlagenen neuen Patienten und den Zeiten zur Medikamentenausgabe sprechen möchten?«

Er stieß ein hohles Gelächter aus. »Nein, mein Junge, da gibt es nichts. Und jetzt verschwenden Sie meine Zeit nicht länger und fangen Sie an, sich um die Menschen zu kümmern, für die Sie ab sofort verantwortlich sind.«

Er bedachte mich mit einem schiefen, humorlosen Lächeln. »Vermutlich brauchen Sie meine Hilfe nicht, um sein Zimmer zu finden?«

Nein, die brauchte ich nicht.

24. März 2008

Donnerwetter. Den Eintrag heute muss ich schnell schreiben, denn sonst werde ich nie fertig. Ich weiß jetzt schon, dass ich einen grauenhaften Kater bekommen werde, aber scheiß drauf. Dieses Zeug zu Papier zu bringen ist wie eine Chemotherapie für meine Seele. Es tut verdammt weh, aber es brennt etwas Übleres aus. Es hat keinen Sinn, die Dinge weiter aufzuschieben, also werden wir über mein erstes Treffen mit Joe sprechen. Natürlich werde ich versuchen, alles so genau niederzuschreiben, wie ich mich daran erinnere, aber es versteht sich wohl von selbst, dass ich kein Tonbandgerät bei mir hatte, weshalb ich das eine oder andere paraphrasieren muss, damit es nicht so unzusammenhängend klingt. Ich vertraue dabei auf die Nachsicht meiner Leser.

Obwohl der Bewohner des Zimmers von den übrigen Mitarbeitern der Klinik so sehr gefürchtet oder verachtet wurde, erfüllte Joes Zimmer selbst nur sehr wenige Horrorklischees. Gewiss, es lag am Ende eines langen Flurs, was jedem, der darauf zuging, reichlich Gelegenheit gab, mit vermutlich wachsender Beklemmung darüber nachzudenken, was er eigentlich tat, aber ich denke, das sollte bewusst so sein. Selbst wenn man nichts weiter als die gekürzte Akte in Betracht zog, war es sinnvoll, Joe von den anderen Patienten fernzuhalten, und da nur wenige Mitarbeiter Kontakt zu ihm pflegten, war es umso angebrachter, wenn er niemandem im Weg war. Und angesichts des Reichtums seiner Familie, auf den in seiner Akte hingewiesen wurde, war es überdies ein Zeichen des Respekts, ihm eines der größeren und helleren Zimmer der Klinik zu geben, auch wenn Betten und Platz ansonsten immer wieder knapp waren.

Sollte aber irgendjemand glauben, dass einer dieser Aspekte meine Beklemmung vermindert hätte, als ich die ersten Schritte den Flur hinab tat, wäre das ein großer Irrtum. Zuvor war Joe für mich nichts als ein fernes intellektuelles Rätsel gewesen, das nur in der eigenen Vorstellung existierte und zu dem man bequem Theorien entwickeln konnte. Doch jetzt war ich offiziell sein Arzt. Und obwohl es inzwischen wahrscheinlich zu spät war für ein wenig gesunden Menschenverstand, war ich mehr als nur ein bisschen nervös vor meinem ersten Treffen mit einem Patienten, dessen Existenz nicht nur zum Tod anderer Patienten geführt hatte, sondern auch zu dem von Menschen, die dafür ausgebildet waren, sich ohne Furcht mit Geisteskrankheiten auseinanderzusetzen. Immer wieder erklangen die Worte von Dr. G., Dr. P. und vor allem Nessie in meinem Kopf. Als ich seine Tür erreicht hatte, erwartete ich fast, einen elektrischen Schlag zu bekommen, wenn ich den Schlüssel ins Schloss schob und am Türknauf zog. Doch nichts dergleichen geschah.

Obwohl Joe ein solch besonderer Patient war, vermittelte er nicht im Geringsten den Eindruck einer Gefahr. Er war nicht einmal einen Meter siebzig groß und so mager, wie man nur sein konnte, ohne unterernährt zu wirken. Eine wirre blonde Mähne, die aussah, als sei sie schon seit Jahren nicht mehr gekämmt worden, hing ihm ums Gesicht.

Er saß mit dem Rücken zu mir auf einem dieser billigen Klinikstühle, und als er aufstand und sich umdrehte, rechnete ich damit, dass seine Miene eine Art unerwarteten Schrecken verraten würde. Doch auch darin wurde ich enttäuscht. Er hatte ein langes, schmales Pferdegesicht mit schwach ausgeprägtem Kinn, hohen Wangenknochen und leicht gelben Zähnen. Der Blick aus seinen hellblauen Augen wirkte unkonzentriert und fast so abwesend, wie ich es bei einigen katatonischen Patienten erlebt hatte.

Wir starrten einander einige Augenblicke lang an, bevor ich sprach.

»Joe?«, sagte ich in meinem professionellsten Tonfall. »Ich bin Dr. H. Dr. G. hat mir aufgetragen, mit Ihnen eine Therapie durchzuführen, wenn Ihnen das recht ist.«

Er schwieg. Er reagierte überhaupt nicht.

»Wenn der Zeitpunkt ungünstig ist, komme ich gerne – «

»Sie sind jung.«

Seine Stimme war durchdringend und tief. Und sie klang rau, als nutzte er sie kaum. Sie wäre ein wenig beunruhigend gewesen, hätte nicht ebenso eine tiefe Traurigkeit darin gelegen, was sein Elend nur noch größer erscheinen ließ.

Ich nickte und deutete ein Lächeln an. »Das bin ich tatsächlich«, sagte ich ruhig. »Macht Ihnen das Sorgen?«

Er zuckte mit den Schultern. »Die anderen waren nicht so jung wie Sie. Soll ich beeindruckt sein?«

Ich blinzelte. »Beeindruckt? Wovon?«

»Na ja, Sie müssen jemanden absolut sauer gemacht haben, wenn Sie in Ihrem Alter hergeschickt wurden.«

Ohne nachzudenken, lächelte ich erneut. Ich war auf das Schlimmste gefasst gewesen, als ich das Zimmer betreten hatte. Ich hatte mit Beschimpfungen, Provokationen, Litaneien, verstörenden Fantasien und vielleicht sogar Versuchen, diese auszuleben, gerechnet. Das Einzige, was ich nicht erwartet hatte, war, dass Joe einen Witz reißen würde, ganz zu schweigen davon, dass dieser Witz dann auch wirklich ziemlich *lustig* war.

»Da könnten Sie sogar recht haben, aber warum sollte Sie das beeindrucken?«

Wieder zuckte Joe mit den Schultern. »Mich beeindruckt jeder, der die Mitarbeiter hier ärgert. Das macht Sie für mich zu einer verwandten Seele. Außerdem muss das, was auch immer Sie getan haben, um *mich* als Patienten zu bekommen, wirklich verdammt übel gewesen sein.«

Sein Gesichtsausdruck wurde grimmig. »Entweder das, oder *sie* ist im Alter noch gemeiner geworden. Oder verzweifelter.«

»Wer?«

»Sie wissen schon, wer«, sagte er mit bitterem Lächeln. »Sie. Diejenige, die mich hier gefangen hält. Warum schneidet sie mir nicht einfach die Kehle durch, wenn sie schon so weit gegangen ist? Ich wette, das hat sie bereits bei vielen anderen gemacht.«

»Wenn Sie von Dr. G. sprechen, ich – «

»O, Doktor, Doktor, Doktor«, sagte Joe leise. Und dann schlug er ohne Vorwarnung gegen die Wand und stieß ein angewidertes Schnauben aus. »Nun, sie ist eine beschissene Ärztin. Kaum kann sie einen Patienten nicht heilen, steckt sie mich einfach hinter Schloss und Riegel, wo ich über Jahrzehnte hinweg kaum jemanden zum Reden habe, und dann schickt sie mir ein frisches Gesicht wie Sie. Lassen Sie mich raten. Sie waren der klügste neue Arzt weit und breit, und die glauben, dass vielleicht Sie, und nur Sie, mich heilen könnten?«

Es hätte mich nicht überraschen sollen, dass er Dinge herausgefunden hatte, die ich für private Informationen über mich gehalten hatte, und doch war ich überrascht. Offensichtlich stand mir der Schock ins Gesicht geschrieben, denn er kicherte verächtlich.

»Um das herauszufinden, waren wirklich keine magischen Fertigkeiten nötig«, sagte er. »Wenn diese Schlampe irgendjemanden zu mir schickt, dann nur aus einem Grund: weil sie will, dass dieser Jemand gefeuert wird. Sie wissen sicher, dass ich bereits hier war, als Sie wahrscheinlich noch in den Windeln steckten, und seither niemand eine Idee hatte, was man mit mir anfangen soll? Die Schlampe weiß, dass ich nicht ›therapierbar‹ bin, so viel ist Ihnen wohl klar. Sie sind nichts weiter als ein Opferlamm, das ihr Gelegenheit gibt, einen Bericht an meine beschissenen, wertlosen Eltern zu schreiben, damit die beiden weiterhin Geld schicken und sie jedes strahlende, frische Gesicht loswerden kann, das sie selbst alt aussehen lassen könnte.«

Ich war schockiert. Der am meisten gefürchtete Patient der ganzen Klinik verhielt sich überhaupt nicht so, wie ich es mir vorgestellt hatte. Gewiss, er war verbittert und frustriert, aber er wirkte bemerkenswert klar im Kopf und sogar gesund. Keineswegs wie das Produkt von zwanzig Jahren Verwirrung und Schrecken, ganz zu schweigen von der Tatsache, dass er so lange unter der Vormundschaft des Krankenhauses gestanden hatte. Schlimmer noch, seine Bemerkungen hinterließen bei mir einen schlechten Geschmack im Mund und führten dazu, dass ich an den Dingen zu zweifeln begann, die man mir gesagt hatte. Konnte es tatsächlich sein, dass all die Geschichten über ihn nichts weiter als eine aufwändig zurechtgezimmerte Fiktion waren, die der Klinik zu einem ungehindert sprudelnden Strom an Einnahmen verhalf? Ich hob eine Augenbraue.

»Joe, Sie glauben nicht, dass irgendetwas mit Ihnen nicht in Ordnung ist?«

»Scheiße, woher soll ich denn das wissen?«, schoss Joe zurück. »Soweit ich weiß, werden alle um mich herum verrückt! Das ist schon so oft passiert, dass ich mich manchmal frage, ob sie das bewusst tun, nur um mich in einen Wahn zu treiben, aus lauter Sorge vor den Dingen, die irgendjemand als Nächstes tun könnte.«

Er klang zu aufrichtig für eine Lüge, und trotz allem, was ich erfahren hatte, begann er mir leid zu tun. Dennoch waren mir einige Geschichten über ihn so eindringlich im Gedächtnis geblieben, dass ich noch immer misstrauisch war, weshalb ich auch nicht sofort antwortete. Es schien mir besser, ihn erst einmal reden zu lassen.

»Also, nur zu, bringen wir's hinter uns«, sagte er mit einem bitteren Lachen. »Ich bin sicher, dass ich in den letzten Minuten ohne jede Absicht irgendetwas getan habe, um Sie in den Wahnsinn zu treiben.«

Ich schüttelte den Kopf. »Nein.«

»Na dann, glory halle-fucking-lujah. Aber ich kann sehen, wie Ihr aufgewecktes junges Gehirn langsam in die Gänge kommt. Los, sprechen Sie's aus. Was bringt Sie dazu, so heftig das Gesicht zu verziehen?«

Ich zuckte mit den Schultern. »Ehrlich gesagt, ich weiß nicht, was ich denken soll, Joe. Sie scheinen kein Ungeheuer zu sein, aber in Ihrer Akte stehen ein paar ziemlich beunruhigende Dinge.«

»Ach ja? Was zum Beispiel?«, fragte er in höhnischem Ton. »Das wird bestimmt faszinierend.«

»Nun«, sagte ich. »Ich glaube nicht, dass ein normaler Mensch versuchen würde, einen Sechsjährigen zu vergewaltigen, in der ersten Nacht, in der er das Zimmer mit ihm teilt.«

Joe schnaubte. »Steht in der Akte, dass das mit Nathan passiert ist?«

Ich musste den Gedanken unterdrücken, dass ich nicht richtig gehört hatte. Jemand, der auf so gewissenlose Weise böse ist, wie Joe das angeblich war, würde sich üblicherweise nach so langer Zeit nicht mehr an die Namen seiner Opfer erinnern. Er würde zwar noch wissen, was er getan hatte, doch die Opfer hätte er in seiner Vorstellung schon längst ihrer Menschlichkeit beraubt, sodass ihre Namen für ihn bedeutungslos wären.

»Was ist mit Nathan passiert, Joe?«, fragte ich. »Warum erzählen Sie mir nicht Ihre Version der Geschichte?«

Zunächst antwortete er nicht, sondern trat einen Schritt zurück und setzte sich mürrisch auf sein Bett. Nachdem er eine Weile geschwiegen hatte, musterte er mich mit prüfendem Blick.

»Bevor ich darauf antworte«, sagte er, »möchte ich Ihnen eine einzige Frage stellen.«

»Ja?«

»Haben Sie einen Kaugummi?« Er sah mich schief grinsend an. »Von Nessie habe ich immer welchen bekommen. So kann ich meine Gedanken beschäftigen. Es macht die Langeweile erträglicher.«

Wie es der Zufall so wollte, hatte ich tatsächlich ein schrumpeliges altes Päckchen Kaugummi in der Tasche. Ich fischte es heraus und reichte ihm einen Streifen. Er nahm ihn, wickelte den Kaugummi aus und schob ihn sich mit unübersehbarem Genuss in den Mund. Dann sah er mich wieder mit seinem schiefen Grinsen an.

»Danke, Doc«, sagte er. »Ich schätze mal, Sie sind in Ordnung.«

Trotz meiner Verwirrung erwiderte ich sein Lächeln. »Und … Nathan?«

»Richtig, Nathan.« Joe kaute nachdenklich. »Na ja, ich weiß, was die Leute behaupten, aber die Wahrheit ist … er kam zu mir.«

»Ich kann das nur schwer glauben, Joe. Er war sechs. Sie waren zehn.«

»Ja, ja, ich weiß. Das ist zu jung«, sagte Joe ärgerlich und wischte meine Bemerkung beiseite wie eine lästige Fliege. »Aber glauben Sie etwa, er wusste das? Sein Dad hat ihn gevögelt, seit er laufen konnte. Ich glaube, er hat einfach gedacht, das sei Liebe. Aber wie auch immer. Er hat mir gesagt, er könne nicht schlafen, es sei denn, jemand ›stecke es ihm zuerst rein‹, und dann bat er mich darum. An einem Ort wie diesem spricht man über diese Dinge nicht gerade mithilfe von Bienchen und Blümchen, wissen Sie. Also tat ich es. Aber weil ich nicht wusste, was ich da tat und nichts zur Verfügung hatte, damit alles ein wenig leichter gegangen wäre, fing er an zu schreien. Die Pfleger waren direkt vor der Tür, weshalb ich keine Zeit hatte, von ihm runterzusteigen. Glauben Sie etwa, die hätten mir zugehört, nach allem, was sie glaubten, gesehen zu haben?«

Er verdrehte die Augen. »Vermutlich sollte ich mich nicht beklagen, denn so werde ich wenigstens nicht als Jungfrau sterben. Es war zwar nicht ganz so, wie ich meine Jungfräulichkeit gerne verloren hätte, aber wir können schließlich nicht alles haben.«

Wider besseres Wissen musste ich zugeben, dass die

Geschichte plausibel klang. Trotzdem stand zu viel in der Akte, als dass die Einträge nichts als eine Kette von Missverständnissen hätten sein können. Ich ließ nicht locker.

»Selbst wenn ich Ihnen glaube, Joe«, sagte ich, »war das nicht die einzige Sache. Ihre Ärzte sterben oder drehen durch.«

»Und Sie glauben, dass ich das bewirke?«, fragte Joe. Entnervt deutete er auf seinen Körper. »Wirke ich bedrohlich auf Sie, Doktor?«

»Nein«, sagte ich. »Aber wenn Sie gleichsam mit unheimlichen Schritten in Dunkelheit und Nebel …«

»Wenn ich *was*?«

Stimmt. Gut möglich, dass ihm niemand irgendwelche alten Gruselfilme gezeigt hat und er deshalb nichts mit meiner Umschreibung anfangen konnte. »Ich meine, wenn Sie bewusst versuchen, andere in den Wahnsinn zu treiben.«

Verächtlich stieß er die Worte hervor. »*Bockmist*. Sie haben sich nicht umgebracht, weil ich verrückt bin. Sie haben sich umgebracht, weil sie, genau wie jeder, der sich jemals mit meinem Fall befasst hat, wussten, dass ich gesund bin.«

Mein Unterkiefer sackte herab. Ich hatte keine Gelegenheit, nachzudenken und es zu verhindern. Joe sah es und brach in schallendes Gelächter aus.

»O, ich weiß. Ich weiß, wie lächerlich sich das anhört, aber Sie können mir glauben, es ist wahr. Das war es schon, als die beiden Arschlöcher, die sich meine Eltern nennen, mich zum zweiten Mal hierher gebracht haben, damit ich ihnen nicht im Weg bin, weil sie nicht mit mir zurechtkamen und den Ärzten gesagt haben, sie sollen sich irgendeinen Grund einfallen lassen, um mich hierzubehalten. Und als die gierigen Arschgeigen, die die Ärzte hier nun mal sind, irgendeinen Scheiß erfunden haben; aber wenigstens wussten sie ganz zu Anfang noch, dass das eine Farce ist. Bevor *sie* kam.«

Ein tiefes Knurren stieg aus seiner Kehle empor, und er spuckte zu Boden, bevor er fortfuhr: »Wissen Sie, was ich darstellen sollte, bevor Ihre so furchtbar geschätzte kleine Dr. G. hier angefangen hat, Doc? Ich sollte zum Fall werden, den jeder meidet. Dr. A., dieser selbstgefällige Dreckskerl, hat es mehr oder weniger zur offiziellen Politik gemacht, dass die Arbeit mit mir nur den Ärzten übertragen wurde, die in der Hierarchie ganz unten standen, denn niemand wollte eine Therapie mit einem gesunden Patienten anfangen, der ausschließlich auf Bitten seiner Eltern hierbehalten wird. Schreiben Sie es meinem Pech zu, dass Dr. G. die erste Ärztin war, die mit der Behandlung betraut wurde. Denn lassen Sie es sich gesagt sein: Dr. G. war viel zu ehrgeizig, um ihre Zeit mit so etwas zu verschwenden. Was also tut sie? Sie spinnt irgendeine Geschichte darüber zusammen, wie beängstigend es ist, mit mir zu arbeiten, und hinterlässt genau dort einen Abschiedsbrief, wo die anderen Ärzte ihn finden müssen. Kurz darauf wird sie krankgeschrieben, und als sie wieder zurückkommt, überträgt man ihr Arbeit mit echten Patienten, und ich werde aus einem Fall, auf den keiner Wert legt, zu einem Fall, über den niemand zu sprechen wagt. Und was machen die Chefs? Sie fangen an, diejenigen Ärzte zu mir zu schicken, die sie feuern wollen, denn das gibt ihnen einen Grund, diese armen Scheißer loszuwerden. Und diese Ärzte wissen, dass die Schlampe und ihr kalter Fisch von einem Mentor dafür sorgen werden, dass ihre Karriere ein abruptes Ende findet, wenn sie es nicht schaffen, mich zu therapieren. Aber sobald sie mit mir gesprochen haben, wissen sie, dass das nicht zu schaffen ist, weil es nichts zu therapieren gibt. Am längsten haben diejenigen durchgehalten, die sich überwinden konnten, trotz der Situation weiter ihr Gehalt zu beziehen. Je länger sie es schafften, damit zu leben, desto länger blieben sie in der Klinik. Und ich musste zusehen, wie diejenigen, die auch nur ein klein wenig für mich empfanden, unter solchen Umständen den Verstand verloren.«

Ich hatte immer noch meine Zweifel, aber aus irgendeinem Grund öffnete ich Joe umso mehr mein Herz, je länger er sprach. Wenn ich raten müsste, warum ich so viel Verständnis für ihn aufbrachte, würde ich sagen, dass es seine Haltung war. Es ist schwierig, dergleichen auf diesem Weg zu vermitteln, aber obwohl er sich streng genommen mit dem, was er sagte, verteidigte, klang seine Stimme noch immer hohl und resigniert, als wisse er, dass es ihm nicht im Geringsten helfen würde, selbst wenn ich ihm glauben sollte. Als hielte er seine Verteidigungsrede auf Autopilot. Und weil in seinen Worten so wenig Hoffnung lag, war ich umso mehr geneigt, an seine Aufrichtigkeit zu glauben. Wie mir im Nachhinein klar wurde, hätte ich erkennen müssen, dass das alles genauso gut die Manipulation eines Psychopathen sein konnte, aber weil ich darauf absolut nicht vorbereitet war und damals nur über wenig Erfahrung verfügte, war ich wahrscheinlich leichter zu beeindrucken, als ich das hätte sein sollen.

Trotzdem war ich natürlich nicht vollkommen naiv. Ich wusste, dass jeder Patient, der nicht katatonisch oder tief in seine Wahnwelt verstrickt ist, den ersten Eindruck, den man von ihm hat, beeinflussen kann. Deshalb versuchte ich, in den nächsten fünfundvierzig Minuten das Gespräch zu steuern und herauszufinden, ob Joe irgendwelche Anzeichen schwerer latenter psychischer Probleme zeigen würde – Anzeichen, die nur jemand vom Fach sofort erkennen konnte. Aber auch hier geriet ich in eine Sackgasse. Bei Joe gab es keinerlei Hinweise auf eine Geisteskrankheit, abgesehen von einer leichten Depression und einer gewissen Platzangst, was man bei einem Patienten, der mehr als zwanzig Jahre hinter verschlossenen Türen verbracht hatte, auch erwarten würde, besonders wenn er dabei mit Ärzten konfrontiert worden war, deren eigene psychische Gesundheit nach und nach massiv gelitten hatte.

Zugegeben, ein wirklich begabter Psychopath hätte das alles nur vorspielen können, doch nichts wies darauf hin, dass es sich bei Joe so verhielt. So fiel mir zum Beispiel bei unserer ersten Unterhaltung auf, dass ein Vogel gegen das Fenster flog und benommen wirkte, nachdem er gegen das Glas gekracht war. Ein Psychopath hätte darauf überhaupt nicht reagiert, doch Joe ging zum Fenster und betrachtete, das Gesicht gegen die Scheibe gedrückt, den Vogel voller Sorge, bis dieser sich geschüttelt hatte und wieder davonflog. Es würde mir sehr schwerfallen, mir ein deutlicheres Zeichen gesunder Empathie vorzustellen, wenn es denn überhaupt eines geben sollte.

Als ich nach unserem ersten Treffen die Tür zu Joes Zimmer hinter mir schloss, war mir übel, wenn auch aus einem ganz anderen Grund, als ich mir vorgestellt hatte. Denn trotz der vielen grässlichen Geschichten in seiner Akte fand ich absolut keinen Hinweis darauf, dass dieser Mensch etwas anderes sein könnte als ein verzweifelter, einsamer Sündenbock, den seine Eltern im Stich gelassen hatten und der von einer unterfinanzierten und unterbesetzten Klinik zu ihrem Vorzeigefreak gemacht worden war. Unter solchen Umständen hätte ich normalerweise meinen Vorgesetzten empfohlen, Joe zu entlassen, doch selbst wenn ein Teil seiner Geschichte der Wahrheit entsprach, wäre dies offensichtlich eine schreckliche Entscheidung gewesen. Wenn er recht hatte und hier tatsächlich als eine Art Gans diente, die goldene Eier legte, würde ihn die Klinik nie gehen lassen, selbst wenn er gesund war.

Andererseits war dies lediglich unser erstes Gespräch gewesen, und es gab zahllose Anschuldigungen gegen ihn. Deshalb beschloss ich, einen Monat lang Therapiesitzungen mit ihm durchzuführen, bevor ich zu irgendeiner weiterführenden Maßnahme greifen würde. Vielleicht hatte ich ja einfach nur einen guten Tag bei ihm erwischt, und in Kürze würde er sich in jenen Albträume hervorrufenden bösen Feind verwandeln, den seine Akte beschrieb. Ganz abgesehen davon hatte ich mir die Tonbänder noch nicht angehört, die Teil seiner vollständigen Akte waren, oder die ungeschönten Notizen seiner behandelnden Ärzte gelesen, die Dr. G. mir gegeben hatte.

Ich sollte das eigentlich nicht zugeben, aber ich nahm seine Akte mit nach Hause. Da Dr. G. sie üblicherweise in einer verschlossenen Schublade in einem verschlossenen Büro aufbewahrte, fühlte ich mich nicht wohl dabei, sie in meinem Büro zurückzulassen. Mein zerschrammter, von der Klinik zur Verfügung gestellter Schreibtisch ließ sich nicht abschließen, und ich war nicht gerade bekannt dafür, mein Büro regelmäßig zu verriegeln, da alle neueren Patientenakten digitalisiert waren und ich kein heikles Material und nichts Wertvolles herumliegen ließ.

Als ich nach Hause kam, konnte ich nicht sofort mit dem Lesen anfangen. Gerade jene Nacht war besonders schwierig für Jocelyn und mich. Wegen meiner neuen Arbeit, zu der auch meine Besessenheit von Joe gehörte, und der Frustration, die ihre Recherchen mit sich brachten, verlebten wir nicht viel Zeit gemeinsam. Ich glaube, es war in jener Woche, dass sie zusammenbrach und mir sagte, dass ihr Professor all die Dinge, die zu schreiben sie ein ganzes Jahr gekostet hatte, als völlig wertlos erachtete. Mentoren sollten ihre graduierten

Studenten eigentlich unterstützen, aber dieses spezielle Mitglied ihres Prüfungsausschusses war ein unnachgiebiges Arschloch, das ständig an ihr und ihrer Arbeit herumnörgelte. Ich hatte den Verdacht, er wollte mit ihr schlafen oder fühlte sich zumindest bedroht durch sie. Oder vielleicht war das auch nur seine Vorstellung von Normalität, da viele solcher Ausbildungsprogramme eine kranke Tradition missbräuchlichen Verhaltens vermitteln und der eine oder andere der Überzeugung anhängt, diese zu erdulden sei nichts anderes als »seinen Verpflichtungen nachzukommen«. Wir stritten uns, aber nicht lange. Sie brachte mich dazu, über den Albtraum zu sprechen, den ich gehabt und der auch sie aufgeweckt hatte, und ich brachte sie dazu, mit mir über ihre Probleme mit ihrem Professor zu sprechen. Am Ende waren wir so müde, dass wir aneinandergekuschelt einschliefen und unsere Arbeit für die Dauer einer Nacht beiseiteschieben konnten.

Erst am folgenden Abend fand ich die Gelegenheit, mich mit Joes Material zu beschäftigen, und ich beschloss, mit den Tonbändern anzufangen. Ich hoffte, dass die allererste Sitzung mit Joe – als er, wie es schien, unter der Erfahrung nächtlicher Schrecken gelitten hatte –, mir einige Hinweise auf das geben würde, was andere Ärzte übersehen hatten, weil es vermeintlich so banal war.

Das Band von Joes erster Sitzung war alt und mehr als nur ein wenig abgenutzt, sodass ich mich fragte, ob es überhaupt funktionieren würde, als ich es in mein Abspielgerät schob. Doch nach ein paar beunruhigenden Knirsch- und Surrgeräuschen begannen sich die Spulen der Kassette zu drehen, und aus meinen Lautsprechern erklang das blecherne Geräusch einer Männerstimme mit angloamerikanischem Akzent.

`Hallo, Joe. Mein Name ist Dr. A. Deine Eltern haben mir gesagt, du hättest Schwierigkeiten, zu schlafen.`

Es folgte eine kurze Pause, während der, wie ich vermutete, Joe offenbar nickte, denn Dr. A. sprach danach weiter.

`Kannst du mir sagen, warum das so ist?`

Wieder eine kurze Pause, dann antwortete die Stimme eines Kindes.

```
J: Das Ding in meinen Wänden lässt mich nicht.
A: Verstehe. Es tut mir leid, das zu hören. Kannst du mir von dem Ding in deinen Wänden erzählen?
J: Es ist krass.
A: Krass? Inwiefern?
J: Einfach nur krass. Und unheimlich.
A: Was ich meine, ist: Kannst du es mir beschreiben?
```

J: Es ist groß und haarig. Es hat Fliegenaugen und zwei superstarke Spinnenarme mit richtig langen Fingern. Sein Körper ist ein Wurm.

Ich erschauderte unwillkürlich. Sogar für ein fantasiebegabtes Kind war das ein ziemlich hässliches mentales Bild. Weil bei der Aufnahme notiert worden war, dass Joe unter akuter Entomophobie – also Angst vor Insekten – litt, schien das allerdings ein natürlicher Ausdruck dieser Angst zu sein. Bisher gab es also keinen Grund, dass er irgendetwas anderes als ein typisches verängstigtes Kind war. Wie es schien, war Dr. A. ebenfalls dieser Ansicht.

A: Das klingt beängstigend. Und wie groß ist es?
J: Groß! Größer als Daddys Auto!
A: Verstehe. Und haben deine Eltern es auch gesehen?
J: Nein. Es geht in die Wände zurück, wenn sie kommen.
A: Etwas, das so groß ist, passt in deine Wände? Gehen die denn nicht kaputt?
J: Es schmilzt. Wie Eiscreme. Es sieht aus, als ob es selbst die Wand ist.
A: Verstehe. Und es hat diese Spuren auf deinen Armen hinterlassen?

J: Ja. Ich habe versucht, mein Gesicht zuzudecken, damit ich es nicht sehen muss. Es hat meine Arme weggezogen und mir mit seinen Fingern die Augen geöffnet.

A: Warum hat es das getan?

J: Ihm gefällt es, wenn ich mich schlecht fühle. Das ist auch der Grund, warum es mich nicht schlafen lässt.

A: Was meinst du damit?

J: Es frisst schlechte Gedanken.

Mein Gott. Wenn er nicht hinter verschlossenen Türen in einer psychiatrischen Klinik säße, wäre dieser Junge ein großartiger Horrorautor geworden.

Aber ebenso war er – zu meiner größten Enttäuschung – völlig normal. Während ich weiter zuhörte, musste ich darüber lächeln, was für ein tapferes Kind er war. Ich konnte außerdem sehen, dass die Informationen auf dem Band größtenteils mit den Bemerkungen in der Akte übereinstimmten und vorerst nichts auf die späteren Schrecken hindeutete, die den Jungen heimsuchen sollten, nachdem er zum zweiten Mal aufgenommen worden war. Irgendetwas an dieser Geschichte stimmte einfach nicht, weshalb ich den unangenehmen Verdacht hegte, dass es die Intrige, deren Opfer zu sein der erwachsene Joe behauptete, möglicherweise tatsächlich gab.

Aber schließlich war das erst ein einziges Set von Daten. Wenn ich verstehen wollte, was der lange stationäre Aufenthalt aus Joe gemacht hatte, musste ich mich dem zweiten Band zuwenden, das von jenem Pfleger angefertigt worden war, der die Nacht in seiner Gegenwart verbracht hatte.

Als ich mir die Kassette zum ersten Mal ansah, fiel mir etwas Merkwürdiges auf. Jemand hatte einen schmalen Streifen von, wie es schien, sehr altem Klebeband, das mit »3 – 4 Uhr nachts« beschrieben war, daran befestigt. Ich war verwirrt. Warum sollte man nur eine Stunde aufnehmen? Dann erinnerte ich mich. In der Akte stand, dass auf dem Band die meiste Zeit über nichts zu hören war. Diese Kassette musste die einzige sein, die irgendetwas Interessantes enthielt. Warum hätte man sie sonst aufbewahren sollen? Ich bereitete mich darauf vor, während der nächsten Stunde sehr genau zuzuhören, schob das Band in den Recorder und drückte auf »Play«.

Während der ersten zwanzig Minuten gab es, wie ich vermutet hatte, fast nichts als tote Luft, und mehr als einmal musste ich unterbrechen, weil meine Konzentration nachließ. Schließlich fing ich damit an, stumm die Sekunden mitzuzählen und regelmäßig einen Blick auf meine Uhr zu werfen, um dafür zu sorgen, dass meine Aufmerksamkeit wenigstens auf überhaupt irgendetwas gerichtet blieb. Als ich die Zwanzig-Minuten-Markierung erreicht hatte, schien Leben in das Band zu kommen, und ich hörte etwas.

Zunächst erklang jenes Atmen, das in der Akte erwähnt wurde. Dr. A. hatte nicht übertrieben. Es handelte sich zweifellos um die Geräusche eines Menschen, der einen Angstanfall erleidet. Das Atmen setzte sich dreißig Sekunden lang fort, bis ich hörte, wie sich etwas bewegte, und dann …

Schritte. Rasche Schritte, als ob jemand rannte, gefolgt von dem klatschenden Geräusch, das entsteht, wenn etwas Weiches gegen etwas Hartes schlägt. Die ganze Zeit über hörte ich weiterhin jenes schwere Atmen, das wahrscheinlich von der Person stammte, die gerannt war; dann eine raue Stimme, die mehrere obszöne Worte murmelte und diese ständig in zunehmend verängstigtem Ton wiederholte. Danach das Geräusch schlurfender Schritte, und dann schien die Aufnahme bei Minute dreißig abrupt und vollständig abzubrechen.

Verärgert spulte ich die Kassette zurück. Was ich gehört hatte, war unmissverständlich. Der Pfleger war ganz eindeutig zu unruhig, um die ganze Nacht durchzuhalten, und rannte schließlich davon – das heißt, wenn die Notizen in der Akte korrekt waren. Gut möglich, dass er einfach nach Hause wollte und seine Angst nur spielte, um die Legende um Joe aufrechtzuerhalten. Doch um ganz sicher zu sein, dass ich mich nicht verhört hatte, wollte ich mir die zehn Minuten, in denen es überhaupt zu irgendwelchen Aktivitäten gekommen war, noch einmal anhören. Diesmal nahm ich mir einen Kopfhörer, schloss ihn an den Kassettenrecorder an und drehte den Ton so hoch, wie es für die Ohren gerade noch erträglich war.

Wieder dieselben Geräusche. Das hektische, verängstigte Atmen. Ein Körper, der sich bewegte. Die rennenden Schritte. Die Flüche. Das Gelächter. Die Schritte, die sich schlurfend entfernten.

Moment mal. *Das Gelächter*? Das war zuvor nicht da gewesen. Ich spulte das Band noch einmal zurück und lauschte.

Wenn man die Lautstärke nicht ganz so hochdrehte, konnte man das Geräusch leicht für Hintergrundrauschen halten. Aber bei voll aufgedrehtem Ton und mit Kopfhörern konnte es keinen Zweifel geben. Während der Pfleger in das Mikrofon fluchte, glaubte ich in den Pausen zwischen seinen Worten im Hintergrund das Geräusch eines tiefen, dröhnenden Lachens zu hören, das wirkte, als würde es aus großer Entfernung aufgenommen. Mir war klar, dass das Geräusch in Wahrheit viel lauter gewesen sein musste, denn nur dadurch hatte das Mikrofon es überhaupt einfangen können. Wenn die Aufnahme nicht so schlecht gewesen wäre, dass ich an ihrer Zuverlässigkeit zweifeln musste, wäre ich wahrscheinlich ausgeflippt und hätte den Fall unverzüglich abgegeben.

Denn dieses Lachen hörte sich nicht an wie ein Geräusch, das irgendein Mensch hervorbringen könnte. Es war zu rau, zu tief, zu kehlig, fast so, als hätte jemand einem zusammenbrechenden Gletscher den Rhythmus menschlichen Gelächters verliehen. Andererseits erklang es in großer Entfernung, und die Aufnahme war sehr alt, weshalb es meiner Einschätzung nach auch etwas ganz Harmloses im Hintergrund sein konnte, das durch die Abnutzung der Kassette über die Jahre hinweg völlig verzerrt worden war. Ich nahm das Band aus dem Abspielgerät, denn ich konnte mir nicht vorstellen, mit seiner Hilfe noch mehr zu erfahren, und beschloss, mir die Notizen anzusehen.

Ich werde mir nicht die Mühe machen, sie zu transkribieren, und zwar aus folgendem Grund: Während ich vor ihrer Lektüre geglaubt hatte, Joe irre sich mit seiner Behauptung, man hätte ihm die schlechtesten Ärzte der Klinik zugeteilt, so war ich hinterher davon überzeugt, dass er recht hatte. Was ich vor mir hatte, waren einige der unzusammenhängendsten, nutzlosesten und alles in allem chaotischsten Bemerkungen über einen Patienten, die ich jemals in meinem Leben gelesen habe. Sie sprangen von Diagnose zu Diagnose und von Medikation zu Medikation, als habe jemand eine Münze geworfen, um eine Entscheidung zu treffen, bis ich mich schließlich fragte, ob man Joe einfach aufgrund der vielen verschiedenen Nebenwirkungen langsam in den Wahnsinn getrieben hatte. Einige Ärzte berichteten, dass er fixiert worden und ihm manchmal sogar eine Anti-Biss-Vorrichtung angelegt worden sei, Letzteres teilweise während seiner Gesprächstherapiesitzungen, was mir absolut kontraproduktiv erschien. Ich meine, worin liegt der Sinn einer Gesprächstherapie, wenn der Patient nicht sprechen kann? Es mag hier genügen, wenn ich sage, dass ich am Ende so gut wie überzeugt davon war, dass all diese Leute die Frustration über ihre Unfähigkeit als

Ärzte an einem hilflosen Patienten ausließen, und mir schauderte bei dem Gedanken, wie viele Prozesse wegen Verletzung der Berufspflicht man aufgrund dessen, was ich da las, hätte anstrengen können.

Die einzigen Einträge, denen ich halbwegs folgen konnte, stammten von Dr. G., und obwohl sie verrieten, dass sich hier eine hochkompetente Ärztin mit Joe beschäftigte, bestätigten sie doch alles in allem Joes Vermutung. Ich konnte förmlich in jedem Satz, den sie über ihn schrieb, ihr Ressentiment spüren. Es war offensichtlich, dass sie den Patienten für weit unter ihrer Würde stehend hielt und unbedingt eine neue Aufgabe zugewiesen bekommen wollte. Und doch schien ihr Ton im Verlauf ihrer Einträge immer weniger von Vorbehalten geprägt zu sein; stattdessen trat ein außerordentliches Triumphgefühl an deren Stelle. Gleichzeitig wurden ihre Notizen immer kürzer, als könne sie mit zunehmender Sicherheit darauf verzichten, da der Fall kurz vor einer Lösung stand. Das Folgende ist ein gutes Beispiel.

> Joe reagiert gut auf die abschließende Behandlung. Werde nächste Woche alles noch einmal überprüfen, falls es überhaupt so lange dauert, bis der Prozess Erfolg hat.

Nun, worauf auch immer sich ihre Bemerkung über eine »abschließende Behandlung« genau bezogen haben mag, so hatte die Therapie doch wenigstens *irgendein*

Ergebnis. Denn genau eine Woche nach dieser kurzen, fast lässig nebenbei geäußerten Einschätzung, folgte ihr letztes Memo, das so ganz anders war und geradezu wie ein Peitschenschlag wirkte. Diesen Eintrag werde ich hier transkribieren.

> *Morgen werde ich meinen Posten am CSA aufgeben. Ich habe gegenüber meinen Patienten versagt, ich habe gegenüber meinen Kollegen versagt, und ich habe mir selbst gegenüber versagt. Bitte machen Sie sich nicht die Mühe, mir meinen letzten Gehaltsscheck zu schicken, denn ich verdiene ihn nicht, und ich glaube auch nicht, dass ich ihn brauchen werde. Vielen Dank für die Möglichkeit, mit Ihnen zu arbeiten. Es tut mir leid, dass ich Sie im Stich gelassen habe. Es tut mir leid, so leid.*
>
> *Rose*

Überflüssig zu sagen, dass das verdächtig wirkte. Natürlich mochte es vielleicht nichts weiter bedeuten, als dass Dr. G. eine katastrophal unangemessene abschließende Therapie gewählt hatte, doch nach allem, was ich gelesen und gehört hatte, schien es viel wahrscheinlicher, dass jene Behandlung nur die letzte sein sollte, die *sie selbst* für Joe vorgesehen hatte, weil sie beabsichtigte, einen vorgeblichen Selbstmordversuch zu inszenieren. Warum wären wohl sonst nur so wenige Einzelheiten über ihre angeblich erfolgreiche Behandlung Joes zu finden gewesen?

Von meiner Perspektive aus gesehen war das fast der letzte Sargnagel für die Theorie des »geheimnisvollen Patienten, den niemand heilen kann«. Obwohl ich immer noch entschlossen war, Joe zunächst einen Monat lang zu beobachten, begann ich mich bereits zu fragen, was wohl nötig wäre, um vor einer übergeordneten medizinischen Behörde zu beweisen, wie viel Leid dieser arme Mensch in den Händen der unethisch und rücksichtslos handelnden Dr. G. erlitten hatte. War es zunächst meine Vermutung gewesen, ich hätte etwas übersehen, als ich das gespenstische Gelächter auf dem Band hörte, so fragte ich mich jetzt, ob das Band in irgendeiner Weise verändert worden war, denn schließlich war es Dr. G., die es die ganze Zeit über aufbewahrt hatte. Doch was auch immer der Fall sein mochte, von meiner Warte aus war es Joe, der in einem Albtraum lebte, nicht seine Pfleger, nicht seine Ärzte.

Deshalb war es auch nicht überraschend, dass Dr. P. mich so anfuhr, als ich vorgeschlagen hatte, Joe als Patienten zu übernehmen. Ebenso wenig war es ein Wunder, dass Dr. P. noch immer als Arzt arbeitete, ganz zu schweigen davon, dass er als Supervisor für jüngere Kollegen auftrat. Er war nicht deshalb für die Station verantwortlich, weil er irgendjemanden therapieren sollte, sondern er fungierte als Gefängniswärter für denjenigen Patienten, der als Einziger die Klinik mit einem zuverlässigen Strom an Einnahmen versorgte. Er demonstrierte seinen Mangel an Einfühlungsvermögen jedes Mal, wenn er nicht zu einer Besprechung erschien oder mir sagte, ich solle die Patienten »einfach mit Medikamenten ruhigstellen«. Natürlich machte es ihn wütend, dass jemand wie ich auf seiner Station erschienen war, der versuchte, den Leuten zu helfen. Denn dieser Impuls stellte bereits eine Bedrohung der Vorkehrungen dar, die ihm seine Stelle sicherten. Weniger qualifizierte Ärzte, die nicht aus eigener Entscheidung hier waren, sondern eine Stelle auf seiner Station brauchten, konnte er zum Schweigen bringen, indem er ihnen mit dem Verlust des Arbeitsplatzes drohte, doch meine bisherige berufliche Laufbahn muss diesen zu groß geratenen Schulhofrüpel noch mehr verbittert haben als die Tatsache, dass jemand mit vergleichbaren Qualifikationen im Rennen um den Posten des medizinischen Direktors an ihm vorbeigezogen war. Allein der Gedanke, dass er so tat, als wolle er mir helfen, indem er mich von Joe fernhielt! *Schwachsinn.* Der alte Bastard hat nur versucht, sich selbst zu schützen.

Schlimmer noch, die ganze Affäre tauchte Nessies Selbstmord in ein völlig neues Licht. Diese freundliche ältere Frau musste gewusst haben, was vor sich ging. Wie hätte sie es auch nicht wissen können, da sie doch seit Joes Kindheit seine Krankenschwester war. Er kam für sie einem eigenen Sohn wahrscheinlich so nahe, wie das überhaupt nur möglich ist, und doch forderte man sie auf, ihn mehr als drei Jahrzehnte lang mit Medikamenten, isolierter Unterbringung und Einschüchterung zu quälen. So war es auch keine Überraschung, dass ihrer Ansicht nach niemand sonst einen Einfluss auf ihn haben sollte; sie musste gedacht haben, sie sei die Einzige, die auch nur in Erwägung ziehen könnte, freundlich zu ihm zu sein. Und vielleicht hatten Dr. G. und Dr. P. ihr Handeln zugelassen, weil sie der Ansicht waren, sie würde es wohl kaum schaffen, sich von der Klinik loszureißen, die über einen derart langen Zeitraum hinweg ein Zuhause für sie war. Doch anscheinend wurde das alles sogar für sie zu viel, weshalb sie sich aufgrund von Schuldgefühlen umgebracht hat. Was erklären würde, warum sie versucht hatte, niemanden in Joes Nähe zu lassen, nicht einmal Menschen, denen sie vertraute, damit diese nicht dieselbe Schuld auf sich laden würden.

Und all das nur deswegen, weil eine einzige grausame Frau schlicht zu arrogant und zu ehrgeizig gewesen war, um als Novizin mit einem Fall umzugehen, der in Wahrheit gar kein richtiger Fall war.

Trotzdem fühlte ich mich in gewisser Weise erleichtert. Zugegeben, es war eine Schauergeschichte, doch wenigstens schien darin wahrscheinlich ein menschliches Monster die Hauptrolle zu spielen. Und wenn Dr. G. das Monster war, wie ich annahm, dann, so schwor ich mir, würde ich ihr einen Pflock ins Herz rammen, noch bevor alles vorbei war.

27. März 2008

Na schön, ihr alle habt bis hierher gelesen, und es ist nicht nötig, dass ich euch mit Samthandschuhen anfasse und eine Zusammenfassung dessen gebe, wo wir im Augenblick stehen. Ihr wisst, dass ich zuletzt meine erste Sitzung mit einem als unheilbar geltenden Patienten beschrieben und dabei entdeckt habe, dass er in Wahrheit vielleicht gesund ist. Machen wir weiter, und zwar rasch.

Am folgenden Tag in die Klinik zurückzugehen war, wie man erwarten kann, eine ziemlich spannungsgeladene Erfahrung. Jetzt, da ich zu vermuten begann, ich würde mich in meiner ersten echten Stelle nach so vielen Jahren der Ausbildung offen der medizinischen Direktorin widersetzen müssen, wirkten die Dinge, die zuvor Routine gewesen waren, plötzlich Unheil verkündend. Ich beobachtete das Verhalten der anderen Therapeuten bei unserer morgendlichen Teambesprechung. Jedes Mal, wenn ich ein weiteres Medikament verschrieb, dachte ich noch einmal zusätzlich darüber nach und fragte mich, ob man mich zum Sündenbock machen würde, wenn es zu irgendwelchen negativen Reaktionen käme.

Nachdem ich angefangen hatte, nach bestimmten Mustern zu suchen, wurde mir auf unerträgliche Weise bewusst, dass mir ständig zwei Pfleger folgten – beide von wahrhaft titanischer Größe. Der eine, Marvin, war über einen Meter neunzig groß, ein kahlköpfiges, bleiches Monster, dessen Klinikkleidung sich über seiner breiten Brust und seinen mächtigen, von Tätowierungen bedeckten Armen spannte. Der andere, Hank, war ein schwarzer Koloss mit Dreadlocks, der fast so breit wie Marvin groß war und so wirkte, als könne er jemanden vom Doppelten seines Gewichts zerquetschen, ohne in Schweiß auszubrechen. Einem unaufmerksamen Beobachter wären sie nicht aufgefallen, doch für mich verriet die Art, wie sie mir ständig auflauerten, mit schreiender Deutlichkeit ihre üblen Absichten. Dabei hielten sie keineswegs in auffälliger Weise nach mir Ausschau. Nein, sie waren gerissen genug, jedes Mal den Eindruck zu erwecken, als arbeiteten sie, wenn ich versuchte, ihnen auf die Schliche zu kommen. Entweder sahen sie sich das Krankenblatt eines Patienten an oder trugen Berge von medizinischem Material in die Vorratsräume. Anfangs war es nur beunruhigend, aber im Laufe der folgenden Tage empfand ich es als tief verstörend. Die Art, wie ich mich Joe genähert hatte, schien Dr. G. als positiv zu empfinden, weshalb die Entscheidung, mich unter Beobachtung zu stellen, widersprüchlich wirken musste und mein Misstrauen ihr gegenüber verstärkte.

Na schön, zurück zu meiner Behandlung von Joe. Zu einer psychodynamischen Therapie oder, wie wir es häufig nennen, einer Gesprächstherapie gehören üblicherweise zwei Sitzungen pro Woche. An diesem Punkt wollte ich mit ihm zusammen unbedingt einen gewissen Vorsprung erarbeiten und in kurzer Zeit möglichst viel von seiner Vorgeschichte klären. Angesichts meiner zusätzlichen Arbeitsbelastung gab es einige Termine, mit denen ich jonglieren musste, aber angesichts der bisherigen Erfahrungen in meiner Assistenzzeit – jeder weiß, dass Ärzte in jenen ersten Jahren überarbeitet sind und zu wenig Schlaf abkriegen – gelang es mir, damit zurechtzukommen. Was bedeuten soll, dass ich schon einen Tag nachdem ich die Bänder angehört hatte, zu einer weiteren Sitzung in seinem Zimmer erschien.

Als ich hereinkam, saß Joe lässig auf seinem Bett, eine halb zu Ende gespielte Partie Solitär vor sich. Ich muss zugeben, dass der Anblick mich erleichterte. Wenn er so gesund war, wie er behauptete, wäre es selbst für einen Arzt, der sich besonders unethisch verhielt, geradezu grausam gewesen, ihm nicht wenigstens *irgendeine* Form von Unterhaltung zu gönnen.

Er sah mich mit demselben schiefen Grinsen an, mit dem er mich bereits am Tag zuvor bedacht hatte. »Hey, Doc«, sagte er. »Schön, Sie wiederzusehen. Dann habe ich Sie also beim ersten Mal nicht völlig abgeschreckt.«

Ich schenkte ihm ein höfliches Lächeln. »Hallo, Joe.«

Noch immer auf dem Bett sitzend, schlug Joe die Beine unter und deutete auf einen Klapptisch in der Ecke. »Wegen mir müssen Sie nicht stehen. Setzen Sie sich.«

Ich zog den Stuhl Joe gegenüber in die Mitte des Zimmers und machte es mir bequem. »Ich habe letzte Nacht Ihre ungekürzte Akte gelesen.«

»O, tatsächlich?« Er hob die Augenbrauen. »Und? Inwieweit bin ich ein gefährlicher Irrer? Was behaupten die?«

»Ich denke, Sie kennen die Antwort darauf, Joe.«

Seine Miene verdüsterte sich. »O ja, die kenne ich tatsächlich. Die Frage ist, glauben Sie es?«

»Ich weiß nicht, was ich glauben soll. Aber Folgendes kann ich sagen: Ihre früheren Ärzte waren nicht unbedingt leuchtende Vorbilder medizinischer Effizienz, aber da ist so vieles, das schlichtweg keinen Sinn ergibt.«

»O,tatsächlich? Nun, ich habe den ganzen Tag Zeit, Doc«, sagte Joe leise, bevor er nach unten griff und ein paar Karten auf verschiedene Stapel legte. »Warum fragen Sie nicht einfach?«

»Okay«, sagte ich. »Nehmen wir an, Sie erzählen die Wahrheit. Nehmen wir an, Sie werden hier nur deshalb festgehalten, damit die Klinik Ihren Eltern immer weiter Rechnungen schicken kann. Wäre das Ihren Eltern tatsächlich gleichgültig, wenn sie das wüssten?«

Joe schnaubte. »Natürlich wäre es das. Meine Eltern sind sehr reich, und sie haben sich nur so lange um mich gekümmert, wie ich sie gut aussehen ließ, weil ich der perfekte kleine Junge war. Als sie jedoch herausfanden, dass ich nicht so war wie sie, kamen sie wahrscheinlich zu der Ansicht, mich hier wegzuschließen sei das ganze Geld wert, solange nur die Nachbarn nicht redeten.«

»Was macht Sie diesbezüglich so sicher?«, fragte ich. »Wäre es nicht wenigstens *vorstellbar*, dass die beiden nicht wissen, dass man Sie nur deswegen hierbehält, weil Sie für einen stetigen Zustrom an finanziellen Mitteln sorgen? Und dass die beiden aufrichtig glauben, Sie bräuchten Hilfe?«

Joe lachte rau. »Seien Sie kein Idiot. Den beiden ist das egal – so oder so.«

»Warum sagen Sie das?«

Joe, der abermals damit beschäftigt war, Karten auf verschiedene Stapel zu legen, hielt abrupt inne und starrte mich an. Er sprach mit ruhiger Stimme, und doch verriet jede Silbe, wie verletzt er war. »Wenn sich meine Eltern auch nur einen Scheiß für mich interessieren, warum haben sie mich dann noch nie besucht?«

Ich bemühte mich, jeglichen Ausdruck aus meinem Gesicht zu verbannen, um ihn weder zu provozieren noch den Eindruck zu erwecken, ich ließe mich ködern. »Man legt jedem nahe, sich von Ihnen fernzuhalten, Joe, sogar den Ärzten. Da ist es doch einigermaßen plausibel, davon auszugehen, dass man den beiden genau dasselbe gesagt hat.«

»Ich erwarte keineswegs, dass sie jedes Weihnachten mit einem selbstgestrickten Pullover hereinschneien. Aber wer würde behaupten, sie könnten in fast dreißig verdammten Jahren nicht wenigstens ein einziges Mal einen Blick durch das Fenster in meiner Tür werfen? Oder zu erfahren versuchen, wer mich behandelt? Keiner meiner Ärzte in diesem Drecksloch hat jemals erwähnt, dass sie sich nach mir erkundigt hätten. Die wenigen Leute, die hier reinkommen – Pfleger und so – habe ich ausdrücklich gefragt, und sie alle haben gesagt, dass niemand aus der Welt da draußen mich besuchen wolle. Akzeptieren Sie's, Doc. Die wollen mich hier verrotten lassen. Sie kümmern sich nicht darum, wer ich bin, solange ich ihnen nur nicht zu nahe komme.«

Entweder wirkte ich nicht besonders überzeugt, oder ich hatte einen Nerv getroffen, denn seine Enttäuschung zeigte sich plötzlich viel eindringlicher. »Ich will Ihnen etwas erzählen, Doc, und dann werden Sie sehen, was für herzlose Scheißtypen meine Eltern sind. Als ich fünf war, gerade mal ein Jahr, bevor sie beschlossen hatten, mich loszuwerden, fand ich im Wald auf dem Landgut meiner Eltern zufällig eine streunende Katze. Aber sie war nicht nur irgendein Streuner. Sie war freundlich und zahm und ließ es zu, dass ich sie streichelte und sogar in den Armen hielt. Ich gab ihr den Namen Fiberwood Flower, oder kurz Fiber, denn mein Vater hatte sein Vermögen mit Textilien gemacht, weshalb ich häufig hörte, wie er über Fasern sprach und den Ausdruck ›Fiberwood‹ benutzte. Und sie war hübsch, weshalb es mir passend schien, sie *flower*, Blume, zu nennen. Vergessen Sie nicht, ich war ein Kind, und es machte mir irgendwie Spaß, Wörter zu kombinieren. Nun, irgendwann versteckte sie sich nicht mehr im Wald, sondern kam zum Haus, um mich zu besuchen. Ich gab ihr ein wenig von den Mahlzeiten, die ich nicht aufgegessen hatte, und zwischen uns entstand eine gewisse Vertrautheit. Jedenfalls so lange, bis meine Eltern es herausfanden.«

Er ballte die Faust. »Mein Vater reagierte allergisch auf Katzen. Und als er erfuhr, dass ich heimlich eine ins Haus gelassen hatte, wurde er wütend. Ich versuchte, meinen Eltern zu sagen, ich würde ein guter Junge sein und darauf achten, dass sie ihn nicht stören würde und dass sie eine nette Katze und meine Freundin sei, doch das kümmerte meinen Vater nicht. Er marschierte unverzüglich aus dem Haus zu der Stelle, wo Fiber saß. Weil sie es gewohnt war, dass Menschen ihr freundlich begegneten, lief sie natürlich nicht davon. Als er sie erreicht hatte, hob er sie hoch, ließ sie fallen und versetzte ihr im Fallen einen Tritt, der sie in den verdammten Wald schleuderte, bevor er mir sagte, sollte ich mich ihr je wieder nähern, würde er dasselbe mit mir tun. Dann schlug er mich mit einer Gerte und schloss mich in mein Zimmer ein. Ich habe sie nie wiedergesehen.« Er hielt inne und blickte auf seine Karten. Dann hob er den Kopf und sah mich an. »O, Sie fragen sich wahrscheinlich, wo meine Mutter war, als ich schrie und weinte, weil im Garten die Schläge auf meinen nackten Rücken niedergingen.«

Wieder hielt er inne. Was immer es auch war, das ihn zögern ließ, er schien sich nicht wohlzufühlen bei dem, was er mir gleich sagen würde.

»Meine Mutter bat meinen Vater, damit aufzuhören, denn, so sagte sie, ›die Nachbarn könnten etwas hören‹. Doch mein Vater fuhr sie an: ›Die Nachbarn könnten reden? Joseph hat eine Katze auf unseren Grund und Boden geschmuggelt, Martha. Eine beschissene Katze. Du weißt, wie es mir geht, wenn diese Viecher in meiner Nähe sind. Willst du, dass ich sterbe, Martha? Willst du, dass ich verdammt nochmal sterbe, nur damit die Nachbarn nicht reden?‹ Und dann schlug er sie so heftig ins Gesicht, dass sie stürzte. Danach hat sie ihm nie mehr widersprochen. Und obwohl die Schläge, die ich bekam, heftig waren, war es noch schlimmer, sie etwa eine Woche lang mit einem zugeschwollenen, schwarzblauen Auge zu sehen. Jedes Mal, wenn ich darüber nachdenke, warum ich hier bin, erinnere ich mich, dass sie eine Zeit lang solch ein Auge hatte. Ich glaube, sie hat mir die Schuld gegeben, und offen gestanden fühle ich mich tatsächlich irgendwie schuldig, weil ich so dumm war. Ich träume immer noch davon, wie sie mich mit diesem blauen Auge anstarrt, und manchmal wache ich auf und denke, hier zu sein ist die Strafe für das, was meine Mutter wegen mir durchmachen musste. Ich weiß, es ist dumm, so etwas zu denken, aber wenn man ein Kind ist, das verzweifelt geliebt werden möchte, glaubt man, dass alles nur an einem selbst liegt und man selbst etwas tun muss, damit die Eltern einen aufs Neue lieben. Zu dumm, dass mir das nicht mehr möglich ist.«

Die Geschichte drehte mir den Magen um. Ich sah ihm direkt in die Augen und sagte: »Ich glaube Ihnen.«

Und Joes Miene änderte sich auf eine geradezu bestürzende Weise. Er sah mich mit einem Lächeln an, das Erleichterung ausstrahlte.

3. April 2008

Ich möchte nicht missverstanden werden, aber ich habe noch nie so viele Kommentare bekommen, die mich als dämlich bezeichneten und *gleichzeitig* um mehr Informationen baten. Eine verwirrende Botschaft? Nein, nein, ich habe schon verstanden. Die Geschichte wirkt fast wie ein Film, und ich vermute, die Kommentare über mein Urteilsvermögen verraten einfach nur, wie ihr da draußen in die Geschichte hineingefunden habt. Ihr hört euch an wie die Zuschauer in einem Horrorfilm, die der Babysitterin zurufen, nicht in den Keller zu gehen! Zu dumm. Getan ist getan. Hier kommt, was danach geschah.

Die Sympathie, die ich für Joe empfand, nachdem ich seine zu Herzen gehende Geschichte gehört hatte, hallte noch lange in mir nach, als ich sein Zimmer an jenem verhängnisvollen Tag unserer zweiten Begegnung verlassen hatte. Genau genommen beeinflusste sie dauerhaft und grundsätzlich, wie ich meine Arbeit betrachtete. Hatte ich zuvor meine Entscheidung, im CSA zu arbeiten, als eine abstrakte Möglichkeit betrachtet, Patienten zu helfen, die allgemein als so unbedeutend galten wie einst meine Mutter, war meine Entscheidung, auch weiterhin in der Klinik zu bleiben, zu einer persönlichen Angelegenheit geworden. Joe brauchte mich, entweder um zu beweisen, dass er gesund war, was, so schien es mir inzwischen, fast sicher zutraf; oder aber um jene Spuren einer latenten Geisteskrankheit vollständig zu beseitigen, welche im Gehirn dieses einsamen, missbrauchten Parias entstanden sein mochten. Natürlich ist sogar der gutmütigste Arzt verpflichtet, die Äußerungen von Psychiatriepatienten mit einem gewissen Maß an Skepsis zu betrachten, doch die schiere Klarheit und emotionale Aufrichtigkeit in Joes Beschreibung der Ereignisse um die Katze Fiberwood Flower legten nahe, dass es sich entweder um eine sehr, sehr geschickt konstruierte Wahnvorstellung – die durchaus gewisse schwache Verbindungen zur Realität besitzen konnte – oder um eine echte Erinnerung handelte. Doch was auch zutreffen mochte, ich nahm die Geschichte als einen Hinweis, der mir helfen könnte, Joes Geist genauer auszuloten.

Darüber hinaus bot sie mir eine Art Spielplan für den Monat, den ich darauf verwenden wollte, zu einer Einschätzung Joes zu kommen und zu bestimmen, ob ich seine Geschichte glauben sollte oder nicht. Auch wenn ich ihn nicht wegen der fantastischen Störungen behandeln konnte, die ihm in seiner Akte zugeschrieben wurden, gab es bei ihm andere Probleme, die anzusprechen mir möglich wäre. So war es zum Beispiel unübersehbar, dass er – aus gutem Grund – unter einer Depression litt und unter der Art, wie seine Eltern ihn behandelt hatten, ganz zu schweigen von weiteren Episoden, die sich sonst noch ereignet haben mochten; all dies machte es ihm offensichtlich schwer, anderen zu vertrauen.

Es versteht sich von selbst, dass ich mir aufgrund dieser neuen Einsichten seine Akte noch einmal ansehen musste – wenn auch mit größerer Skepsis als zuvor. Zwar kamen mir nun die meisten Bemerkungen darin wie reine Hirngespinste vor, doch mir fielen ein paar Einzelheiten auf, die ihr Verfasser – wer immer das auch gewesen sein mochte – nicht zu verschweigen für wert befunden hatte. Am wichtigsten war dabei vielleicht die Tatsache, dass Joe von seinen Eltern – in ihrer Funktion als sein Vormund – eingeliefert worden war, und das hieß, dass er die Klinik zumindest theoretisch auf eigenen Wunsch hätte verlassen können, da er weit über achtzehn war. Ich beschloss, diesen Punkt bei unserem nächsten Treffen anzusprechen.

Ein großer Fehler.

»Warum gehen Sie nicht einfach von hier fort?«, fragte ich Joe, während er und ich in der zweiten Woche unserer Sitzungen zusammen Karten spielten. »Wenn es Ihre Eltern nicht interessiert, wo Sie sind, warum verlassen Sie uns dann nicht einfach? Ihre Einlieferung ist freiwillig erfolgt, und jetzt sind Sie juristisch gesehen erwachsen. Sie können, wenn auch gegen ärztlichen Rat, von hier weggehen.«

»Haben Sie meine Akte eigentlich überhaupt gelesen?«, fragte er leise. Die Temperatur im Zimmer fühlte sich plötzlich arktisch an.

»Ja. Vollständig. Warum – «

»Warum stellen Sie mir dann eine Frage, auf die Sie die Antwort bereits kennen?«

»Das … das tue ich nicht«, sagte ich langsam. »Joe, wenn es irgendetwas gibt, dass Sie hier festhält, so weiß ich nichts darüber.«

Er seufzte tief. »Ich habe versucht, von hier wegzugehen, seit ich achtzehn bin. Aber wer würde mich gehen lassen, nachdem er gesehen hat, was in meiner Akte steht? In der Regel haben sie alle paar Jahre einen neuen Arzt zu mir geschickt, um den Trick auf Kurs zu halten, und wenn die Ärzte verängstigt genug waren, haben sie angefangen, irgendwelchen Scheiß zusammenzufantasieren. *Fuck*. Kaugummi, bitte.«

Ich hatte angefangen, immer etwas Kaugummi bei mir zu haben, denn ich rechnete damit, dass er welchen haben wollte, wenn wir uns trafen. Ich zog einen Streifen aus der Tasche und sah zu, wie er energisch darauf herumkaute. Als er sich ein wenig beruhigt zu haben schien, fuhr er fort.

»Ich hatte fast damit gerechnet, dass ich rauskommen würde, als Nessie mir jeden Abend meine Medikamente gegeben hat.«

Ich starrte ihn an. »Nessie?«, fragte ich mit trockenem Mund. »Was hatte Nessie damit zu tun?«

Mitleid lag in seinem Blick.

»Sie kannten Nessie also«, sagte er in bekümmertem Ton. »Dann verraten Sie mir mal was, Doc. Kommt Ihnen Nessie wie eine gute Gefängniswärterin vor?«

Darüber musste ich nicht lange nachdenken. Ich schüttelte den Kopf.

Er lächelte voller Trauer. »Sie haben recht. Das war sie nicht«, sagte er. »Sie wusste, was die da taten, und das hat sie innerlich umgebracht. Gleichzeitig war sogar mir klar, dass die sie nicht feuern konnten, und auch sie selbst wollte nicht gehen. Nur weil sie so sehr an dieser Klinik hing, konnte ich sie nicht dazu bringen, alles auszuplaudern. Das heißt, bis zu jenem Abend, als wir uns zum letzten Mal gesehen haben. Sie wissen schon, der Abend, an dem sie ›Selbstmord begangen‹ hat.«

»Sie wollen damit doch nicht etwa sagen …«

»Dass die sie deswegen umgebracht haben? Nein, das will ich nicht«, erwiderte er. »Denn ich könnte es niemals beweisen, selbst wenn ich die Absicht hätte, es zu sagen. Sollte ich jedoch irgendwann einmal Illusionen darüber gehabt haben, hier rauszukommen, so habe ich sie verloren, unmittelbar bevor Sie hier aufgetaucht sind.«

Der Psychiater in meinem Kopf schrie mich an, dass das ein Produkt von Joes Isolation sein musste, die ihn ohne Weiteres hätte paranoid machen und ihm sogar Wahnvorstellungen über eine mögliche Flucht hätte eingeben können. Hätte es sich um einen anderen Patienten gehandelt, hätte ich mir selbst genau das und nichts anderes gesagt und darüber keine Minute meines Schlafs verloren. Doch dieser Fall war bereits so seltsam, dass eine solche Erklärung auf eine fast lächerliche Weise unzureichend erscheinen musste. Joe wirkte bei allen anderen Dingen so klar, dass es schwierig war, sich vorzustellen, hinter seiner Fassade verberge sich eine Wahnvorstellung. Und ganz abgesehen davon: Falls es tatsächlich eine Wahnvorstellung war, wie ließ sich dann Nessies Tod erklären? Ich hatte sie kurz vor ihrem Tod gesehen. Gewiss, sie wirkte erschöpft und unsicher, aber weit entfernt von irgendwelchen suizidalen Neigungen. Und falls Joe, so unwahrscheinlich sich das auch anhören mochte, nicht paranoid war, ginge dies weit über eine medizinische Fehlbehandlung hinaus und wäre eine ernst zu nehmende kriminelle Verschwörung. Ich hatte Angst vor dem, was geschehen konnte, sollte ich eingreifen, doch meine Entschlossenheit, mich nicht zum Komplizen machen zu lassen, war noch größer. Die Zeit, die ich mit Joes Behandlung verbrachte, hatte zur Folge, dass mir sein Wohlergehen bald genauso am Herzen lag wie das jedes anderen Patienten, wenn nicht sogar mehr.

Trotzdem erschien es mir vollkommen unvorstellbar, ich könne irgendetwas für ihn tun, ohne das Gesetz zu brechen. Sollte ich mich an die Behörden wenden – an die Polizei oder den Klinikvorstand –, würde ich am Ende wohl selbst eingewiesen werden aufgrund meiner Behauptung, bei einer seit dreißig Jahren bestehenden Geisteskrankheit handle es sich in Wahrheit um eine unfassbar komplexe Verschwörung – und das alles ausschließlich auf die Behauptung eines Psychiatriepatienten hin, dessen Akte eine erschreckende Liste an verletzten, suizidalen oder toten Mitpatienten und Klinikmitarbeitern aufwies. Sollte ich hingegen unter Protest meine Stelle aufgeben, überließe ich Joe der Gnade irgendeines Nachfolgers, der weniger Skrupel haben würde als ich. Gleichzeitig wusste ich, dass ich unter keinen Umständen bereit wäre, mich an dieser verabscheuungswürdigen, unmenschlichen Behandlung eines Patienten zu beteiligen. Ich war Arzt geworden, um derlei Dingen ein Ende zu setzen. Natürlich konnte ich Joe in Zukunft wie einen normalen Patienten behandeln und mich bemühen, so freundlich zu ihm zu sein, wie Nessie es vermutlich gewesen war, sowie ganz allgemein mein Bestes tun, um ihm seine sich schon so lange hinziehende Gefangenschaft so angenehm wie möglich zu gestalten. Doch selbst diese Art passiven Mitwirkens stieß mir bitter auf. Wie viele Menschen haben wohl ihre Komplizenschaft bei der grausamen Behandlung eines vermeintlichen Problemfalls, wie meine Mutter es war, vor sich selbst gerechtfertigt aufgrund der Verlockungen eines Gehaltsschecks und weil sie nicht gewillt waren, »für Unruhe zu sorgen«?

Die ganze Situation fühlte sich falsch an, und mir blieben immer weniger Optionen.

Es gab nur eine Möglichkeit. Ich musste einen Weg finden, damit Joe heimlich ausbrechen konnte. Wenn der Versuch scheiterte, so sagte ich mir, musste ich darauf hoffen, dass man mich schlimmstenfalls feuern würde. Natürlich wäre es möglich, dass man mir die Approbation entzog, sollte es zu einer offiziellen Anklage kommen, doch wenn Dr. G. tatsächlich so rachsüchtig sein sollte, darauf hinzuarbeiten, konnte ich wenigstens versuchen, alles an die Öffentlichkeit zu bringen, bevor sie damit durchkam, denn dann hätte ich nichts mehr zu verlieren. Ja, ich weiß, was ihr da draußen denkt, wenn man in Betracht zieht, was mit Nessie passiert ist. Natürlich wäre es möglich, dass sie auch noch Schlimmeres taten, aber ich würde doch wohl eine Möglichkeit finden, mich selbst zu schützen?

Und was wäre, wenn ich Erfolg hatte? Nun, dann hätte ich einen etwas paranoiden, aber grundsätzlich stabilen Patienten in die Gesellschaft entlassen und könnte mit reinem Gewissen weiter in der Klinik arbeiten, denn dann wüsste ich, dass die Verschwörung ein Ende gefunden hatte.

Bevor ich den ersten Schritt unternahm, sprach ich mit Jocelyn. Wenn irgendetwas schiefging, wäre mein ganzes Leben davon betroffen, was bedeutete, dass es auch Auswirkungen auf ihr Leben hätte. Sie fragte mich gründlich darüber aus, wie sicher ich mir war, dass Joe keine Gefahr darstellte. Dann wollte sie wissen, ob ich mir selbst trauen würde. Ich wusste nicht ganz, was ich darauf antworten sollte, denn die Frage hatte mich aus der Bahn geworfen. Deshalb erklärte sie es mir. »Wenn du dir selbst nicht traust, wie kannst du dann erwarten, dass irgendein anderer dir traut, sei es ein Patient, ein Kollege oder auch ich?«

So, jetzt war es raus. Nur einen Monat, nachdem ich Zugang zu jenem Patienten bekommen hatte, der, wie ich mir sicher war, meine Karriere begründen würde, sobald ich seinen zuvor ungeklärten Geisteszustand eindeutig festgestellt hätte, stand ich kurz davor, ebendiese Karriere gegen die Wand zu fahren, indem ich ihn aus der Klinik entkommen ließ.

Nicht, dass es leicht gewesen wäre, einem Patienten die Flucht aus einer psychiatrischen Klinik zu ermöglichen, ganz zu schweigen von diesem speziellen. Fast überall auf dem Gelände gab es Überwachungskameras, und die Mitarbeiter behielten jeden genau im Auge, der Zugang zu abgeriegelten Zimmern oder Stationen hatte. Wenn ich es tun und gleichzeitig wenigstens versuchen wollte, mich zu schützen, musste ich es wie einen Unfall aussehen lassen.

Mein Plan hatte nur dann eine Chance, wenn lediglich das absolut unverzichtbare Personal in der Klinik präsent war, weshalb ich mich entschloss, unter der Woche länger zu arbeiten, bevor ich meinen Versuch starten würde. So bekäme ich ein Gespür dafür, wer sich außerhalb der Hauptarbeitszeit in der Klinik aufhielt, und, was noch wichtiger war, niemand würde sich etwas dabei denken, wenn er mich in jenen Stunden im Haus sah. Und weil ich mich nach Nessies Tod bereit erklärt hatte, so viel zusätzliche Arbeit zu übernehmen, brauchte ich die Zeit in der Klinik tatsächlich.

Was den Plan selbst betraf, so hatte ich vor, meinen Arztkittel (samt den Schlüsseln) vorgeblich aus Versehen in Joes Zimmer zurückzulassen und dann – scheinbar ebenso aus Versehen – den Feueralarm auszulösen, was dazu führen würde, dass die meisten Mitarbeiter mit der Evakuierung der Klinik beschäftigt wären, was den Weg für Joes Flucht frei machen würde. Darüber hinaus wollte ich dafür sorgen, dass Joe den Weg nach draußen kannte, indem ich den Gebäudeplan der Klinik, auf dem die seltener benutzten Notausgänge markiert waren, in einem Päckchen Kaugummi versteckte, das ich ihm geben wollte.

Im Nachhinein betrachtet war es ein Plan, der schrecklich leicht schiefgehen konnte; Joe selbst wies mich darauf hin, als ich ihm davon erzählte.

»Sie sind noch verrückter als ich, Doc«, sagte er mit seinem typischen schiefen Lächeln. »Wenn dieser Plan funktioniert, bin ich Mickey Maus.«

»Er wird funktionieren«, versicherte ich ihm. »Die Mitarbeiter sind träge, bei Ihnen gibt es keine Geschichte früherer Fluchtversuche, und niemand würde auf die Idee kommen, dass ich versuchen könnte, Ihnen zu helfen. Nicht nach dem, was mit Nessie passiert ist.«

Er schüttelte fatalistisch den Kopf, aber in seinen Augen lag ein Funkeln, das mir verriet, dass ich ihm vielleicht zum ersten Mal seit seiner Einweisung den Hauch einer Hoffnung gegeben hatte.

»Nun, ich werde sicherheitshalber noch keine Reisen planen«, sagte er ironisch. »Aber wenn die mich schnappen und wieder hier reinstecken, werde ich denen nicht verraten, dass das Ihre Idee war. O, und noch etwas, Doc. Gott segne Sie für den Versuch. Wenn es funktioniert, werde ich nicht vergessen, dass ich Ihnen ein Leben in Freiheit verdanke.«

Und das war alles. Danach ging es nur noch darum, den Plan in die Tat umzusetzen. Drei Wochen später hatte ich schweißnasse Hände, und mir war ein wenig übel vor lauter Sorge, als ich den Flur hinab zu Joes Zimmer ging. Das schwache Murmeln und Plappern derjenigen Patienten, an deren Geisteskrankheit ich nicht zweifelte, war fast so etwas wie ein wahnsinniger Spiegel meiner eigenen, zusammenhanglosen Gedanken.

Wenn Joe oder ich geschnappt würden, würde man mich dann *tatsächlich* nur feuern?

Oder würde man an mir ein Exempel statuieren wollen, um jeden abzuschrecken, der in das Geheimnis eingeweiht war oder zu sehr in Joes Geschichte herumstocherte?

Vielleicht war Nessies Tod noch nicht deutlich genug gewesen.

Vielleicht mussten sie jedem, der ins Grübeln kam, eine Botschaft zukommen lassen.

Schließlich hatte ich Dr. G. kennengelernt, und sie machte mir nicht den Eindruck, als sei sie jemand, der lose Enden zulassen würde.

Was zum Teufel tat ich hier eigentlich?

Ich konnte immer noch kehrtmachen und davongehen.

Ich *sollte* sogar einfach kehrtmachen und davongehen. Ich hatte eine Verlobte. Ein Leben, das vor mir lag. Das alles ging mich nichts an. Ich musste das nicht tun, oder?

Aber nein, ich wusste, dass ich es tun musste. Es war

das Richtige, und ich würde nicht an einer Sache mitschuldig werden, die auf Entführung und Mord hinauslief, nur weil ich Angst um meine eigene Haut hatte. Abgesehen davon war die Klinik im Augenblick kaum besetzt, und wenn der Feueralarm erst einmal losging, wäre kaum noch jemand vor Ort, der Joe daran hindern würde, zu verschwinden. Mein Plan war fast narrensicher. Alles würde gut werden.

Als ich die Tür zu Joes Zimmer erreichte, erklangen schwere Schritte hinter mir. Ich drehte mich um und sah, wie Hank, der Pfleger, langsam mit einem Arm voller Bettlaken den Flur hinabging.

Scheiße. Was war, wenn er wusste, was ich vorhatte? Nein, das war unmöglich. Niemand konnte etwas darüber wissen. Ich musste einfach nur in Joes Zimmer ausharren, bis Hank diesen Flur hinter sich gebracht hatte. Wahrscheinlich würde ich seine Schritte sogar durch Joes Tür hören. Alles würde gut werden.

Ich bemühte mich, ruhig zu atmen. Es wäre keine Hilfe, wenn ich besorgt aussah. Ich drehte den Schlüssel in Joes Türschloss um, trat ein, zog behutsam die Tür hinter mir zu und wandte mich in Joes Richtung. Er stand mit dem Rücken zu mir und sah aus dem Fenster; ich beachtete ihn kaum, während ich hektisch meinen Arztkittel auszog, auf sein Bett legte und mich setzte, um auf Hanks Schritte zu lauschen.

»Doc?«

Ich blickte auf und erkannte, dass Joe mich ansah. In seinen Augen lag der sehnsüchtige Ausdruck eines

Verhungernden, der weiß, dass er bald ein Festessen bekommen wird und es kaum erwarten kann.

Ich hob die Augenbrauen. »Ja, Joe?«

»Danke«, sagte Joe, und seine raue Stimme war nicht lauter als ein Flüstern. »Das ist genau das, was ich brauche.«

Seine Wortwahl war ein wenig seltsam, aber ich dachte mir nichts dabei. Ich lächelte ihn an.

»Nur zu.«

Und damit öffnete ich die Tür und trat in den Flur. Ich wollte mich gerade wieder umdrehen und sie zuziehen, als sich plötzlich ein Händepaar, mächtig wie Baseballhandschuhe, auf meine Schultern legte.

»Haben Sie nicht etwas vergessen, Parker?«, erklang Hanks dröhnender Bass direkt neben der Tür. Ich erstarrte. Meine Gedanken rasten. Der Pfleger kicherte in mein Ohr. »Sie sind so ein kluger Junge und machen doch so einen dummen Scheiß.«

Und dann hörte ich hinter mir die tiefe, raue Stimme von Dr. P. »Guten Abend, *Wunderknabe.*«

Verdammte Scheiße.

»Na, da bin ich doch tatsächlich sprachlos.« Dr. P. schlenderte triumphierend um Hank herum, das Gesicht zu einem schaurigen Grinsen verzerrt. Er beugte sich so weit vor, dass ich den Whiskey in seinem Atem riechen konnte.

»Jetzt werde ich wohl jemanden schicken müssen, um Ihren Arztkittel aus diesem Zimmer zu holen. Aber Sie und ich? Wir werden uns mit Dr. G. unterhalten, und Sie werden ihr erzählen, was Sie mit Ihrem neuesten Patienten da drin heute Nacht vorhatten.«

Bei diesen Worten begann ich, mich gegen Hanks Griff zu wehren, obwohl es so war, als zerrte ich an einem Paar Eisenstangen. »Lassen Sie mich los!« Ich achtete darauf, dass meine Stimme leise blieb. »Ich weiß nicht, was man Ihnen erzählt hat, aber Sie können das alles nicht verstehen, Hank. Die halten einen gesunden Menschen da drin fest! Und er bringt der Klinik so viel Geld ein, dass es niemanden kümmert, dass er gesund ist. Gut möglich, dass sie Nessie umgebracht hat, um das Geheimnis zu bewahren, Hank. Lassen Sie mich los, damit ich mit ihm sprechen kann, und Sie werden es sehen. Ich schwöre, Sie werden es sehen.«

Dr. P. lachte höhnisch. Hank schloss sich ihm nicht an, aber sein Griff lockerte sich auch nicht. »Ja, sie hat gesagt, dass Sie so etwas tun würden. Tut mir leid, mein Junge. Das kann ich nicht tun.«

Das niederschmetternde Gewicht meines Versagens traf mich wie ein Schlag, und dabei war ich bereits in höchstem Maße verängstigt und nervös, weil ich wusste, dass ich etwas Verbotenes tat. Ich versuchte, ein frustriertes Stöhnen zu unterdrücken, als ich etwas hörte, das mir einen tiefen Schrecken einjagte.

In Joes Zimmer lachte jemand. Aber es war nicht Joe, es konnte nicht Joe sein. Es klang überhaupt nicht menschlich. Stattdessen ließ das, was aus dem Zimmer drang, an ein Grab denken; es war ein feuchtes, abgehacktes, höhnisches Gelächter, das klang, als stiege es aus einer verwesten Kehle auf. Es war eine Stimme, die ich schon einmal gehört hatte, dasselbe Gelächter, das sich in meinem Traum aus jener stinkenden Pfütze aus Blut und Urin erhoben und meine Mutter in die Tiefe gezogen hatte.

Ein Schauer durchfuhr mich, doch weder Hank noch Dr. P. reagierten. Es war unklar, ob sie das Geräusch überhaupt gehört hatten, und ich war nicht geistesgegenwärtig genug, um sie zu fragen. Ich konnte nichts weiter tun, als Joes Tür anzustarren, während Hank mich wegzuziehen begann und jenes heisere Albtraumgeräusch im Flur und in meinem Kopf widerhallte.

10. April 2008

Ab diesem Teil der Geschichte werden die Dinge wirklich schwierig, und es wäre ehrlich gesagt sehr viel leichter, an dieser Stelle aufzuhören. Aber in gewissem Sinne ist das Schreiben, als saugte ich mir das Gift aus dem Blut, wenn auch erst viele Jahre nach den Ereignissen.

Den ganzen Weg bis zum Büro der medizinischen Direktorin im obersten Stockwerk überschüttete mich Dr. P. mit hämischen Bemerkungen. »Schon seit Sie eingestellt wurden, wusste ich, dass mit Ihnen etwas nicht stimmt. Als ich hörte, dass irgend so ein Klugscheißer von einer Eliteuniversität unter mir arbeiten sollte, war mir klar, dass Sie Schwierigkeiten machen würden. Ich sagte ihr, alles liefe perfekt, sie solle das nicht in Gefahr bringen durch ein Kleinkind, das Arzt spielt und sich für schlauer als alle anderen hält. Aber nein, sie hat Sie eingestellt, weil sie einem alten Freund einen Gefallen tun wollte. Und dabei muss man sich mal vorstellen, dass Sie bei Ihren anderen Patienten alles in allem sogar ganz ordentliche Arbeit geleistet haben! Aber ihr so furchtbar bedeutenden Bälger glaubt immer, euch scheint einem wie dem anderen die Sonne aus dem Arsch, weshalb sie sogar zu hoffen begann, Sie könnten tatsächlich etwas aus Joe rausholen. Aber jetzt wird sie *furchtbar enttäuscht* sein. Ich habe Sie gewarnt, Sie Wichser. Vergessen Sie das nicht. Sie könnten immer noch der Wunderknabe sein, wenn Sie auf mich gehört hätten. Aber Sie mussten natürlich mit etwas herumpfuschen, wovon Sie verdammt noch mal keine Ahnung haben. Sie arrogantes Leichtgewicht. Sie …«

Ernsthaft, er faselte die ganzen zehn Minuten, bis wir das Büro von Dr. G. erreicht hatten, weiter in diesem Ton.

Ich hatte keine Ahnung, was mit mir geschehen würde, und fragte mich vollkommen ratlos, was eigentlich schiefgegangen war. Wahrscheinlich empfand ich auch eine gewisse Erleichterung darüber, dass man mich erwischt hatte, wenn man bedenkt, dass Lügen und Täuschen nicht zu meinen beruflichen Zielen gehören. Aber es quälte mich, dass Joe auch weiterhin in der Falle sitzen würde. Gleichzeitig …was zum Teufel hatte ich nur aus Joes Zimmer gehört? Ich ging immer wieder durch, was Joe gesagt hatte, und rief mir Dr. G.s Warnung ins Gedächtnis, dass sein Wahnsinn ansteckend sei. Ich fragte mich, ob es sich tatsächlich so verhielt.

Ich fühlte jenes unheilige Lachen bis tief in meine Knochen. Hatte ich vor lauter Angst, erwischt zu werden, den Verstand verloren? Oder war ich geistig gesund? Aber wie war es Joe dann gelungen, das Lachen anzustimmen, das aus meinem schlimmsten Kindheitsalbtraum stammte?

Meine hektischen, wirren Gedanken wurden unterbrochen, als Hank die Tür zu Dr. G.s Büro aufriss und mich wortlos hineinschob. Fast wäre ich mit der Nase auf dem Teppich gelandet, als ich vornüberfiel, und es dauerte einen Augenblick, bis ich mich wieder gefasst hatte und mich auf die Menschen im Zimmer konzentrieren konnte.

Ja, Menschen. Natürlich war Dr. G. hier. Sie stand vor ihrem Schreibtisch und starrte mich mit einer Miene an, die mich an einen Falken denken ließ, der einen verrotteten Kadaver inspiziert und zum Schluss kommt, dass es nicht der Mühe wert ist, ihn zu fressen. Hinter ihr, in einem elegant gearbeiteten Ledersessel, der üblicherweise für die medizinische Direktorin reserviert war, saß ein verschrumpelter, müde wirkender alter Mann in einem von Flicken übersäten Sakko und fixierte mich mit einem strengen Blick, den er mir über seine abgenutzt wirkende Brille mit Silberfassung zuwarf. Ich hatte keine Ahnung, wer der Fremde war, aber wenn Dr. G. ihm ihren Schreibtischsessel überließ, war er offensichtlich wichtig. Für einen Privatdetektiv wirkte er viel zu alt; sein runzliges Gesicht und sein schütteres Silberhaar verrieten eindeutig, dass er über siebzig oder vielleicht sogar achtzig Jahre sein mochte. Aber wer war er dann?

Dr. G. wandte sich an Hank und Dr. P., der inzwischen glücklicherweise den Mund hielt, obwohl er immer noch eine triumphierende Selbstzufriedenheit ausstrahlte, und sagte: »Ich danke Ihnen, meine Herren. Den Rest übernehme ich.« Dann trat sie nach vorn und schloss leise die Tür hinter den beiden.

Der alte Mann räusperte sich und begann, mit einem vornehmen mittelatlantischen Akzent zu sprechen, der mir seltsam vertraut vorkam, obwohl ich nicht wusste, woher.

»Das ist also der Neueste, oder, Rose?«

Dr. G. erwiderte nichts, sondern nickte nur. Die Geste erschien mir sogleich als unpassend, und einen Augenblick später begriff ich auch den Grund dafür. Als sie den Kopf neigte, verriet ihr Gesichtsausdruck nichts von der Knappheit oder Schroffheit, die sie üblicherweise mir gegenüber zeigte. Ihre Miene war vielmehr sanft und voller Hochachtung. Ich verschwendete keinen Gedanken daran, warum das so sein mochte, sondern war bloß froh darüber, dass ich eine Schwäche bei ihr entdeckt hatte. Ich stand auf und richtete anklagend meinen Finger auf sie.

»Na schön, ich weiß nicht, ob Sie vorhaben, mich zu feuern oder etwas noch Schlimmeres unternehmen wollen, aber bevor Sie das tun, will ich einige *verdammte* – «

»Parker«, begann Dr. G., aber ich stürmte einfach über ihre Bemerkung hinweg.

»Antworten! Haben Sie etwa geglaubt, Sie könnten mich in die Irre führen, was einen Patienten angeht, und ich würde das einfach so hinnehmen? Steht diese ganze Scheiße nur deshalb in Joes Akten, um ihn hierzubehalten?«

»Parker – «

»Und selbst wenn es nicht so sein sollte, warum haben Sie dafür gesorgt, dass diese beiden Gangstertypen mir bei jeder Gelegenheit nachspionieren, wenn Sie nichts zu verbergen haben? Warum haben Sie einen von denen mich hierherschleppen lassen, als sei ich ein Gefangener? Und wie intensiv haben Sie mir überhaupt nachspioniert, wenn Sie wussten, dass ich – «

»PARKER!«

Dr. G.s Stimme wirkte, als wolle sie in ihrer Glut das Zimmer niederbrennen, sodass ich fast instinktiv den Mund hielt. Der alte Mann hinter dem Schreibtisch kicherte leise in sich hinein.

»Er ist ein ziemlich lebhafter Kerl. Er erinnert mich an jemanden, Rose«, sagte er. Dr. G.s gequälter Gesichtsausdruck verlieh mir für einen kurzen Moment neuen Mut.

»Und da ist noch etwas. Wer zum Teufel sind – «

»Parker, Sie sollten wahrscheinlich lieber den Mund halten und sich setzen, bevor Sie etwas sagen, das wir beide bereuen würden.« Trotz ihrer hohen Absätze war Dr. G. kaum größer als ich, aber wegen ihrer irgendwie brutalen Ausstrahlung und ihrer stocksteifen Haltung schien es, als ragte sie turmhoch über mir auf. Da ich einen möglichen Vorteil, der sich für mich vielleicht ergeben mochte, nicht aufs Spiel setzen wollte, sah ich mich nach dem nächsten Stuhl um und nahm unverzüglich Platz. Sie atmete langsam aus und lehnte sich zurück gegen ihren Schreibtisch.

»Nun«, sagte sie, »lassen Sie uns vorab eine Sache klären, bevor wir weitermachen, Parker. Ich habe nicht die Absicht, Sie zu verletzen. Und obwohl Sie es in dieser

Angelegenheit *wirklich* weit getrieben haben, werde ich Sie auch nicht feuern.«

Mein Unterkiefer sackte herab. Sie lachte.

»Sie schweigen? Verstehe. Gut so. Bleiben Sie dabei, denn bisher haben Sie nichts gesagt, das andeuten könnte, Sie hätten irgendetwas falsch gemacht. Deshalb steht es uns beiden frei, zu ignorieren, was Sie heute Nacht *möglicherweise* in Joes Zimmer zu tun gedachten.«

Sie bedachte mich mit einem vielsagenden Blick, bevor sie fortfuhr. »Und nun lassen Sie mich Ihre expliziten wie auch Ihre nur impliziten Fragen beantworten. Ich habe meine Pfleger gebeten, ein Auge auf Sie zu haben, weil wir das seit 1973 bei jedem Arzt so halten, der Joe zugeteilt ist. Normalerweise bitten wir sie, die Beobachtung nur ein paar Wochen lang durchzuführen, doch die Art, wie Sie auf Ihre erste Sitzung mit Joe reagiert haben, hat mich davon überzeugt, dass es angebracht ist, Sie genauer zu überwachen.«

Ich wollte eine Frage stellen, doch ihre Hand schoss so rasch nach oben, dass ich meinen Mund sogleich wieder schloss.

»Erstens, Sie haben fast doppelt so viel Zeit in Joes Zimmer verbracht wie jeder andere bei einer ersten Sitzung. Zweitens wirkten Sie nicht verängstigt, sondern so, als fühlten Sie sich unwohl und unsicher, was nicht darauf schließen ließ, Sie hätten dieselben Erfahrungen gemacht wie seine anderen Ärzte. Genau genommen war es sogar so, dass Sie den anderen Ärzten immer weniger ähnelten, je länger wir Sie beobachtet haben. Das lag zum Beispiel daran, dass Sie immer wieder für weitere, ähnlich lange Sitzungen mit Joe zurückgekehrt sind, und manchmal sahen Sie sogar glücklich oder erleichtert aus, wenn Sie aus seinem Zimmer kamen. Weder die Pfleger noch ich konnten daraus schlau werden. Also tat ich genau das, was ein Arzt tut, wenn er mit etwas konfrontiert wird, das er sich nicht erklären kann: Ich holte eine zweite Meinung ein.«

»Und das ist der Punkt, an dem ich ins Spiel komme«, sagte der ältere Mann.

»Ja, gerade wollte ich dich vorstellen.« Dr. G. warf dem alten Herrn einen vorwurfsvollen Blick über die Schulter zu. Dann drehte sie sich wieder zu mir um.

»Vermutlich ist dieser Moment nicht besser oder schlechter als jeder andere, um Sie beide miteinander bekannt zu machen. Parker, das ist Dr. Thomas A., der erste Mensch, der Joe behandelt hat, und mein frühester Mentor auf meinem Weg als Psychiaterin.«

Plötzlich begriff ich, woher ich seine Stimme kannte. Es war eine gealterte, leicht rauere Version jener Stimme, die ich auf dem Band mit Joes erster Untersuchung gehört hatte. Ich konnte es kaum glauben. Obwohl Dr. A. inzwischen sehr alt sein musste, wirkte er geistig noch immer klar, ja sogar scharfsinnig. Man konnte es an seinem Blick erkennen.

Nachdem er mich einem Moment lang gemustert hatte, nickte der ältere Mann. »Es ist mir ein Vergnügen, Parker. Obwohl ich wirklich nicht behaupten kann, dass ich so beeindruckt von Ihnen bin, wie ich es gerne wäre.

Möglich immerhin, dass Sie sich dadurch auszeichnen, als Arzt der größte Versager zu sein, den Joe jemals hatte, wenn man bedenkt, bei welchem Versuch wir Sie anscheinend erwischt haben.«

Die Worte waren wie Säure, die man in eine offene Wunde schüttet. Und der schroffe Inhalt wurde mir in einem absolut unpersönlichen, kühlen Ton serviert. Mein Gesicht musste förmlich erschlafft sein, denn jetzt musterte mich der alte Herr noch strenger.

»Wie ich sehe, sind Sie es nicht gewohnt, dass man Sie einen Narren nennt«, sagte er. »Nun, Sie sind ein Narr, und Gott sei Dank einer, dessen Taten man vorhersehen kann. Wenn es anders wäre, hätte Ihre Idiotie unter Umständen echten Schaden angerichtet. Aber jetzt wollen Sie sicher hören, woher wir das wissen. Rose hat mir gesagt, dass Ihre größte Angst darin besteht, nicht in der Lage zu sein, jemanden zu retten, der Ihnen am Herzen liegt. Sie hat mir ebenfalls gesagt, dass Ihnen außer Nessie keiner der Mitarbeiter besonders nahestand und jeder, an dem Ihnen wirklich etwas liegt, unerreichbar für einen Patienten wäre, der in dieser Klinik hinter einer verschlossenen Tür lebt. Aus diesen Fakten ergab sich, wie Joe Sie quälen würde: Er würde dafür sorgen, dass *er selbst* wichtig für Sie wäre und Sie daran scheitern würden, ihn zu retten.«

Er wandte sich an Dr. G. »Ich mache dir keine Vorwürfe, dass du das nicht hast kommen sehen, Rose. Wenn ich mich recht erinnere, bist du auf einen ähnlichen Trick hereingefallen.«

Dr. G. errötete, woraufhin Dr. A. die Augen verdrehte. »Ja, ich weiß, du kannst es nicht leiden, wenn man deine Dummheit genauso deutlich herausstellt wie diejenige dieses Jungen hier. Aber du warst jung. Du hast dich längst weiterentwickelt.«

Er wandte sich wieder an mich. »Und genau das werden Sie auch tun müssen, und zwar schnell, nach dem, was Sie heute Nacht abgezogen haben, Parker. Genau wie Bruce P. hätte auch ich Sie gefeuert. Der Mann ist ein Flegel, aber er weiß, wie er diese Einrichtung schützen kann. Ihr Glück, dass Rose eine so hohe Meinung von Ihrem Intellekt hat und davon überzeugt ist, dass Sie in der Lage sein könnten, uns Einblicke in diese psychische Seuche auf zwei Beinen zu verschaffen, die wir als unseren Patienten bezeichnen.«

»Das reicht, Thomas«, sagte Dr. G. »Ich will nicht, dass der arme Junge jetzt schon aufgibt, und außerdem bist du ein Angeber. Abgesehen davon gibt es hier noch mehr zu lernen. Parker, ich spreche über das, was Sie geplant haben, so vage wie nur möglich, um Ihnen die Chance zu geben, alles auf eine möglichst plausible Art und Weise abstreiten zu können. Es gibt bisher nur einen Menschen, der behauptet, gehört zu haben, wie Sie Ihre Absichten gestanden haben, und in Anbetracht dessen, um wen es sich dabei handelt, können wir diese Aussage übergehen, solange Sie selbst nichts äußern, das einem expliziten Geständnis gleichkommt. Ich werde Ihnen gleich mitteilen, wer unser Zeuge ist, aber bevor ich das tue, müssen Sie mir versprechen, dass Sie nichts

Dummes sagen werden, das die Anklage bestätigt. Abgemacht?«

Ich war zutiefst verwirrt, aber ich nickte langsam. In jenem Augenblick empfand ich noch immer Erleichterung und Dankbarkeit für sie, weil sie sich so viel Mühe gab, mir dabei zu helfen, meine Stellung zu behalten.

»Gut, Parker. Wir haben Sie herbringen lassen, weil einer von Joes Pflegern uns berichtet hat, dass man ihm mitgeteilt habe, Sie planten, Joe dabei zu helfen, aus der Klinik auszubrechen. Derjenige, der ihm das gesagt hat, war Joe selbst.«

Selbst wenn ich ein Geständnis hätte ablegen wollen, hätte ich es in diesem Moment nicht tun können. Die Nachricht verschlug mir die Sprache. Mein Rückgrat war wie Eis, mein Mund war trocken, und es kam mir vor, als müsste ich mich erbrechen, wenn ich versuchen würde, etwas zu sagen. Als sie meinen Gesichtsausdruck sah, zog Dr. G. eine Schublade in ihrem Schreibtisch auf und nahm eine Flasche Scotch und ein Bleikristallglas heraus. Sie schenkte eine großzügig bemessene Portion ein und reichte mir das Glas.

»Sie sehen aus, als bräuchten Sie das. Anweisung von Frau Doktor.«

Obwohl sich mir der Magen umdrehte, tat ich, was sie verlangte. Zuerst wurde mir noch übler, doch dann breitete sich eine beruhigende Wärme in meinem Kopf aus, und ich konnte spüren, wie sich meine Muskeln ein wenig entspannten. Es war eine willkommene Erleichterung nach allem, was ich gerade gehört hatte. Dr. G.

betrachtete mich mitfühlend, nur Dr. A. sah noch immer so grimmig aus wie zuvor.

»Rose, es ist nicht nötig, diesen Übeltäter zu trösten. Er ist hier, um Bericht zu erstatten. Er hat vielleicht länger mit Joe geredet als die meisten anderen. Er muss uns darüber informieren, was während dieser Sitzungen mit Joe geschehen ist.«

Vielleicht lag es am Schock über das, was ich gerade gehört hatte, vielleicht suchte ich ein neues Ventil für meine Wut, oder vielleicht lag es auch am Scotch, aber bei mir brannte irgendeine Sicherung durch. Ich hatte genug davon, dass man so abschätzig von mir sprach, als sei ich ein ungezogenes Kind, das nicht einmal im Zimmer war. Ich hatte genug davon, dass man mir diese Enthüllungen einfach so hinwarf, ohne dass ich Gelegenheit gehabt hätte, sie zu verarbeiten. Irgendetwas rückte sich in meinem Kopf zurecht, und so hatte ich plötzlich mehr als alles andere genug von dem Gedanken, dass ich vielleicht missbraucht worden war auf eine Weise, die unweigerlich zu meinem Scheitern hatte führen müssen.

Ich starrte Dr. A. an und legte dabei so viel Verachtung in meinen Blick, dass ich es hundertmal mit seiner kühlen, abschätzigen Art hätte aufnehmen können. »Kommt nicht infrage, alter Mann. Nach all dem, was ich mir bisher zusammenreimen konnte, haben Sie und Ihre Schülerin mich auf einen Kollisionskurs mit jemandem gebracht, von dem Sie zweifellos von Anfang an erwarten konnten, dass er mich verletzen würde. Ich sollte ihn überhaupt nicht therapieren, oder? Ich war nichts weiter als eine Laborratte für Sie und Ihre Schülerin, nicht wahr? Denn Sie wollten sehen, was er mir antun würde. Nun, ich bin damit fertig. Wenn Sie wissen wollen, was ich bei unseren Unterhaltungen herausgefunden habe, müssen Sie mir zuerst sagen, was *Sie* wissen. Und zwar alles. Dazu gehört, warum Ihre Schülerin versucht hat, Selbstmord zu begehen, und ebenso, warum Sie selbst überhaupt aufgegeben haben, ihn verdammt noch mal zu behandeln, oder warum Sie mehrfach gefährdete Patienten zu Schaden kommen ließen, nachdem Sie längst wussten, wozu er fähig war.«

Dr. A. schien ungerührt, doch ich konnte erkennen, dass er, nachdem ich geendet hatte, jeden Versuch aufgab, unter Umständen etwas warmherziger zu wirken. Seine Reaktion hätte mich eingeschüchtert, wäre ich nicht so sehr von berechtigter Wut erfüllt gewesen. Hätte ich mich Dr. G. zugewandt, hätte ich mich womöglich wie ein kleines Tier gefühlt, das versucht, ein Raubtier niederzustarren; aber als ich den blutleeren, eisigen Blick dieses zusammengekrümmten alten Mannes erwiderte, erkannte ich, dass ich in seinen Augen kaum als Lebewesen wahrgenommen wurde. Sondern eher wie ein statistischer Datensatz, der unverschämt genug war, sich seiner Theorie zu widersetzen. Aber ich gab nicht nach. Für einen langen, schrecklichen Moment sah ich ihm direkt in die Augen, bevor er sich schließlich im Schreibtischsessel zurücklehnte und ein verärgertes Schnauben ausstieß.

»Nun, es kann wahrscheinlich nicht schaden, Ihnen

ein wenig mehr Informationen zu geben«, sagte er. »Ich habe, weiß Gott, heute Nacht wenig genug zu tun. Aber eines sollten Sie begreifen, Parker. Wenn Sie irgendwelche Einzelheiten hören wollen, dann sollten Sie eines zuallererst akzeptieren: Das Grauen da unten ist nicht zu heilen. Man kann es nur eindämmen.«

»Ich bin sein Arzt«, sagte ich. »Es ist an mir, das zu entscheiden.«

»Ja, das stimmt vermutlich«, sagte er leise. »Aber wie heute Abend schon einmal irren Sie sich auch jetzt in einem entscheidenden Punkt: *Sie* sind nicht sein Arzt. Sie sind – und Sie waren niemals etwas anderes – ein Mittel, Daten über ihn zu bekommen. *Ich* bin sein Arzt, und ich trage dieses Kreuz, seit er zum ersten Mal in diese Klinik kam. Das hat meine Karriere aufgezehrt, und es wird meinen Ruhestand aufzehren. Es ist mein Lebenswerk. Es könnte zu Roses Lebenswerk werden, wenn ich nicht mehr bin, aber ich habe nicht die Absicht, den Fall so lange ungelöst zu lassen. Sie verstehen nicht – und Sie werden nie verstehen –, was es heißt, der letzte Mensch zu sein, der zwischen Joe und einer Welt steht, die ihn weder verstehen noch ihm widerstehen kann. Also versuchen Sie, sich zivilisiert zu verhalten, oder Sie finden sich im Straßengraben wieder.«

Ich war so verärgert, dass ich am liebsten barsch geantwortet hätte, doch irgendetwas in mir wusste, dass das eine sehr schlechte Idee gewesen wäre. Nie würde mir dieser verbitterte, stolze Mann weiter entgegenkommen, denn es war bereits mehr, als zu erwarten ich das Recht hatte. Also rang ich meine Frustration so gut nieder, wie es nur ging, und antwortete ihm mit einem Nicken, in das ich so viel Respekt legte, wie ich nur aufbringen konnte. Es schien ihn zu beschwichtigen.

»In Ordnung«, sagte er. »Rose, vielleicht solltest du ihm von unserem letzten klugen und eigensinnigen jungen Arzt erzählen, der versucht hat, unser Lieblingsmonster zu behandeln.«

Ich sah zu Dr. G., und merkwürdigerweise bedachte sie mich nicht mit jenem distanzierten Blick, den sie zuvor aufgesetzt hatte. Vielmehr waren ihre Augen von Traurigkeit und Mitleid erfüllt.

Ohne die Worte auszusprechen, formte ihr Mund den Satz: »Es tut mir so leid.« Deshalb konnte auch nur ich es sehen. Dann sprach sie mit der knappen Stimme einer Wissenschaftlerin, die ihre Erkenntnisse vorstellt.

»Als ich anfing, Joe zu behandeln, weil man ihn mir als Patient übertragen hatte, war er erst sechs Jahre alt, und es war nicht mehr als ein knapper Monat vergangen, seit er in die Klinik eingewiesen worden war. Sie haben meine Einträge in seiner Akte gelesen und wissen, dass ich damals eine recht einfache Theorie verfolgte: Er zeigte, so schien es mir, Anzeichen einer sadistischen Persönlichkeitsstörung und soziopathischen Verhaltens als Ergebnis einer posttraumatischen Belastungsstörung, die sich aufgrund jahrelang unbehandelter Albträume entwickelt hatte, welche ihn deshalb so sehr verstören konnten, weil er anscheinend unter einer multimorbiden Lähmung im Schlaf und einer akuten Entomophobie litt. Seine unübersehbare psychologische Progerie – er war mental offensichtlich älter, als es die bloße Anzahl seiner Lebensjahre erwarten ließ – war nicht mehr als ein Verteidigungsmechanismus, mit dessen Hilfe er den Anschein erwecken konnte, eine gewisse Kontrolle über die Situation zu besitzen, und sein monströses Verhalten sollte ihm dabei helfen, sich mit größerer Zuversicht den Monstern seiner Fantasie zu stellen. Offen gesagt war ich der Ansicht, dass die ganze Angelegenheit geradezu peinlich simpel war und ich damit nur meine Zeit verschwendete, wie Sie wahrscheinlich aus meinen Einträgen in seiner Akte selbst bereits geschlossen haben.«

Sie hielt einen Augenblick inne, um ihre Gedanken zu ordnen, und fuhr dann fort. »Als Behandlung schlug ich vor, ihn dazu zu bringen, sich seinen nächtlichen Schrecken zu stellen. Dies sollte erreicht werden durch eine Verbindung von Hypnose- und Gesprächstherapie, unterstützt durch die Gabe von Sedativa, um seinen Schlaf zu erleichtern und so das Auftreten von Albträumen zu verhindern. Auch das wissen Sie bereits aus meinen Notizen. Was Sie jedoch wahrscheinlich nicht wissen, ist, dass meine Behandlung anschlug. Und zwar auf spektakuläre Weise. Nach ein paar Tagen zeigte Joe kaum noch irgendwelche Symptome der Störungen, die, wie ich erfuhr, in Dr. A.s ursprünglicher Diagnose erwähnt worden waren. Er wurde mir gegenüber ... sehr anhänglich.«

Sie schluckte, und ich sah, dass die Erinnerungen immer noch schmerzvoll für sie waren. »Es ist keine

Übertreibung, zu behaupten, dass Joe sich in einer Weise an mich band, als sei ich eine Ersatzmutter für ihn. Ich hatte bereits vermutet, dass seine Eltern sehr distanziert waren, wenn ich daran dachte, wie auffällig sie sich von der Klinik fernhielten, weshalb das nicht besonders überraschend war. Und doch, je anhänglicher er wurde, umso mehr schien er zu genesen, und umso mehr ließ er sich auf alles ein. Er wirkte immer weniger wie ein typischer Soziopath sondern vielmehr wie ein verängstigtes kleines Kind.«

Ihre Stimme klang unsicher. »Bevor ich weiter berichte, müssen Sie etwas wissen. Auch das Verhältnis zu meinen Eltern war von früh an sehr kühl. Während meines Medizinstudiums hatte ich fast keine Freunde. Ich verabredete mich kaum, und ich habe nie geheiratet und hatte auch nie Kinder, weil ich Menschen nicht gerne zu nahe an mich herankommen lasse, wenn es sich vermeiden lässt. Aber … irgendetwas in der Art, in der Joe sich an mich band, weckte all meine mütterlichen Instinkte. Zum ersten Mal in meinem Leben fühlte ich mich gebraucht und bedingungslos geliebt, und obwohl ich versuchte, die professionelle Distanz zu wahren, hatte er etwas an sich, das meine Schutzmechanismen zum Schmelzen brachte. Und je fürsorglicher ich wurde, umso mehr schien sich sein Zustand zu bessern.«

Inzwischen waren die Tränen in ihren Augen nicht zu übersehen, und sie blinzelte sie hastig weg, obwohl ihre Stimme unter der Anspannung fast zu brechen schien.

»In meinem vierten Monat war ich sicher, dass es

mir gelingen würde, seine Entlassung zu ermöglichen, weshalb ich ihm als letzten Test, um seine Fähigkeit zur Empathie zu überprüfen, ein Haustier zukommen ließ. Es war eine kleine Katze, denn ich war mit Katzen aufgewachsen, und ich dachte, er könne zu einem solchen Tier eine ähnliche Verbindung aufbauen, wie ich das getan hatte, als ich doch jemand war, der damals nur schwer mit der Gegenwart anderer Menschen zurechtkam. Ich weiß nicht, wie er sie nannte. Irgendetwas mit *Flower*, glaube ich.«

»Fiberwood Flower«, sagte ich leise.

Sie sah mich mit weit aufgerissenen Augen an. »Ja. Ja, genau. Wie haben Sie – «

»Bring einfach deine Geschichte zu Ende, Rose«, sagte Dr. A. »Wir werden sehr viel schneller herausfinden, was er weiß, sobald du fertig bist.«

Dr. G. holte hörbar Atem und nickte. Wieder verhüllte ihre knappe, entschiedene Art die Verletzlichkeit, die sie soeben gezeigt hatte, wie eine akkurat sitzende Maske. »Wie auch immer. Ich gab ihm Fiberwood Flower und besorgte mir von Dr. A. die Zustimmung, dass Joe entlassen würde, wenn er sich eine Woche lang angemessen um sie kümmerte, denn das wäre der Beweis, dass er seine antisozialen Tendenzen überwunden hätte.«

Ihr Gesicht verdüsterte sich, aber diesmal nicht aus Traurigkeit, sondern aus Wut. »Sechs Tage lang behandelte er die arme Katze wie ein Engel, doch als ich am letzten Tag in sein Zimmer kam, fand ich sie mit abgerissenem Kopf auf dem Boden liegen. Und unmittelbar über dem toten Körper hatte er mit ihrem Blut einen nach unten weisenden Pfeil an die Wand gemalt. Daneben stand: ›Für Nosey Rosie.‹«

Ihre Stimme wurde hart wie ein Diamant. »Niemand hatte mich je wieder ›Nosey Rosie‹ – neugierige Rosie – genannt, seit man mich auf dem Spielplatz damit geneckt hatte, als ich etwa in seinem Alter war. Und ich glaube nicht, dass er jemanden auch nur meinen Vornamen hatte aussprechen hören. Er hätte nicht im Entferntesten in der Lage sein sollen, diesen Namen zu erraten. Doch genau das hatte er. Als ich in sein Zimmer kam, begann er zu lachen. Und auch noch heute, so viele Jahre später, schwöre ich, dass es *genauso* wie das Lachen jenes ganz bestimmten Kindes klang, das mich gequält hat, als ich in seinem Alter war. Angesichts dieser Stimme und den blutigen Überresten dessen, was einmal eine geradezu anbetungswürdige Katze gewesen war, die dieses *Kind* verstümmelt hatte …hat irgendetwas bei mir ausgesetzt. Ich rannte aus dem Zimmer, reichte meine Kündigung ein und …nun, den Rest kennen Sie.«

Ihr Gesicht zuckte vor Zorn und Schmerz. Spontan streckte ich einen Arm zu ihr aus, um zu zeigen, wie sehr ich mit ihr fühlte, doch sie schlug ihn weg, bevor ich sie erreichte; ihre Miene drückte aus, dass sie noch immer ihren Stolz hatte und es nicht zulassen würde, dass ein Untergebener sie trösten würde, gleichgültig wie schmerzhaft es war, sich an diese Dinge zu erinnern. Also versuchte ich, ihr einen Blick zu schenken, der gleichermaßen einfühlsam wie respektvoll war.

Dann hörte ich, wie hinter ihr Dr. A.s Stimme erklang: »Also, Parker, glauben Sie immer noch, dass Sie den kleinen Bastard heilen können? Möchten Sie vielleicht eine Diagnose vorschlagen bei jemandem, der einfach so in der Lage war, aus dem Nichts eine bösartige Mitschülerin heraufzubeschwören, um eine Frau zu verspotten, deren wunde Punkte er wie durch Zauberei herausgefunden hatte? Nun?«

Ich hasste mich dafür, aber ich konnte nur hilflos meinen Kopf schütteln. »Ich weiß nicht. Ich habe nicht … ich … ich weiß nicht.«

»Natürlich wissen Sie es nicht.« In der Stimme des alten Mannes schwang eine gewisse Befriedigung mit. »Sie haben keine Ahnung, was mit ihm nicht stimmt. Und was noch schlimmer ist, Sie sind allen Mythen, die ihn umgeben, auf den Leim gegangen, weil Sie jung und leicht zu beeindrucken sind und es nicht besser wissen. Genau das ist der Grund, warum Sie nicht sein Arzt sind. Ich bin sein Arzt. Ich weiß es besser.«

20. April 2008

Hey Leute, die neue Lieferung hat ein wenig länger gedauert, aber ich musste zuerst sicher sein, dass ich mich an diese besondere Reihe von Ereignissen wirklich genau erinnern kann, denn sonst würden meine weiteren Handlungen vollkommen sinnlos erscheinen. Ich hoffe, es ist mir gelungen.

Nach seinen letzten Worten umklammerte Dr. A. die Armlehnen des Schreibtischsessels und erhob sich langsam und vorsichtig, als könnte jeder Knochen in seinem Leib brechen, wenn er sich zu schnell bewegte. Trotz seines fortgeschrittenen Alters konnte ich erkennen, dass er früher eine beeindruckende Erscheinung gewesen sein musste. Obwohl er leicht gebeugt ging, schien er fast einen Meter neunzig groß, und er wäre mindestens noch zwei, drei Zentimeter größer gewesen, wenn er sich gerade gehalten hätte. Er klammerte sich an der Schreibtischkante fest, um sicher zu stehen, und streckte die andere Hand Dr. G. entgegen, die sich vorbeugte und einen reich verzierten Gehstock aufhob, dessen Bronzeknauf die Form eines Falken besaß. Er ließ sich den Stock von ihr reichen und ging langsam um den Schreibtisch herum zu mir. Während er das tat, sah ich, dass er eine dicke, staubige Akte umklammerte, bei der es sich um eine Kopie der Dokumente handeln musste, die auch ich gelesen hatte.

Er setzte sich auf den Schreibtisch und bedachte mich mit einem weiteren hartherzigen Blick.

»Bevor Sie hier weitermachen, müssen Sie etwas begreifen«, begann er. »Wenn ich recht habe mit dem, was bei Joe nicht stimmt, dann leisten wir hier wahrhaftig einen großen Dienst – und zwar nicht nur gegenüber der Welt, sondern auch gegenüber Joe. Würden seine Eltern über weniger finanzielle Mittel und juristische Macht verfügen, hätten wir inzwischen noch viel mehr getan. Wir können es uns jedoch nicht leisten, uns auf eine juristische Schlacht einzulassen, zu der meine Vermutung unweigerlich führen würde, sollte sie jemals öffentlich werden. Also tun wir das Einzige, was wir tun können, und behalten ihn hier. Haben Sie das kapiert?«

Ich nickte, diesmal mit aufrichtigem Respekt. Er reagierte mit einem schroffen Lächeln. Dann schlug er ebenso schwungvoll wie grimmig die erste Seite von Joes Akte auf.

»Als ich Joe zum ersten Mal begegnet bin« – er klopfte mit dem Finger auf das Schwarz-Weiß-Foto eines wölfisch aussehenden Kindes –, »schien er ein ganz normaler Junge zu sein, der unter nächtlichen Albträumen litt. Aber natürlich habe ich ihn falsch eingeschätzt. Katastrophal falsch. Als er wiederkam, war er gewalttätig und unfähig zu sprechen. Ich war zutiefst verwirrt. Ich konnte mir nicht vorstellen, was ich falsch gemacht hatte. Und wichtiger noch: Ich hatte keine Ahnung, warum er immer wieder seine Taktik änderte. Was auch Ihnen aufgefallen sein muss. Zuerst sorgte er dafür, dass die Leute sich wie Dreck fühlten, und dann flößte er ihnen so große Angst ein, dass sie es nicht mehr schafften, sich mit ihm im selben Zimmer aufzuhalten. Nun, als ich meinen Posten als medizinischer Direktor aufgab, war ich mit meinem Versuch, eine Erklärung zu finden, noch keinen Schritt weitergekommen. Aber als ich in Pension ging, hatte ich wenigstens genügend Zeit, noch einmal die alten Fallnotizen durchzugehen, und je genauer ich sie mir ansah, umso mehr ergab alles nach und nach einen Sinn.«

Er blätterte ein paar Seiten um und klopfte mit dem Finger auf die Akte. »Der erste Geistesblitz kam mir, als ich herausgefunden hatte, warum seine Wahnvorstellungen sich änderten. Sie änderten sich jedes Mal, wenn ihn jemand mit einem neuen abschätzigen Namen bedachte. Zum Beispiel, als er aufgenommen wurde. Er sprach nicht ein einziges Mal. Doch als eine Schwester ihn einen ›bösen Jungen‹ nannte, fing er an, die Leute zu verhöhnen. Vielleicht sind Sie der Meinung, dass das nicht viel zu bedeuten hat. Aber ich habe während jener ersten Jahre mitbekommen, wie verschiedene Therapeuten jeden behandeln mussten, der ihn überlebt hatte, und wissen Sie, was diese Überlebenden mir erzählt haben? Alle von ihnen, einschließlich Rose, haben dasselbe gesagt: Er bedachte sie mit verletzenden Namen, die zumeist Schulhofschläger oder andere widerliche

Kinder benutzt hatten, als sie noch klein waren. Nichts davon war allzu spezifisch, aber er schien zu wissen, welche Verhöhnung aus Schulzeiten bei jedem Einzelnen von ihnen am stärksten wirken würde. Verstehen Sie jetzt? Jemand nennt ihn einen ›bösen Jungen‹, und er verhöhnt alle, bis er herausgefunden hat, was für jeden Einzelnen unter uns der schlimmste Junge der Welt sein würde, *und dann handelt er dementsprechend.*«

Weitere Seiten wurden umgeblättert. »Sehen Sie sich das an. Nachdem er jahrelang Menschen in dieser Weise angepöbelt hat, trifft er schließlich auf einen gewalttätigen Patienten, der sich eine solche Scheiße nicht bieten lässt. Und was tut dieser Patient? Er schlägt ihn halb tot und nennt ihn ein ›beschissenes Monster‹. Kurz darauf handelt er wie das Monster, das Jahre zuvor einen unserer Pfleger in seinen Träumen heimgesucht hat. Und er verhält sich wahrscheinlich auch so wie jene Monster, die seinen anderen Zimmergenossen früher eine Scheißangst eingejagt haben. Deshalb hat das Herz jenes ersten Kindes zu schlagen aufgehört, deshalb hat er versucht, einen Jungen zu vergewaltigen, der zuvor Opfer sexuellen Missbrauchs geworden war, und deshalb war er in der Lage, jemanden so sehr in Angst zu versetzen, dass der Betreffende es geschafft hat, das Eisengitter vor seinem Fenster aufzubrechen. Denn wenn er schon ein Monster ist, will er das schlimmste Monster sein, das jedes seiner Opfer sich vorstellen kann. Anstatt andere sich so schlecht fühlen zu lassen wie in den Momenten ihrer schlimmsten Erniedrigung, jagt er ihnen jetzt mehr Angst ein, als sie jemals in ihrem Leben empfunden haben.«

Er senkte seine Brille und betrachtete mich einen Moment lang schweigend, bevor er fortfuhr. »Ein aufgeweckter Assistenzarzt wie Sie dürfte aufgrund eines solchen Verhaltens inzwischen erkannt haben, dass Joe – von allem anderen abgesehen, was sonst nicht mit ihm stimmen mag – extrem beeinflussbar ist. Dies deutet auf etwas sehr Unangenehmes hin, das sich in seinen jungen Jahren abgespielt haben muss, denn Kinder seines Alters internalisieren üblicherweise negative Reaktionen keineswegs derart bereitwillig, es sei denn, dass sie von ihren Eltern darauf konditioniert wurden. Und aus meiner ersten Sitzung mit ihm verfügen wir über nachdrückliche Hinweise, welche die Vermutung stützen, dass Joe auf entsetzliche Weise missbraucht wurde. Bitte, Rose, wenn du so gut sein willst.«

Dr. G. öffnete eine weitere Schublade und nahm einen Recorder und zwei Kassetten heraus. Sie sahen aus wie Kopien der Bänder, die ich selbst hatte. Dr. G. schob eine Kassette in das Gerät und drückte auf »Play«. Dr. A.s Stimme erfüllte das Zimmer. Ich hatte mir die Aufnahme der Sitzung zuvor schon angehört, aber im Zusammenhang mit dem, was ich gerade erfahren hatte, gewannen die Worte eine unheilvolle Bedeutung.

Dr. A.: Hallo, Joe. Mein Name ist Dr. A. Deine Eltern haben mir gesagt, du hättest Schwierigkeiten, zu schlafen.

Kannst du mir sagen, warum das so ist?
Joe: Das Ding in meinen Wänden lässt mich nicht.
A: Verstehe. Es tut mir leid, das zu hören. Kannst du mir von dem Ding in deinen Wänden erzählen?
J: Es ist krass.
A: Krass? Inwiefern?
J: Einfach nur krass. Und unheimlich.
A: Was ich meine, ist: Kannst du es mir beschreiben?
J: Es ist groß und haarig. Es hat Fliegenaugen und zwei superstarke Spinnenarme mit richtig langen Fingern. Sein Körper ist ein Wurm.

Dr. A. hielt das Band an. »Abgesehen davon, dass Fliegenaugen höchst fremdartig aussehen, blinzeln sie nicht. Und die Haupteigenschaft, die er den Armen dieser Kreatur zuschreibt, lautet, dass sie groß, stark und vermutlich behaart sind, daher der Bezug zu Spinnen. Und der Körper dieser Kreatur ist ein Wurm. Mit anderen Worten, ein Phallus. Wir haben also etwas Phallisches mit großen, starken, haarigen Armen und Augen, die nicht blinzeln. Was könnte das sein?«

Er drückte auf den Abspielknopf, und wieder erklangen die Stimmen.

A: Das klingt beängstigend. Und wie groß ist es?
J: Groß! Größer als Daddys Auto!

Erneut klickte der Pausenknopf. »Warum ausgerechnet der Vergleich mit ›Daddys Auto‹?«

»Na ja, wenn seine Eltern reich genug sind, um ihn seit den Siebzigerjahren hier unterzubringen«, sagte ich, ohne nachzudenken, »wäre es doch möglich, dass beide von ihnen ein Auto hatten.«

»Falsch«, sagte Dr. A. knapp. »Ich habe nachgefragt. Sie hatten nur ein Auto, das sie zu zweit benutzten. Warum sollte Joe die Größe des Monsters dann ausgerechnet so beschreiben? Für eine freie Assoziation ist das ziemlich spezifisch, würde ich sagen. Warum also sollte Joe seinen Vater assoziieren, nachdem er eben erst über etwas Phallisches mit haarigen Armen gesprochen hat, das ihn festhielt und anstarrte? Kurios und kurioser. Aber wir sollten nicht vorgreifen. Hören wir uns stattdessen zunächst an, wie seine Eltern auf diesen vermeintlichen Eindringling reagieren.«

A: Verstehe. Und haben deine Eltern es auch gesehen?
J: Nein. Es geht in die Wände zurück, wenn sie kommen.
A: Etwas, das so groß ist, passt in deine Wände? Gehen die denn nicht kaputt?

J: Es schmilzt. Wie Eiscreme. Es sieht aus, als ob es selbst die Wand ist.

»Seine Eltern erkennen die Existenz dieses Dinges nicht an«, sagte Dr. A. »Warum mag das wohl so sein? Wenn Sie meinem Gedankengang folgen, würde ich vermuten, dass der Grund, warum der Vater kein Monster sieht, offensichtlich ist. Aber die Mutter? Vielleicht hat sie sich einfach geweigert, zur Kenntnis zu nehmen, was Joes Vater tat, selbst wenn er direkt neben dem Bett stand. Joe hätte das Verleugnen der Fakten durch seine Mutter nicht verarbeiten können, weshalb für ihn die einzig mögliche logische Folgerung darin bestand, dass sein Vater mithilfe irgendeines Tricks die Mutter davon überzeugt hat, er, der Vater, sei Teil der Wand. Das würde passen. Kommen wir nun zum entscheidenden Punkt.«

A: Verstehe. Und es hat diese Spuren auf deinen Armen hinterlassen?
J: Ja. Ich habe versucht, mein Gesicht zuzudecken, damit ich es nicht sehen muss. Es hat meine Arme weggezogen und mir mit seinen Fingern die Augen geöffnet.
A: Warum hat es das getan?
J: Ihm gefällt es, wenn ich mich schlecht fühle. Das ist auch der Grund, warum es mich nicht schlafen lässt.

```
A: Was meinst du damit?
J: Es frisst schlechte Gedanken.
```

»Die Antwort war die ganze Zeit über da.« Dr. A. starrte den Kassettenrecorder in einer Art untröstlicher Faszination an. »Ich war nur nicht aufmerksam genug gewesen. Joe hat uns erzählt, dass er sexuell missbraucht wurde. Er hat beschrieben, wie es ist, festgehalten und von seinem Vater vergewaltigt zu werden, indem er uns von einem Monster berichtete, das alle Attribute mit einem erwachsenen Mann gemeinsam hat, der einen kleinen Jungen vergewaltigt. Joe hat uns sogar einen Hinweis darauf gegeben, dass sein Vater ein Sadist war, indem er uns erzählt hat, dass das Monster schlechte Gedanken fraß. Genauso muss es nämlich wirken, wenn ein Sadist, der sich an seiner eigenen Grausamkeit berauscht, sich an einem kleinen Kind vergeht. Darüber hinaus passen Joes ursprüngliche Passivität und seine spätere extreme Beeinflussbarkeit, wenn er mit einer abwertenden Bezeichnung bedacht wurde, genau zu einem schwer missbrauchten Kind vor und nach einem psychotischen Zusammenbruch.«

Er seufzte. Inzwischen sprach er ebenso zu sich selbst wie zu mir. »Natürlich bleibt dann noch die Frage, warum Joe den Sadismus seines Vaters nachahmen sollte, nachdem er erneut zu uns gebracht worden war. Das führt uns zum letzten Teil der Aufnahme.«

A: Verstehe. Nun, wenn das so ist, dann glaube ich, dass ich weiß, wie wir es loswerden können.

J: Wirklich?

A: Ja. Wenn es schlechte Gedanken frisst, dann will ich, dass du nur gute Gedanken hast, wenn es kommt.

J: Wie soll ich das schaffen? Es ist unheimlich!

A: Ich glaube, es will, dass du es unheimlich findest, Joe. Aber weißt du was? Das ist es nicht. Das ist nur deine Vorstellung. Weißt du, was eine Vorstellung ist?

J: Irgendwie schon.

A: Dann weißt du, dass es der Teil von dir ist, der deine Ideen macht. Manchmal sind sie gut, und manchmal sind sie unheimlich. Ideen können gefährlich aussehen. Aber Joe, selbst wenn deine Ideen unheimlich sind, sind sie immer noch *deine* Ideen. Und deine Vorstellung kann dir damit keine Angst machen, es sei denn, du lässt es zu.

J: Heißt das, ich kann es kontrollieren?

A: Genau, Joe.

J: Woher wissen Sie das?

A: Das ist meine Aufgabe, verstehst du? Meine besondere Macht besteht darin, dafür zu sorgen, dass Menschen keine Angst mehr haben. Deshalb kommen die Menschen hierher – um keine Angst mehr zu haben. Und weißt du was, Joe? All diese Menschen haben nur Angst wegen ihrer Ideen. Wegen der Dinge in ihnen, die sie nicht kontrollieren können.

J: Wow.

A: Ja. Nun, ich wette, du bist ein großer Junge, der nicht mehr in sein Bett macht, oder, Joe?

J: Igitt! Na klar!

A: Und jetzt stell dir mal vor, wie das große, unheimliche Monster ins Bett macht. Es ist einfach nur ein Teil von dir, bei dem du zugelassen hast, die Kontrolle zu verlieren.

J: Das ist komisch. Das Monster ist mein Pipi.

A: Nicht ganz. Aber beides sind Dinge, die du kontrollieren kannst, denn sie sind ein Teil von dir, Joe. Und, sieht das Monster jetzt immer noch so unheimlich aus?

J: Nein! Und wenn ich es das nächste Mal sehe, werde ich ihm sagen, dass ich keine Angst mehr vor ihm habe!

Dr. A. hielt die Aufnahme an, und ich konnte sehen, dass ihn die letzten Minuten erschöpft hatten.

»Das ist der Grund, warum ich diesen Fall nie aus den Händen geben werde.« Seine Stimme war kaum mehr als ein Flüstern. »Denn ich glaube, dass ich in meiner Arroganz erst die Probleme geschaffen habe, die er heute hat. Ich denke, dass aufgrund dessen, was ich gesagt habe, Joes Überzeugung zwischen unseren ersten beiden Sitzungen verändert wurde. Hatte er sich zuerst für das Opfer eines Monsters gehalten, das von den Psychosen der Leute lebt, so glaubte er jetzt, *er selbst* sei das Monster. Stellen Sie sich vor, wie das auf ein Kind wirken muss, das Opfer sexuellen Missbrauchs geworden war. Bei so jemandem besteht ohnehin bereits ein höheres Risiko dissoziativen Verhaltens. Was ich zu Joe gesagt habe … hat ihn vielleicht in eine ausgewachsene dissoziative Identitätsstörung getrieben, denn die Vorstellung, er selbst sei für seinen Missbrauch verantwortlich, wäre für ihn schlechthin unerträglich gewesen. Also hat er eine zweite Persönlichkeit geschaffen, seine Monster-Persönlichkeit, der er die Schuld an allem gibt und die den Sadismus wiederholt, den sein Vater ihm gegenüber gezeigt hat. Und weil wir das nicht gesehen haben, hat diese Monster-Persönlichkeit inzwischen so vollständig die Kontrolle über seine Psyche übernommen, dass sich sein Denken und Handeln daran angepasst haben, um die vermeintlichen Bedürfnisse des Monsters zu erfüllen. Bereits die Überzeugung, *irgendein* Monster zu sein, wäre schlimm genug, denn es würde ihn wahrscheinlich zum reinsten sadistischen Psychopathen in der Geschichte der Psychiatrie machen. Aber das hier ist schlimmer. Dieses *besondere* Monster glaubt wirklich, dass er unablässig schlechten Gedanken ausgesetzt sein muss, um zu überleben, genau wie Sie oder ich Nahrung brauchen. Als Folge davon hat sich seine Fähigkeit zur Einfühlung in andere so weit entwickelt, dass er herausgefunden hat, wie er innerhalb von Sekunden nach einer Begegnung mit jemandem eine Psychose auslösen kann. Und nicht nur das. Wegen seiner noch immer vorhandenen Beeinflussbarkeit kann er wie auf Befehl verschiedene Formen von Kummer und Schmerz auslösen. Mit anderen Worten, seine Wahnvorstellungen sind so mächtig, dass sie seinen Geist in die Lage versetzt haben, Dinge zu tun, zu denen der menschliche Geist niemals fähig sein sollte. Zugegeben, es mag sein, dass alle Menschen, die behaupten, er habe bei ihnen schreckliche Erinnerungen und die schlimmsten Ängste wiedererweckt, einfach nur dieselbe Wahnvorstellung teilen oder vergessen haben, wie sie in seiner Hörweite irgendwelche entscheidenden Einzelheiten zur Sprache brachten. Aber selbst wenn das zutreffen sollte, lässt sich eines nicht abstreiten: Er hat die Fähigkeit entwickelt, andere dazu zu bewegen, Selbstmord zu begehen, was ihm als Verteidigungsmechanismus dient und der Art und Weise ähnelt, wie seine ursprüngliche Persönlichkeit ›gestorben‹ ist, um Platz für die Monster-Persönlichkeit zu schaffen. Und es hat perfekt funktioniert. Bis heute.«

Er schnippte die Akte zu und sah mich wieder an.

Sein Blick bohrte sich in meine Augen. »Genau aus diesem Grund brauchen wir Sie. Sie sind nicht tot, und Sie haben seine Tricks aus nächster Nähe kennengelernt. Gut möglich, dass Sie der einzige Zeuge sind, den wir haben – abgesehen von Rose, die ihn jedoch vor langer Zeit behandelt hat, als diese Entwicklung noch viel weniger fortgeschritten war, weshalb wir nicht sicher sein können, ob ihre Darstellung noch immer zutrifft. Sie sind der einzige Mensch, der uns genau beschreiben kann, wie es ihm gelungen ist, Sie zu manipulieren.«

Mit diesen Worten legte er seine dünne, aber überraschend kräftige Hand unter mein Kinn und hielt mein Gesicht fest, während er weitersprach.

»Deshalb werde ich Sie noch einmal bitten, Parker: Sagen Sie mir, wenn nicht um meinetwillen, so um Joes willen, was sich zwischen ihm und Ihnen abgespielt hat.«

An diesem Punkt gab es für mich keinen Grund mehr, noch irgendetwas zurückzuhalten. Also erzählte ich den beiden alles. Ich berichtete ihnen von Joes scheinbarer Gesundheit, seiner wasserdichten Erklärung, warum er hier festgehalten wurde, und auf welche Weise er die Geschichte von Fiberwood Flower in seinem Sinne umgedeutet hatte. Ich beschrieb ihnen, wie berechnend er mit der Geschichte von den Schuldgefühlen bezüglich der Verletzungen seiner Mutter vorgegangen war, nachdem ich mich einst wegen der Probleme meiner Mutter schuldig gefühlt hatte. Ich sagte ihnen, wie sicher und geschickt er meine Trauer über Nessies Tod ausgenutzt hatte. Und ich sagte ihnen sogar, wie Dr. P. es mir mit seinen grobschlächtigen Einschüchterungsversuchen und seinen Ermahnungen, gar nicht erst zu versuchen, jemanden zu heilen, besonders leicht gemacht hatte, Joe zu glauben.

Die beiden hörten sich meine Geschichte aufmerksam an, und als ich fertig war, schien Dr. A. sich zum ersten Mal so alt zu fühlen, wie er es tatsächlich war.

»Dann hat sich Joe also gar nicht auf irgendwelche Einzelheiten aus Ihrem Leben verlassen«, sagte er. »Er hat vielmehr herausgefunden, dass Sie ein einfühlsamer Mensch sind und sich das zunutze gemacht. Es ist wahrscheinlich ein Zufall, dass er etwas über seine Mutter hat einfließen lassen, dass Ihr Verantwortungsgefühl gegenüber Ihrer eigenen Mutter widerspiegelt. Die meisten Jungen sind sehr empfindlich, wenn es um ihre Mütter geht. Darüber hinaus hat er seinem Vater die Schuld an dem schrecklichen Verhalten gegenüber seiner Katze gegeben, da es sich dabei vermutlich um denjenigen Teil seiner Persönlichkeit handelt, der tatsächlich dafür verantwortlich ist. Er hat also, wenn auch nur indirekt, gezeigt, dass er bereit ist, sich auf den Zorn angesichts seines eigenen Missbrauchs einzulassen. Gut möglich, dass Sie damit den Fall doch noch geklärt haben, Parker. Danke. Rose, ich glaube, wir haben dieses besondere Rätsel gelöst. Es versteht sich von selbst, dass wir Joes Eltern nicht sagen können, was wir wissen. Deshalb sollten Sie die beiden einfach nur darüber informieren, wir seien zu dem Schluss gekommen, dass sein Zustand tatsächlich unheilbar ist und er zu seinem eigenen Besten auf Dauer hierbleiben muss. Und was Parker betrifft, zieh ihn von dem Fall ab.«

»Nein!« Etwas an Dr. A.s Erklärung fühlte sich ganz entschieden falsch an. Mit ungläubiger Miene wandte sich der ältere Mann mir zu.

»Nein?«, fragte er. »Parker, der Fall ist gelöst. Sie haben gerade eben unsere Hypothese bestätigt, und selbst wenn Sie das nicht getan hätten, bräuchte es einen weitaus erfahreneren Psychiater als Sie, um diesen armen jungen Mann auch nur ansatzweise zu therapieren. Sogar wenn ich noch immer praktizieren würde – «

»Aber das tun Sie nicht. Sie sind in Pension. Und ich glaube nicht, dass Sie recht haben. Da stimmt irgendetwas nicht.«

»Wie können Sie es wagen? Sie ju– «

»Entspann dich, Thomas«, sagte Dr. G. »Wenn Parker eine andere Idee hat, würde ich sie mir gerne anhören. Es kann nicht schaden, eine zweite Meinung einzuholen.«

Offensichtlich verärgert grummelte Dr. A. irgendetwas, vollführte dann aber eine auffordernde Geste in meine Richtung.

Ich wurde abermals nervös. Ich räusperte mich und begann zu sprechen, bevor ich vor lauter Anspannung nicht mehr dazu in der Lage wäre.

»Bevor ich versuchen werde, meine Theorie vorzutragen, möchte ich noch ein paar Fragen stellen, nur um sicher zu sein, dass ich ein paar Details richtig verstanden habe«, sagte ich.

»Um Himmels wi… – «, begann Dr. A., doch Dr. G. hob die Hand.

»Ja, Parker?«

»Ich möchte mit den nächtlichen Albträumen anfangen«, sagte ich. »Hat Joe je wieder von ihnen gesprochen, nachdem er hier erneut aufgenommen worden war?«

Es schien, als wolle Dr. A. mir eine schroffe, knappe Antwort geben, doch dann zeigte sein Gesicht plötzlich einen nachdenklichen Ausdruck.

»Jetzt, da Sie es erwähnen, nein«, antwortete er. »Doch es könnte sein, dass es zu jenem Zeitpunkt bereits zu spät dazu war. Abgesehen davon war er sediert, und sein Vater konnte den Missbrauch möglicherweise nicht genießen, wenn Joe keinen Schmerz dabei empfand.«

»Vielleicht«, sagte ich und wandte mich an Dr. G. »Aber ich bin nicht sicher ob dieser Erklärung über den Ursprung seines Monsters. Dr. G., sagten Sie nicht, Joe habe unter Entomophobie gelitten?«

Dr. G. nickte langsam. Sie schien sich nicht sicher zu sein, worauf ich mit meiner Frage abzielte. »Ja. Seine Eltern hatten das erwähnt, als sie ihn das erste Mal zu uns brachten.«

»Und hatte er Angst vor Ungeziefer, als Sie ihn behandelt haben?«, fragte ich.

»Nicht besonders«, sagte sie. »Wir haben es mit einer Konfrontationstherapie versucht, aber er hat nicht so reagiert wie jemand, der krankhafte Angst vor Insekten hat.«

»Offensichtlich war die Entomophobie nichts weiter als eine Art Stellvertretung für das, was er zu erleben glaubte«, sagte Dr. A. »Rose, wirklich – «

»Dr. A., würden Sie bitte noch einmal die Beschreibung des Monsters in Joes Wand abspielen?«

Dr. A. bedachte mich mit einem langen, müden Blick, aber schließlich gab er nach und durchsuchte die Aufnahme, bis er die entsprechende Passage gefunden hatte.

```
Es ist groß und haarig. Es hat Fliegenaugen und zwei superstarke Spinnenarme mit richtig langen Fingern. Sein Körper ist ein Wurm.
```

»Das würde jemanden, der unter einer Insektenphobie leidet, wirklich mehr als alles andere aus der Fassung bringen, meinen Sie nicht?«, fragte ich.

»Ich sagte schon, es wäre nicht überraschend, wenn sich die Entomophobie als Reaktion auf das entwickelt hätte, was ihm seiner Ansicht nach Schmerzen zufügte«, knurrte Dr. A. verächtlich.

»Stimmt«, sagte ich. »Aber da ist noch etwas. Können Sie zu dem Abschnitt vorspulen, wo Sie ihm sagen, dass das etwas ist, das er sich selbst vorstellt?«

Seufzend spulte Dr. A. die Kassette vor.

```
A: Und jetzt stell dir mal vor, wie das große, unheimliche Monster ins Bett macht. Es ist einfach nur ein
```

Teil von dir, bei dem du zugelassen hast, die Kontrolle zu verlieren.
J: Das ist komisch. Das Monster ist mein Pipi.
A: Nicht ganz. Aber beides sind Dinge, die du kontrollieren kannst, denn sie sind ein Teil von dir, Joe. Und, sieht das Monster jetzt immer noch so unheimlich aus?
J: Nein! Und wenn ich es das nächste Mal sehe, werde ich ihm sagen, dass ich keine Angst mehr vor ihm habe!

Das Band stoppte. Dr. A. wirkte zunehmend verärgert, und Dr. G. sah immer noch ratlos aus.

»Er hört sich nicht gerade wie ein Vergewaltigungsopfer an, dem man gerade gesagt hat, dass alles nur seine eigene Schuld ist. Er hört sich erleichtert an. Er klingt glücklich. Von jemandem, der gerade einen dissoziativen Schub durchmacht, würde man das nicht erwarten. Und wenn er, wie Sie sagen, so beeinflussbar war, warum hat er sich dann nicht sofort verhalten, als sei er das Monster? Warum hat er weiterhin sein altes Ich bewahrt?«

»Er hatte es wahrscheinlich noch nicht vollständig verarbeitet«, murmelte Dr. A., der mir kaum zuhörte.

»Oder«, sagte ich, »es gab überhaupt keinen dissoziativen Schub. Was wäre, wenn es überhaupt keinen Missbrauch durch seinen Vater gegeben hätte? Und nicht einmal nächtliche Albträume? Was, wenn Joe in Wahrheit von etwas gequält worden wäre, das seine Entomophobie auszunutzen verstand und ebenso geschickt mit den Ängsten anderer spielt? Und was wäre, wenn Joe diesem Etwas gesagt hätte, dass es ein Teil von ihm selbst ist, wodurch es überhaupt erst seine zweite Persönlichkeit wurde, die Ihrer Ansicht nach durch den Missbrauch entstanden ist? Was, wenn er das Monster bei seiner zweiten Einlieferung mit hierher gebracht hat?«

»Aber klar doch. Und ich bin sicher, dass sich sein Kopf um die eigene Achse dreht und er Erbsensuppe erbricht«, sagte Dr. A. abschätzig, und es klang, als sei sein Ärger berechtigt. »Reden Sie nicht wie ein ausgeflippter Horrorfan und reißen Sie sich zusammen. Sie sind Wissenschaftler, um Gottes willen.«

»Hören Sie sich doch erst einmal an, was ich zu sagen habe«, erwiderte ich. »Bis heute hätte ich es selbst nicht geglaubt, aber die Sache ist …«

Mir fiel auf, wie unruhig ich atmete. »Sehen Sie, mir ist klar, dass Sie all die Dinge, die er weiß, am liebsten als reine Glückstreffer beiseiteschieben wollen oder glauben möchten, dass sich die Leute nicht mehr daran erinnern, was sie ihm ungewollt selbst verraten haben, aber ich weiß, dass es sich bei mir nicht so verhält. Als Hank mich von seinem Zimmer weggezerrt hat, hat er mit genau derselben Stimme zu lachen begonnen wie etwas, von dem ich noch immer Albträume habe. Und ich kann Ihnen garantieren, dass ich nach Dr. G.s Warnung niemals mit ihm über meine Probleme oder über das, was mir Angst macht, gesprochen habe. Wie also konnte er genau den richtigen Ton und die richtige Klangfarbe treffen?«

»Sie haben gehört, was Sie hören wollten«, knurrte Dr. A. »Sie haben die Stimme eines Monsters erwartet. Ihr Geist hat sich so verhalten, als hörten Sie genau das Passende.«

»Aber exakt das ist der Punkt! Ich hatte es eben nicht erwartet. Erinnern Sie sich, ich dachte, er sei ein gesunder Patient, der falsch behandelt wurde, als Hank mich gepackt hat, und *trotzdem* habe ich diese Stimme gehört. Es geschah in einem Moment, in dem ich am allerwenigsten irgendetwas Übernatürliches erwartet hatte. Und was ist, wenn die anderen, darunter auch Dr. G., sich ebenfalls nicht geirrt haben? Was ist, wenn sie ihm tatsächlich niemals etwas gesagt hätten und er trotzdem wusste, wie er ihnen Angst machen kann?«

»Er hat recht, Thomas. Zugegeben, ich besitze keine Unterlagen, um irgendetwas zu beweisen, aber ich habe keine Ahnung, wie Joe herausfinden konnte, dass ich von manchen ›Nosey Rosie‹ genannt wurde. Ich kann mich nicht erinnern, dass das gegenüber irgendjemandem ein Thema war, sodass er die beiden Worte ungewollt hätte aufschnappen können. Ich glaube sogar, dass ich nie wieder an diesen Spitznamen gedacht habe, bevor ich ihn an die Wand seines Zimmers geschmiert vor mir sah.«

»Er hätte deinen Namen von jemandem hören und den Rest durch puren Zufall erraten können, Rose!«, explodierte Dr. A. »Es gibt nicht viele abschätzige Wörter, die sich mit deinem Namen reimen, und es ist nicht schwierig für ein Kind, das herauszufinden!«

»Du solltest es besser wissen und damit aufhören, Symptome als bloße Zufälle wegzuwischen, nur um deine Theorie zu retten, Thomas«, sagte Dr. G. leise.

Dr. A. sah aus, als rase er innerlich vor Wut. »Na schön.« Giftiger Sarkasmus erfüllte seine Stimme. »Nehmen wir an, du und Dr. H. haben recht, obwohl dadurch unser aller wissenschaftliches Engagement in kleine Stücke zerfällt. Welche Behandlung schlägst du bei jemandem vor, der von einer Art Schreckgespenst besessen ist? Pumpen wir ihm den Magen aus? Bohren wir ein Loch in seinen Schädel, damit der Dämon entweichen kann? Kläre mich auf.«

»Sie sagten, Sie hätten andere Möglichkeiten ausgeschlossen«, fuhr ich fort. »Ich nehme nicht an, dass Sie von jemandem einen Exorzismus durchführen ließen?«

»Für was für eine Art Quacksalber halten Sie – «

»O, hör auf, so zu tun, als ob du der tadelloseste Wissenschaftler im Raum wärst, Thomas«, unterbrach ihn Dr. G. in schroffem Ton. »Schon klar, du hast das alles aus den offiziellen Unterlagen rausgehalten, aber wir beide wissen, dass du bei Joe ein paar unkonventionelle Dinge versucht hast.«

Dr. A. antwortete nicht auf ihre Bemerkung, und zum ersten Mal sah er so aus, als fühlte er sich unwohl.

»Wenn du es ihm nicht sagst, Thomas, werde ich es tun.«

»Um Himmels willen, Rose. Wir haben diesen Unfug ausgeschlossen, und du weißt das. Warum sollten wir diesen aufmüpfigen, von viel zu viel Fantasie geplagten Welpen, den du eingestellt hast, auch noch ermutigen, indem wir ihm nutzlose Daten geben?«

»Dann haben Sie also versucht, ihn zu exorzieren«, sagte ich kühl. »Was ist passiert?«

»Es ist genau das passiert, was man von einem Unruhestifter wie Joe erwarten würde«, knurrte Dr. A. »Der Priester kam, begann das Ritual, und es tat sich überhaupt nichts. Joe hat ihn die ganze Zeit über verarscht und behauptet, er sei ein Engel, von Christus' rechter Hand auf die Erde geschickt. Und er hat behauptet, dass der Priester seinen eigenen Gott verraten würde. Genau das, was jeder sagen würde, um einen religiösen Menschen zu verstören.«

»Und ich wette, es hat diesen Priester *tatsächlich* tief verstört, nicht wahr?«, drängte ich. »Ich wette, er hat es nicht einmal geschafft, das Ritual zu Ende zu führen, oder?«

»Er ... ist vorher gegangen, ja«, sagte Dr. A. »Worauf wollen Sie hinaus?«

»Und haben Sie versucht, den Vorgang auf Band aufzunehmen?«

»Natürlich nicht!« Dr. A. spuckte die Worte geradezu aus. »Ich wollte nicht, dass irgendjemand weiß, dass ich mich auf so eine Verrücktheit einlasse.«

»Schade«, sagte ich. »Denn wenn Sie die Dinge aufgenommen hätten, würde ich mit Ihnen wetten, um was

Sie wollen, dass Sie kein einziges Wort von Joe auf Band bekommen haben. Denn es ist nicht der Patient – also Joe selbst –, der das tut. Was auch immer mit ihm gekommen ist, tut es und benutzt ihn als Sündenbock.«

»Sie glauben also allen Ernstes, dass irgendein Schreckgespenst mietfrei in unserer Klink lebt?«, fragte Dr. A., und ein verächtliches Lachen schwang in seinen Worten mit. »Rose, vielleicht könntest du Hank rufen und ihm sagen, dass er eine Zwangsjacke mitbringen soll. Ich glaube, unser Möchtegernerlöser ist selbst wahnsinnig geworden.«

»Vielleicht gibt es eine Möglichkeit, mit der ich herausfinden kann, ob ich recht habe«, sagte ich, indem ich mich Dr. G. zuwandte, die mir aufgeschlossener erschien. »Ich weiß, es ist eine seltsame Hypothese, aber wenn Sie mir gestatten, genügend Daten zu sammeln, und sie sich dann als falsch erweist, können Sie mich immer noch von dem Fall abziehen.«

Dr. G. klopfte mit ihren Fingerkuppen gegeneinander und betrachtete mich ein paar Sekunden lang. Es wirkte, als sei sie gegen ihren Willen fasziniert. Schließlich machte sie eine zustimmende Geste und sagte: »Fahren Sie fort.«

Ich holte tief Luft. »Mit Ihrer Erlaubnis würde ich morgen gerne frei nehmen, damit ich mit den einzigen Menschen sprechen kann, die in der Lage sind, beide Hypothesen zu bestätigen oder zu widerlegen, wenn auch nur indirekt. Ich würde gerne Joes Familie besuchen und mir das Zimmer ansehen, in dem alles geschehen ist.«

»O ja, das wird wunderbar funktionieren«, schnaubte Dr. A. »Was wollen Sie den beiden sagen? ›Entschuldigen Sie, Mr. M., aber hat es Sie scharf gemacht, als Sie Ihren Sohn missbraucht und dabei seine Schreie gehört haben? Oder hat man Sie davor gewarnt, dass das Haus von einem riesigen Insekt befallen sein könnte, als Sie es gekauft haben?‹«

»Wir beide wissen, dass es subtilere Wege gibt, wenn man nach Hinweisen Ausschau hält, ob jemand ein Sadist ist«, sagte ich, wobei ich versuchte, mich nicht provozieren zu lassen. »Außerdem will ich ja nur herausfinden, ob es irgendetwas gibt, das meine Hypothese stützt, und das wird ihre Alarmglocken überhaupt nicht klingeln lassen. Joes Eltern werden sich vollkommen sicher fühlen, sodass es ziemlich einfach sein dürfte, Anzeichen dafür zu finden, ob sie heimliche Sadisten sind. Und wenn es irgendeinen Beweis dafür gibt, dass in den Wänden von Joes Zimmer irgendetwas Übernatürliches gehaust oder es in dem Gebäude früher einmal gespukt hat, sollte das ebenfalls problemlos herauszufinden sein.«

Ich sah Dr. A. direkt in die Augen. »Und wissen Sie was? Wenn ich weder einen Hinweis darauf finde, dass die Eltern irgendwie schräg sind oder sich dort irgendetwas Übernatürliches abgespielt hat, werde ich zugeben, dass Sie recht hatten und ich auf irgendwelchen wissenschaftsfeindlichen Unsinn hereingefallen bin. Genügt Ihnen das?«

Wir musterten einander lange, und als sich unsere

Blicke voneinander lösten, konnte ich erkennen, dass er seinen Frieden mit dieser Idee geschlossen hatte, auch wenn er sich nicht dazu durchringen konnte, mich zu respektieren. Dann bemerkte ich eine Bewegung und wandte mich wieder Dr. G. zu, die einen Stift aus der Tasche zog und eine Notiz in ihren Kalender schrieb.

Sie sah zu mir auf. »Ja, Sie können den Tag frei haben. Und egal, was Thomas davon hält, ich möchte wissen, was Sie herausfinden. Machen Sie sich keine Sorgen. Ich werde Bruce gegenüber erklären, dass Sie auf meine Bitte hin einen Termin wahrnehmen. Ich glaube nicht, dass die Familie umgezogen ist, weshalb Sie die Adresse in der Akte verwenden können. Und jetzt sollten Sie nach Hause gehen und versuchen Sie, ein wenig zu schlafen, wenn Sie können. Sie müssen morgen fit sein.«

24. April 2008

Ich hatte nicht erwartet, dass mir das Schreiben umso schwerer fallen würde, je weiter ich mit dem vorankomme, was ich zu berichten habe. Glaubt mir, wenn ich sage, ich hätte diesen speziellen Teil der Geschichte gerne früher gepostet, aber wie man gleich sehen wird, war das nicht möglich. Ich schwöre, dass ich nicht versuche, aus meiner Erzählung mit irgendwelchen Tricks den letzten Rest an Sensation herauszupressen oder sie unnötig in die Länge zu ziehen. Es ist nur so schwierig, sich zu erinnern und alles genau wiederzugeben und mich an jenen Ort zurückzuversetzen. Trotz dieser Einschränkungen strömt die Geschichte nur so aus mir heraus, sobald ich mich hinsetze, um die Ereignisse darzustellen. Es ist, als steche man eine Eiterbeule auf. Mit jedem neuen Post fühle ich mich deutlich besser.

Ich danke allen, die mir bis hierher gefolgt sind, für ihre Geduld. Sollte jemand nach einer Lösung des Rätsels dieser Geschichte suchen, dann ist das wahrscheinlich der Post, auf den er gewartet hat.

Ich würde gerne sagen, dass ich Dr. G.s Anweisungen befolgt und wie ein Baby geschlafen habe, als ich an jenem Abend nach Hause kam, aber in Wahrheit fand ich wegen der Dinge, die ich gehört hatte, praktisch keinen Schlaf. Mein Gehirn arbeitete wie in einem Hamsterrad, und ich wunderte mich darüber, wie bereitwillig ich inzwischen unausgegorene und absurde Theorien entwickelte. Nur eine Woche zuvor war ich überzeugt gewesen, dass es sich bei Joe um einen gesunden Patienten handelte, der von einer Gruppe krimineller Ärzte gefangen gehalten wurde. Ich wurde erwischt, als ich versuchte, ihm zur Flucht zu verhelfen. Und jetzt wollte ich vor Ort recherchieren, um einen Beweis dafür zu finden, dass er besessen war von … wovon eigentlich genau? Einem Dämon? Einem Geist, der auf Rache aus war? Einem Schreckgespenst? Sind nicht alle Verrückten davon überzeugt, dass sie die Vernünftigen sind? Und wer konnte schon sagen, dass ich nicht ebenso einen Knacks abbekommen hatte wie alle anderen Ärzte von Joe und Dr. G.s Mitarbeiter nicht mit einer Zwangsjacke auf mich warten würden, wenn ich zurück in die Klinik käme? Und da wir schon dabei sind: Ich hätte ihnen nicht einmal einen Vorwurf machen können, wenn das geschehen sollte.

Nicht nur meinen Herzschlag hörte ich im Hintergrund all dessen, was ich tat, sondern auch jenes Lachen aus Joes Zimmer.

Unglücklicherweise war Jocelyn nicht da, um mir zu helfen, das alles zu verarbeiten oder mich wenigstens davon abzulenken. In der Küche fand ich eine Notiz, dass sie länger in der Bibliothek bleiben würde, um mit dem nächsten Abschnitt ihrer Arbeit voranzukommen. Ich schrieb ihr eine SMS, damit sie wusste, dass ich zu Hause war, und sie rief an, um zu hören, ob ich noch immer meine Arbeit hatte oder in Kürze die Polizei eintreffen würde. Ich wollte am Telefon nicht ins Detail gehen, also versicherte ich ihr, dass alles in Ordnung sei und ich ihr die ganze Geschichte erzählen würde, wenn wir uns sahen.

Als es schließlich immer dringlicher wurde, dass ich noch etwas Schlaf bekam, schluckte ich ein paar angstlösende Pillen, die ich mit einer Menge Wein hinunterspülte, und irgendwie ließ mich die Kombination der verschiedenen Chemikalien schließlich einnicken. Der Klang meines Weckers jedoch, der schon eine Sekunde, nachdem ich die Augen geschlossen hatte, zu rasseln schien, fügte zu allem Überfluss den Schrecken der zurückliegenden Nacht noch hämmernde Kopfschmerzen hinzu.

Immerhin fühlte ich mich nach einer Dusche, Ibuprofen und einem kleinen Meer an Kaffee fit genug, um zu fahren. Also schlug ich die erste Seite meiner Kopie von Joes Akte auf und sah mir die Adresse der Familie an.

Der angegebene Ort erklärte sogleich, wie Joes Familie sich eine mehr als fünfundzwanzig Jahre währende stationäre Behandlung leisten konnte. Er befand sich in jenem Teil des Staates, der so berühmt und berüchtigt für seinen Reichtum war, dass der bloße Name Bilder von Autos mit goldenen Nummernschildern, palastartigen Villen und Jachten in Familienbesitz heraufbeschwor. Und als wäre das noch nicht genug, verriet mir ein rascher Blick auf meinen Routenplaner, dass sich das Haus von Joes Familie in der Mitte eines gewaltigen Grundstücks befand, das am Wasser lag. Unter anderen Umständen wäre ich wenigstens ein bisschen neugierig gewesen, wie solche Opulenz aus der Nähe aussah, doch in diesem Fall fiel mir nur auf, wie isoliert das Haus lag – weitab von jeder Hilfe jeglicher Nachbarn. Die einzige Erleichterung bestand darin, dass die Gegend nur etwa eine anderthalbstündige Fahrt von New Haven entfernt war, bei geringem Verkehrsaufkommen sogar noch weniger. Also legte ich die Anweisungen des Routenplaners auf den Beifahrersitz meines Autos, wo ich sie bequem im Blick hatte, und machte mich auf den Weg, um herauszufinden, was mich an dem Ort erwarten würde, der die Geburtsstätte von Joes Wahnsinn gewesen war – wenn es sich wirklich um einen Wahn handelte.

Wenn ich glauben würde, dass die Natur einen Sinn für Ironie besäße, wäre die Fahrt eine nachdrückliche Bestätigung dieser Vorstellung gewesen. Das Wetter bescherte mir einen kühlen, balsamischen Herbsttag, auf den man jedes Jahr hofft und um den man jedes Jahr betet; es gab kaum Verkehr, und überdies erhielt ich eine Textnachricht von Jocelyn, die mir Glück wünschte und mir sagte, dass sie am Abend zu Hause sei, sodass wir uns gegenseitig auf den neuesten Stand bringen könnten. Kurzum, unter anderen Umständen wäre es ein perfekter Tag gewesen, was die Fahrt in das irdische Äquivalent des Höllenschlunds umso zermürbender machte.

Die pittoreske Postkartenlandschaft in jenem Teil des Staates, in dem Joes Familie lebte, verstärkte meine kognitive Dissonanz nur noch. Ich muss an Hunderten von weitläufigen, doch zugleich geschmackvollen Landhäusern jener Art vorbeigekommen sein, die nur altes Geld errichten kann und die so aussahen, als gehörten sie eher in einen Roman von Jane Austen als in die Vereinigten Staaten. Die wenigen Bewohner, die ich im Freien sah, schienen den Katalogen von Brooks Brothers oder J. Press entstiegen zu sein, denn sie trugen Kleidung, die dem Wert mehrerer meiner Monatsgehälter entsprach, und Uhren, die mich mindestens mein Jahreseinkommen gekostet hätten. Mein relativ bescheidener, wenn auch gut in Schuss gehaltener Ford Taurus muss neben der Flotte von BMWs, Audis und Bentleys auffällig fehl am Platz gewirkt haben. Ich war überrascht, dass irgendjemand aus einer solchen Gegend je in einer Klinik enden könnte, geschweige denn im Connecticut State Asylum. Es war ein Ort, an dem man Schmerzen jeder Art mit Medikamenten und Besuchen bei niedergelassenen Psychiatern zum Verschwinden brachte oder am besten von vornherein mit beträchtlichem finanziellem Aufwand auf Distanz hielt. Kurzum, es war ein Ort, wo alles Unangenehme, von übernatürlichem Grauen ganz zu schweigen, rücksichtslos gentrifiziert worden war, sodass man es nicht mehr sehen und nicht mehr daran denken musste.

Schließlich hielt ich mit meinem Wagen vor dem schweren Gittertor aus Gusseisen, das in eine hohe, dicke

Steinmauer eingelassen war. Erst hier, vor dem Anwesen von Joes Familie, begann meine Umgebung einen düsteren Eindruck auf mich zu machen. Das mochte jedoch zum Teil daran liegen, dass mich ein stämmiger Mann vom Sicherheitsdienst anbrüllte, der aussah, als sei er auf einer von Blackwater finanzierten Militärmission besser aufgehoben als auf einem ruhigen Familiensitz. Weil ich nicht unangemessen nervös erscheinen wollte, bemühte ich mich nach besten Kräften um jene Haltung, die ich an einem Krankenbett eingenommen hätte, und erklärte ihm, dass ich Arzt war und gekommen sei, um mit den Bewohnern über ihren Sohn zu sprechen.

Er drehte sich mit militärischer Präzision um und ging zurück zu seinem Torhaus, wo er ein paar Zahlen in eine Konsole eingab. Die Stimme einer Frau, die mit zusammengebissenen Zähnen jenen höflichen Tonfall anschlug, wie man ihn üblicherweise von älteren Jachtclubmitgliedern hört, drang aus einem Mikrofon, und nach einer kurzen Unterhaltung mit dem strengen Zuchtmeister, der mich gerade aufgehalten hatte, erlaubte sie, dass ich eingelassen wurde. Unverzüglich beendete der Wachmann die Unterhaltung und drückte auf einen Knopf, woraufhin das Tor fast vollkommen lautlos und ohne jeden Widerstand aufschwang. Seit ich mich am Morgen auf den Weg gemacht hatte, versuchte ich, meine Nervosität zu unterdrücken, doch als ich jetzt weiterfuhr, grummelte mein Magen bedrohlich.

Die Zufahrt stieg sanft einen geradezu obsessiv gepflegten Hügel hinauf, der von einem Wald aus gleichermaßen gepflegten Zuckerahorn- und Roteichenbäumen umgeben war. Das Haus selbst thronte zwischen mehreren Buchen auf der Hügelkuppe, ein hoch aufragender, steinerner Landsitz im neogotischen Stil, der die Sonnenstrahlen in einen pastellfarbenen Schimmer zu verwandeln schien. Ich hielt vor dem Haupteingang und reichte meine Schlüssel einem borniert wirkenden Bediensteten, dem es geradezu körperliche Schmerzen zu bereiten schien, sich auch nur für einen kurzen Augenblick in einen so bescheidenen Wagen wie den meinigen zu setzen. Dann trat ich nach vorn, um mich dem zu stellen, was das Haus auch immer für mich bereithalten mochte.

Je länger ich das Gebäude anstarrte, umso unwohler fühlte ich mich. Offen gestanden hätte ich es weniger beunruhigend gefunden, wenn Joes Familie in einem Schloss aus pechschwarzem Stein mit dämonisch kreischenden Wasserspeiern an jeder Ecke gewohnt hätte, das von Blitzen im Hintergrund beleuchtet wurde. Das Anwesen war außerordentlich weitläufig: so groß, dass man darin eine ganze Schule hätte unterbringen können und dabei immer noch viel freien Platz zur Verfügung gehabt hätte. Ich bin ziemlich sicher, dass seine Ausmaße dem Hauptgebäude des CSA Konkurrenz machten. Die Ornamentik der Fassade war übertrieben gefällig, mit zahlreichen Steinrosen und Cupidos, die von Fenstersimsen und Brüstungen herablächelten, ganz zu schweigen von dem handgefertigten Gitterwerk und dem üppig vorhandenen Buntglas. Doch selbst für meinen unerfahrenen Blick wirkten diese Verzierungen wie aufgeklebt, wie eine glitzernde Maske für etwas, das im Wesentlichen spartanisch war, eine abweisende Palisadenkonstruktion mit strengen Winkeln, genau berechneten Türmchen und vorragenden Strebepfeilern. Ich fragte mich, was für ein Mensch der Architekt wohl sein mochte, der dieses Haus entworfen hatte, von den ersten Bewohnern ganz zu schweigen. Kein Wunder, dass ein unheilbar geisteskranker Patient diesen Mauern entstammte, die eine Nachahmung der Bastille in Form des Strawberry Hill Gothic darstellten.

Als ich die funkelnden Kalksteinstufen hinaufging, öffnete sich die Tür, und eine zerbrechlich wirkende Frau, deren Gesicht wie das Musterbeispiel einer anmutig gealterten Schönheit wirkte, trat mir mit raschem Schritt entgegen. Ich muss gestehen, dass ich bei unserem Zusammentreffen unwillkürlich dachte, dass sie kaum die Art Mensch sein konnte, der den sexuellen Missbrauch eines Kindes vertuschen oder leugnen würde. Sie strahlte eine gewisse Güte aus, die jedoch von einer so unerschütterlichen wie natürlichen Aristokratie begleitet wurde, dass ich mir vorstellte, sie habe schon bei ihrer Geburt mit einem Glöckchen nach ihren Bediensteten geläutet.

»Dr. H.«, sagte sie in demselben Privatschulakzent, den ich bereits über die Sprechanlage gehört hatte, »welch eine Freude, Sie empfangen zu dürfen. Dr. G. hat vorab angerufen und mich wissen lassen, dass Sie heute kommen würden, und ich muss sagen, dass ich erleichtert war. Wie geht es meinem Jungen? Ich habe mir so viele Gedanken über meinen armen Joseph gemacht und in den letzten Jahren fast nichts mehr von der Klinik gehört – abgesehen von den Rechnungen natürlich –, weshalb Sie sich gewiss vorstellen können, wie erfreut ich über Ihren Besuch bin. Bitte, treten Sie ein.«

»Danke, Mrs. M.«, sagte ich in liebenswürdigem Ton und schüttelte mit, wie ich hoffte, angemessen professionellem Nachdruck ihre Hand. »Ich bin sehr froh, dass ich Sie zu Hause antreffe, denn ich hatte mir gewünscht, mit Joes Eltern sprechen zu können.«

»Nun, ich fürchte, Sie werden mit mir vorliebnehmen müssen«, sagte sie mit einer Andeutung von Trauer in ihrer Stimme. »Joes Vater ist seit zehn Jahren tot. Doch wenn ich Ihnen eine Hilfe sein kann, bin ich gerne bereit, alles in meiner Macht Stehende zu tun. Kommen Sie einfach mit in den Salon, dann können wir uns unterhalten.«

Der Salon war in Wahrheit ein Gewölbe mit hoher Decke, in dem sich zahlreiche Möbel aus altem Mahagoni und Kirschholz sowie die äußerst echt wirkenden Köpfe ausgestopfter Tiere an den Wänden befanden. Da ich mit den Erscheinungsformen so außerordentlichen Reichtums nicht vertraut war, ertappte ich mich dabei, wie ich mich nicht ohne ausgeprägtes Staunen umsah, bis ein besonderes Objekt mich zurückschrecken und nach Luft schnappen ließ.

Es war, wie ich gestehen muss, der Kopf von etwas, das ich noch nie gesehen hatte und auch nie wiedersehen will. Aus dem Wandsockel, an dem er befestigt war, ragte ein knollenförmiger, doch ansonsten fast gestaltloser Kopf knapp dreißig Zentimeter weit in den Raum; er besaß zwei mächtige, widerlich gelbe Facettenaugen und dazu mehrere Reihen von Zangen, die aussahen, als troffen sie von Gift. Schlimmer noch, der Tierpräparator hatte alles darangesetzt, das Wesen so lebensecht wie möglich zu gestalten, weshalb die Augen noch immer einen bösartig flackernden, von Sadismus erfüllten Blick besaßen und die Zangen in einer Haltung wütender Aggression aus dem Gesicht ragten, als ob dieses Ding seine Mundwerkzeuge jeden Moment schließen und den Kopf jeder unschuldigen Kreatur zermalmen könnte, die es in die Klauen bekam. Ein weit aufgerissener, mit Fangzähnen bestückter Schlund, der wie das Maul des größten Blutegels der Welt wirkte, dehnte sich zwischen den Zangen und den Augen, bereit, jedem Wesen die Därme herauszureißen, das in seine Nähe geriet.

Als Mrs. M. mein Entsetzen bemerkte, folgte sie meinem Blick und erschauderte.

»Ein schreckliches Ding, nicht wahr?«, fragte sie. »Aber ich habe es nie übers Herz gebracht, es abhängen zu lassen. Seien Sie unbesorgt, es ist nichts weiter als ein Kunstobjekt, nichts Echtes. Charles – ich meine, Josephs Vater – war ein ziemlich geschickter Jäger, und als Josephs Albträume anfingen, dachte er, es könne dem Jungen helfen, wenn wir so taten, als hätte Charles dieses Ding gefangen und umgebracht und seinen Kopf in diesem Zimmer aufgehängt. Wir haben einen Künstler gebeten, sich von Joseph selbst eine möglichst genaue Beschreibung geben zu lassen und seine Zeichnungen zu studieren. Das ist das Ergebnis.«

Bitter rümpfte sie die Nase. »Dieses widerliche Ding konnte Joseph natürlich nicht beruhigen. Ich habe den Verdacht, dass es ihm, wenn überhaupt, nur noch mehr Angst machte. Doch seit er für so lange Zeit in die Klinik kam, habe ich es unter anderem auch deswegen behalten, weil es mich daran erinnern sollte, wie sehr Charles sich gewünscht hatte, dass Joseph geheilt würde. Zum Teil sollte es für mich auch ein Symbol der Hoffnung sein, dass Joseph seine Krankheit eines Tages besiegen würde – eine Krankheit, die ihn überhaupt erst dazu gebracht hatte, sich dieses abstoßende Ding vorzustellen.«

Noch immer halb gelähmt von Abscheu und Faszination, kostete es mich große Mühe, meinen Blick von der monströsen Darstellung dessen abzuwenden, was einen Sechsjährigen so sehr in Angst und Schrecken versetzt hatte. Die Erwähnung der Albträume erinnerte mich jedoch an den Zweck meines Kommens, und so wandte ich mich wieder Joes Mutter zu.

»Mrs. M., es sind in der Tat Joes Albträume, die mich hierher geführt haben«, begann ich. Ich hatte meine kleine Rede unterwegs mehrmals eingeübt. »Obwohl wir bei Ihrem Sohn die verschiedensten Behandlungen versucht haben, fragen wir uns inzwischen, ob seine anhaltende Psychose mit ebenjenen Albträumen zusammenhängen könnte, unter denen er seinerzeit gelitten hatte. Wir haben sie bei seiner ersten Einlieferung nie genauer untersucht, weshalb uns vielleicht irgendetwas entgangen sein könnte, das wir erfahren hätten, wenn wir uns von Anfang an genauer nach diesem Thema erkundigt hätten.«

Joes Mutter bedachte mich mit einem fragenden Blick, und zum ersten Mal fiel mir auf, wie sie trotz ihrer makellosen Erscheinung geradezu verzweifelt auf irgendwelche guten Nachrichten hoffte.

»Dr. H.«, sagte sie. »Zuerst müssen Sie mich Martha nennen. Wenn Sie wirklich ernsthaft versuchen, meinen Sohn nach all diesen Jahren zurückzuholen, sollten wir uns beim Vornamen nennen. Fragen Sie, was Sie möchten. Wenn ich die Antwort weiß, werde ich sie Ihnen geben.«

Ich nickte. »Vielen Dank, Martha.«

Ich wusste, dass ich mich sogleich nach den Albträumen hätte erkundigen sollen, doch als ich mich in dem üppig ausgestatteten Raum umsah, kam mir zunächst ein anderer Gedanke. »Ich muss sagen ... ich bin ein wenig ratlos. Warum haben Sie Joe ausgerechnet in unsere Klinik gebracht?«

Martha lachte leichthin. »Sie glauben, dass Ihre Klinik zu gewöhnlich für Menschen wie uns ist? Ich vermute, Sie hatten noch nie mit den Formalitäten zu tun, die einen erwarten, wenn man sein Kind an einer Privatschule anmelden will?«

Ich schüttelte den Kopf.

»Wir waren besorgt, dass der Makel psychischer Probleme Joseph bei einer zukünftigen Anmeldung an einer Privatschule in Schwierigkeiten bringen und ihm sein ganzes Leben lang anhängen würde, falls es durch die Klinik irgendwelche Verbindungen zu unseren hiesigen Kreisen gäbe. Mein Mann und Thomas A. waren an der Choate in dieselbe Klasse gegangen. Er war einverstanden damit, Josephs Therapie im CSA geheim zu halten, weil er uns einen persönlichen Gefallen erweisen wollte. Obwohl man nach ein paar Jahren nicht mehr übersehen konnte, dass diese Vorsichtsmaßnahme unnötig wurde, bestand Charles darauf, Joseph auch weiterhin in Thomas' Fürsorge zu belassen. Wir fühlten uns durch sein großes Können und sein Engagement für unseren Sohn darin bestärkt.«

»Was waren seine frühesten Symptome? Und wann sind sie Ihnen aufgefallen?«

»Joseph war etwa fünf«, sagte Martha. »Wir waren in dieses Haus gezogen und zu dem Schluss gekommen, dass es an der Zeit sei, ihm ein eigenes Zimmer zu geben. Ich war damals mit seiner kleinen Schwester Eliza schwanger, und obwohl es möglich gewesen wäre, ein paar Wände einreißen zu lassen, um das Kinderzimmer zu vergrößern, meinten all unsere Freunde, dass ein Fünfjähriger zu alt sei, um mit einem Baby in einem Raum zu schlafen. Es wäre nicht fair, wenn ein Kind, das selbst noch wuchs, mit einem weinenden Neugeborenen zurechtkommen müsste. Also ließen wir den Innenarchitekten kommen und einen der weniger weitläufigen Räume im obersten Stockwerk zu einem der bezauberndsten Zimmer für einen kleinen Jungen umgestalten, das man sich vorstellen kann. Joseph *liebte* dieses neue Zimmer vom ersten Augenblick an, und das Kindermädchen musste ihn praktisch zum Essen nach unten schleppen, wenn sie wollte, dass er es verließ. Aber in jener ersten Nacht …«

Sie schluckte heftig und hob die Hand. »Wenn Sie nichts dagegen haben, Dr. H., würde ich mir gerne einen Drink einschenken, bevor wir weitermachen. Kann ich Ihnen auch etwas anbieten?«

»Bitte, nennen Sie mich Parker«, sagte ich. »Und nein, danke.«

Sie stand auf, ging mit raschen Schritten zu einer Bar in Form eines handgefertigten Globus und goss eine großzügig bemessene Menge einer bernsteinfarbenen Flüssigkeit in ein elegantes Kristallglas, das sie ein paar Mal kreisen ließ, bevor sie den ersten Schluck nahm. Offensichtlich gestärkt nahm sie wieder Platz und sprach weiter.

»In jener Nacht … Parker, Sie können sich nicht vorstellen, wie schrecklich es war. Kaum eine Stunde, nachdem wir ihn zu Bett gebracht hatten, begann Joseph zu schreien, als würde er ermordet. Und als wir nach ihm sahen, sagte er, dass ein riesiges Insekt mit seinen Scheren seinen Kopf festgehalten habe und ihm wehtun wollte. Seine Bettwäsche war unbeschädigt, und sein Kopf zeigte keinerlei Verletzungen, weshalb wir es als Albtraum abtaten, aufgrund des Schlafens in einem neuen Zimmer. Wir dachten, alles würde sich nach dieser Nacht erledigen, aber so war es nicht. Es geschah immer wieder.«

Sie nahm einen weiteren Schluck, und diesmal hielt ihr Schweigen länger an und wirkte schmerzlicher.

»Wir haben alles versucht«, sagte sie schließlich mit Nachdruck. »Zuerst dachten wir, er bilde sich das alles nur ein, doch seine Reaktion war so lebhaft und eindringlich. Also stellten wir Fallen in der Nähe der Wand auf, aus der das Ding, wie er sagte, angeblich kam. Aber sie wurden nie ausgelöst, wenn er zu schreien anfing, und keine Kreatur, die so groß gewesen wäre, wie er behauptete, hätte sie umgehen können. Wir baten das Kindermädchen, tagsüber so viele Aktivitäten mit ihm zu unternehmen, dass er abends erschöpft wäre, in der Hoffnung, dass er dann tiefer schlafen würde. Doch dann ...«

Sie hielt inne, weil sie sich an etwas zu erinnern schien, das sie ratlos machte.

»Dann fing sein *Kindermädchen* an, sich merkwürdig zu verhalten, und zwar in einem solchen Ausmaß, dass wir sie entlassen mussten. Ja, jetzt erinnere ich mich. Als wir sie bei unserem Einzug eingestellt hatten, schien sie sehr süß und liebevoll zu sein. Wir brauchten jemanden, der gut mit einem kleinen Jungen umgehen konnte und gleichzeitig in der Lage war, nach Elizas Geburt als eine Art Tag- und Nachtschwester für einen Säugling zur Verfügung zu stehen. Aber dann, ein paar Wochen später, ertappten wir sie dabei, wie sie Joe mit den wüstesten Schimpfworten anschrie, während er sich in einer Ecke zusammenkauerte. Ich vermute, dass seine Probleme auch ihr zusetzten, doch was auch immer der Grund für ihren Wutanfall war, wir konnten es nicht hinnehmen, dass sie ihre Gefühle an ihm ausließ. Wir feuerten sie und stellten jemand Älteren ein. Jemand Erfahreneren. Wir hofften, die neue Dame würde nicht so schnell ihre Geduld angesichts der Energie eines kleinen Jungen verlieren. Unglücklicherweise war auch sie nach einer Weile keineswegs mehr ideal für ihn. Sie wurde träge und langsam. Als Eliza kam, war sie sehr gut zu ihr, was zu jener Zeit vermutlich das Wichtigste war, aber es gelang ihr nie, mit Joseph Schritt zu halten. Also habe ich mein Bestes getan, um ihn zu ermüden, bevor das wegen Eliza nicht mehr ging. Jeden Tag sagten wir Joseph, wir würden ›das Monster ausmisten‹ und es wegschaffen, aber er behauptete auch weiterhin, dass es immer noch da sei. Wir versuchten, ihn in einem anderen Zimmer auf demselben Stock schlafen zu lassen, doch das half überhaupt nicht. Irgendwann zu Beginn brachte ich ihn einen Monat lang in unserem eigenen Schlafzimmer unter, doch Charles wollte das nicht länger fortführen. Zum einen war Joseph nach wie vor unruhig und hatte Albträume, auch wenn sie nicht mehr so schlimm waren, und zum anderen musste er lernen, alleine zu schlafen, erwachsen zu werden. Irgendwann fingen wir an, ihm Beruhigungsmittel zu geben, was ihm ein paar Stunden Ruhe zu verschaffen schien, bevor er uns in den frühen Morgenstunden mit seinem Aufheulen weckte. Dann ließ mein Mann jenes *Ding* anfertigen, das Sie gleich gesehen haben, als Sie in dieses Zimmer kamen, und er tat so, als hätte er es für Joseph geschossen, aber auch das war keine Hilfe. Wir kamen auf den Gedanken, dass Joe vielleicht irgendwo im Haus Insekten sah und sie es waren, die das Problem verursachten, denn er hatte so schreckliche Angst vor Insekten, dass der bloße Anblick eines einzigen Tieres einen hysterischen Anfall bei ihm auslöste. Also beauftragten wir einen Kammerjäger täglich vorbeizuschauen und baten ihn, jeden Tag das ganze Haus und besonders Joes Zimmer zu inspizieren und sämtliches Ungeziefer zu vernichten, das in das Gebäude gekrochen sein mochte. Nichts funktionierte. Er behauptete hartnäckig, dass das Monster ihn wecke, indem es mit den Klauen über sein Gesicht streiche und jede Nacht mit den Scheren seinen Kopf festhalte.«

Martha nippte an ihrem Drink. »Charles war überzeugt davon, dass der Junge irgendwann darüber hinwegkommen würde, da alle kleinen Kinder wiederkehrende Albträume haben oder irgendein Schreckgespenst sehen und es bei Joseph nicht anders war. Er fürchtete, Joseph eine Therapie machen oder ihn in die Psychiatrie einweisen zu lassen, würde bei ihm einen größeren Schaden anrichten als all das, was er nachts zu sehen glaubte. Und Charles war sicher, dass es negative Auswirkungen auf die Chancen des Jungen haben würde, eine gute Schule zu besuchen. Doch nach neun Monaten wurde es immer schlimmer. Joseph war teilnahmslos geworden. Wenn ein Sechsjähriger depressiv sein kann, dann, so würde ich sagen, war er es. Er sprach nicht mehr so viel über das Thema, und in einigen Nächten hörten wir ihn einfach nur schluchzen. Aber dann kam er eines Morgens mit blauen Flecken zum Frühstück. Es dauerte ein paar Tage, bis ich begriff, worum es sich handelte, denn zuerst glaubte ich, beim Spielen mit seinen Freunden sei es etwas rauer zugegangen als üblich. Doch dann waren da plötzlich auch noch diese Kratzwunden, die sich über seine ganzen Arme zogen. Mir wurde klar, dass ich es nicht länger ertragen konnte, und ich brachte Charles dazu, Thomas anzurufen, der uns bat, Joseph in das CSA zu bringen.«

Sie hielt inne und nahm den letzten Schluck aus ihrem Glas; offensichtlich fiel es ihr schwer, Haltung zu bewahren. Dann ging sie zur Karaffe, wobei sie mir den Rücken zuwandte. Sie schenkte sich nach, und ich unterbrach sie nicht. Ich spürte, dass diese Offenheit ihr alles abverlangte.

»Joseph blieb dort ein oder zwei Nächte, glaube ich, ich kann mich nicht mehr genau erinnern. Doch als er zurückkam, Parker, hätten Sie es nicht für möglich gehalten, dass er sich jemals vor irgendetwas gefürchtet hatte. Er plauderte munter auf dem gesamten Nachhauseweg darüber, dass er keine Angst mehr vor dem Monster hätte. Dass er jetzt mutig sei und das Monster, das ihn zu erschrecken versuchte, nur er selbst sei. ›Aber vor mir selbst habe ich keine Angst, Mommy, und deshalb muss ich auch vor ihm keine Angst haben! Der Arzt in der Burg für ängstliche Menschen hat das gesagt!‹ Diese Worte hat er ständig wiederholt.«

Sie lächelte schief. »Es hörte sich an wie eine Variation dessen, was Charles ihm monatelang einzureden versucht hatte – dass dieses Ding nicht real sei, dass es so etwas wie Monster nicht gab, dass er sich das alles nur einbilde – aber ich vermute, es lag wohl an Thomas' Ausstrahlung. Die Ausstrahlung einer ganz bestimmten Art von Arzt. Wie auch immer, wir wollten ihm in jener Nacht seine üblichen Beruhigungsmittel verabreichen, doch er beharrte darauf, dass er sie nicht brauchte. Er sagte, er wolle dem Monster gegenübertreten und ihm sagen, dass es ihm keine Angst mehr einjagen könne.«

Ich sah, dass ihre Hände zitterten, als sie einen weiteren Schluck von ihrem Drink nahm. »Nun, in jener Nacht hat er zuerst geschrien, doch noch bevor wir seine Schlafzimmertür erreicht hatten, verstummte er. Wir dachten, vielleicht stelle er sich jetzt seinen Ängsten. Was auch immer der Arzt gesagt haben mochte, schien, so glaubten wir, zu wirken. Und als in jener Nacht kein Ton mehr von ihm kam, nahmen wir an, dass er friedlich schlafen würde. Aber am nächsten Morgen fanden wir Joseph zusammengekrümmt in einer Ecke. Er gab schreckliche, an uns gerichtete Geräusche von sich, und er … starrte uns irgendwie mit heimtückisch-anzüglichem Blick an. Ich erkannte ihn nicht wieder, wie er mich so ansah. Es war schrecklich. Also brachten wir ihn unverzüglich zurück zu Thomas. Ich weiß, dass sich das furchtbar anhören muss, aber sobald er auf dem Weg zur Klinik war, kam es mir vor, als hätte sich eine Wolke verzogen. Und obwohl mir klar ist, dass wahrscheinlich nichts anderes dahinter steckte als mein verzweifelter Wunsch, mich nicht mehr so furchtbar hilflos zu fühlen … machte ich mir Vorwürfe, dass ich meinem kleinen Jungen selbst die Schuld an dem gegeben hatte, was geschehen war. Und dass ich ihn nicht genug geliebt hatte, um ihn in allem zu begleiten. Und dass das der Grund ist, warum er … so ist, wie er ist.«

Ihre Worte halfen mir zwar nicht weiter bezüglich meiner Theorie, aber zu hören, wie Martha mir alles in so vielen düsteren Einzelheiten beschrieb, machte mir das ganze Ausmaß der Tragödie erst deutlich.

»Ich glaube nicht, dass Sie sich Vorwürfe machen sollten. Es ist offensichtlich, dass Sie ihn lieben, und ich nehme an, das galt auch für Ihren Mann«, sagte ich. Und dann fügte ich in besonders sanftem Ton hinzu: »Ich hoffe, Sie gestatten mir diese Frage: Warum haben Sie Joe nicht besucht, nachdem er auf Dauer stationär aufgenommen worden war?«

Martha sah mich mit gequältem Blick an. »Das wollten wir, Parker.« Sie sprach so leise, dass ihre Worte kaum mehr als ein Flüstern waren. »Glauben Sie mir. Über Jahre hinweg wünschten wir uns nichts mehr auf dieser Welt als das. Aber Thomas wollte nichts davon hören. Er sagte uns, unsere Anwesenheit könnte zu aufregend für Joseph sein. Sein Verhalten sei inzwischen so unberechenbar, dass man keine Störung von außen riskieren sollte. Wir fragten, wann es in Ordnung wäre, aber schließlich verlor Thomas die Geduld mit uns. Er schrie praktisch, als er sagte, dass Joseph – *mein kleiner Joey* – ein gefährlicher Irrer sei. Instabil. Gewalttätig. Er sagte, es diene unserer eigenen Sicherheit, nicht nur

Josephs, wenn wir die Trennung aufrechterhielten. Sollte sich die Lage bessern, so meinte er, würde er uns Bescheid geben. Aber die Jahrzehnte gingen dahin, und … es kam nicht dazu. Am Ende gaben wir die Hoffnung auf. Ich glaube, Charles ist daran zerbrochen … Aber jetzt sind Sie ja hier.« Sie versuchte, ihre Verzweiflung zu überspielen, doch trotz ihrer stoischen Haltung, mit der sie auch ihre privilegierte Herkunft zur Schau trug, gelang ihr das nicht.

Während ich ihr zuhörte, fühlte ich mich seltsam schmutzig wegen der Vorstellung, Dr. A.s Verdacht könne zutreffen, und gleichzeitig wollte ich alles dafür tun, dass ihre Hoffnung nicht umsonst war. »Martha, ich muss Sie um einen Gefallen bitten. Es könnte uns bei Joes Therapie helfen.«

»Ja.« Sie nickte. »Was immer Sie wollen.«

»Wir vermuten, Joe glaubt nicht so sehr, dass das Monster nur in seiner Vorstellung existiert, sondern vielmehr, dass ein Teil von ihm das Monster *ist*«, sagte ich. »Das bedeutet, wir müssen so viel wie möglich über dessen Ursprung erfahren und mögliche Faktoren aus seiner Umgebung bestimmen. Auf einer der Bandaufnahmen von Joes Therapiesitzungen sagt er, dass das Monster aus seiner Wand kam. Wenn Sie nichts dagegen haben, würde ich gerne sein Zimmer ansehen und mit Ihrer Erlaubnis untersuchen, ob irgendetwas Merkwürdiges an dieser Wand ist. Vielleicht ein Hinweis auf einen Insektenbefall, den Ihr Kammerjäger übersehen hat?«

Martha benötigte offensichtlich keine Zeit, um darüber nachzudenken. Sie leerte ihr Glas mit einem Schluck, stand auf und wollte das Zimmer verlassen. Als sie sah, dass ich mich noch nicht von der Stelle gerührt hatte, riss sie den Kopf ungeduldig herum.

»Worauf warten Sie noch? Die Antwort lautet Ja. Kommen Sie schon mit.«

Vier Treppen ging es durch ein stattliches, makellos gepflegtes Haus hinauf. Die unteren Stockwerke waren hauptsächlich in Graugrün und Gold gehalten und besaßen jene Parkettböden, die ich mit den Neunzigerjahren des vorigen Jahrhunderts verband, während der schmalere, mit einem Teppichboden ausgelegte Flur im obersten Stock die erdig-rostfarbenen und dunkelbraunen Töne der Siebzigerjahre zeigte. Ich nahm an, dass sich jegliche Renovierungsarbeiten in den Jahren, seit Joe nicht mehr hier lebte, auf die unteren Stockwerke beschränkten. Was Joes Zimmer betraf, so erkannte ich auf den ersten Blick, dass hier schon lange niemand mehr gewohnt hatte oder auch nur eingetreten war. Auf allen Oberflächen hatte sich Staub angesammelt, und einige alte Spielsachen sahen aus, als seien sie verrostet. Aber sogar unter diesen Umständen hätte sich ein nervöses Kind hier wohlfühlen müssen. Überall lagen Actionfiguren und Stofftiere herum, und es gab sogar eine große Modelleisenbahn, deren Schienen sich durch das ganze Zimmer zogen. Alle Wände bis auf eine waren in einem entspannenden Dunkelblau gestrichen, und auf jener Wand, welche die Ausnahme bildete, befand sich das riesige Gemälde eines hellroten Rennwagens, der in sämtlichen minutiösen Details wiedergegeben war. Das Bett wirkte weniger wie ein Bett, sondern eher wie eine Wolke, die feste Gestalt angenommen hatte, so hoch wölbten sich mehrere Kissen und eine Daunendecke darüber. Ein hochfloriger Teppichboden bedeckte die Dielen, der in demselben beruhigenden Blauton gehalten war wie das übrige Zimmer.

Trotzdem zögerte Martha auf der Türschwelle, als erschüttere der bloße Anblick ihre Entschlossenheit. Gleich darauf aber trat ein stählerner Ausdruck in ihre Augen. Sie trat ein und winkte mich zur drei Meter langen Wand neben dem Bett. Mit angewiderter Miene deutete sie darauf.

»Das ist die Stelle, an der dieses Ding rausgekommen ist, wie Joe behauptet hat. Was natürlich vollkommen unmöglich ist. Selbst wenn ich glauben würde, dass sein Monster existieren könnte, wäre es niemals in der Lage, sich hier zu verstecken. Diese Wand bildet eine der Außenmauern des Gebäudes. Auf der anderen Seite ist nichts als Luft. Es gibt nicht einmal die kleinste Zwischenebene.«

Ihr Blick schien im Zimmer umherzuhuschen. Sie machte eine hilflose Geste und sah mich an.

»Vielen Dank, Martha«, sagte ich.

Sie nickte steif, aber liebenswürdig. »Neben seiner Tür gibt es eine Sprechanlage im Flur. Ich nehme an, sie funktioniert immer noch. Sie können mich also rufen, wenn Sie mich brauchen.« Sie verließ das Zimmer mit raschem Schritt und zog die Tür hinter sich zu.

Jetzt galt es also, das Zimmer zu untersuchen. Ich begann damit, dass ich die scheinbar endlose Menge an Puppen und Stofftieren, Brettspielen und Büchern durchging. Nirgendwo fand sich etwas, das auch nur ansatzweise insektenähnliche Züge besessen oder sich mit einem Thema beschäftigt hätte, das mit Insekten zu tun hatte; ich fand nichts, das jenem grässlichen Ding ähnelte, das in der Skulptur im Erdgeschoss verewigt worden war. Das einzig Bemerkenswerte an Joes Sachen war, dass er so viele davon hatte. Davon abgesehen aber handelte es sich genau um die Dinge, die man im Zimmer eines reichen Kindes erwarten würde, wobei die Spiele und Bücher natürlich aus den Siebzigerjahren stammten.

Danach sah ich in Schränke und Schubladen und wühlte mich durch die typischen Kleidungsstücke eines kleinen Jungen hindurch. Und ich überprüfte das Bett, auch wenn ich dabei so behutsam wie möglich vorging, denn die Staubwolke, die davon aufzusteigen drohte, hätte mich umgebracht. Wie zu erwarten, war der Geruch nach Schimmel und Verfall deutlich ausgeprägt. Es war eine große Hilfe, dass der Ort, wie es schien, völlig unberührt geblieben war, seit Joe ihn nicht mehr bewohnte, doch ich fand nichts Auffälliges.

Jedenfalls fast nichts. Eine Sache gab es, die ein wenig merkwürdig war. Die Mehrzahl von Joes Spielsachen war kaputt. Das galt besonders für die Stofftiere, was meiner Erwartung widersprach, denn diese sind meistens so gefertigt, dass sie die raue Behandlung durch ein Kind gut überstehen. Und doch zeigte sich, dass man die meisten von ihnen neu zugenäht oder ihnen einzelne Teile wieder angenäht hatte. Bei anderen war immer noch sichtbar, dass sie aufgeschnitten worden waren, sodass ihre Füllung herausquoll. Theoretisch konnten die Schnitte von einem Kind stammen, doch dazu hätte einiges an Fantasie gehört, besonders, da ich nirgendwo irgendwelche Spielzeuge oder andere Gegenstände sah, die scharf oder robust genug für solche Zwecke gewesen wären. Darüber hinaus waren die Stofftiere nicht an den Stellen aufgeschlitzt worden, an denen ein Kind normalerweise gezerrt oder Druck ausgeübt hätte – also an Ohren, Hals oder Schwanz –, was die Frage aufwarf, wer oder was die Spielzeuge aufgeschlitzt hatte. War es Joe gewesen? Oder sein Vater? Um in einem sadistischen Akt die kleinen Schätze eines Kindes zu beschädigen? Dr. A.s Theorie fiel mir ein. Aber ich brauchte mehr Hinweise. Ich musste mir die Wand selbst genauer ansehen.

Auf den ersten Blick wirkte sie unverdächtig. Ich trat in den Spalt zwischen Bett und Wand und begann, die Wand zu untersuchen, indem ich gegen sie drückte und mit den Knöcheln abklopfte, um irgendwelche Anzeichen für eine nachgiebige oder verfallene Stelle zu finden. Und ich versuchte, mögliche Spuren von Insekten oder anderem Ungeziefer zu erkennen.

Mein Blick streifte zunächst über die Wand, dann über den Boden und Joes Bett hinweg und wieder zurück. Ich bemerkte, dass es zwei Stellen gab, an denen der Teppichboden ein wenig uneben zu sein schien. Die Beine des Bettes waren etwa dreißig Zentimeter hoch, sodass es gerade noch möglich war, etwas darunter zu erkennen.

Ich fragte mich, ob es nur an der Beleuchtung lag, weshalb ich niederkniete und nach der vermeintlichen Falte tastete. Dabei fiel mir auf, dass der Teppichboden an beiden Stellen teilweise vom Boden gelöst worden und nicht ganz perfekt wieder nach unten gedrückt worden war.

Fasziniert zog ich an der Stelle, an welcher der Riss seinen Anfang zu nehmen schien, und ein langer Teppichstreifen löste sich so leicht vom Boden, als schlüge man eine Bettdecke zurück. Ich sah, dass der Boden darunter nicht etwa aus edlem Mahagoni bestand wie im übrigen Haus, sondern aus einem helleren, bescheideneren Holz, das der Teppich offenbar verbergen sollte.

Ich erwähne das deshalb, weil es mir nur durch die hellere Farbe des Holzes möglich war, eine Spur kleiner, brauner Flecken zu entdecken, die in derselben Richtung wie das ausgerissene Stück Teppichboden verliefen und an der Wand hinter mir endeten. Hätte ich irgendwelche Zweifel an der Art der Flecken gehabt, so wären diese sofort ausgeräumt worden, als ich am Fußende des Bettes mehrere Fragmente einer harten Substanz entdeckte, die ich sofort als die Fingernägel eines Kindes identifizierte. Ein Kind hatte sich so sehr an den Teppichboden geklammert, dass Teile seiner Fingernägel herausgerissen worden waren, als der Teppich selbst aufgerissen wurde, was eine Blutspur hinterlassen hatte, die an der Wand endete.

Ich stand auf und starrte die Wand für einen langen Moment an. Dann ging ich zur Sprechanlage und sprach mit Joes Mutter. Nachdem sie heraufgekommen war, zeigte ich ihr das aufgerissene Stück Teppich und den blutigen Boden darunter und fragte sie, ob sie zuvor irgendetwas davon bemerkt hätte. Sie wusste nichts über den Riss im Teppich, war völlig verblüfft angesichts der Blutflecken und hatte keine Ahnung, was sie davon halten sollte. Ihr Blick folgte der Blutspur und ruhte dann verängstigt auf der Wand.

Nur indem ich mit der Hand winkte, gelang es ihr, sich wieder auf mich zu konzentrieren. »Martha, ich würde mir gerne das Innere dieser Wand ansehen. Wäre das in Ordnung?«

»Hmm …ja. Was brauchen Sie?«

»Haben Sie eine Axt?«

Zehn Minuten später hatte Martha eine Feuerwehraxt aufgetrieben. Sie hatte in einer Kiste in einem Kinderzimmer einige Schritte den Flur hinab gelegen, wo sich auch eine alte, mit einem Seil gesicherte Rettungsleiter befand. Nachdem sie mir die Axt gegeben hatte, bat ich sie, im Flur zu warten, denn ich wusste nicht, wie schmutzig alles werden oder was ich finden würde.

Ich umklammerte die Axt und begann mein Werk, indem ich in jeden Schlag alle Kraft legte, die meine Muskeln aufbringen konnten. Der Verputz und das hölzerne Lattenwerk darunter leisteten einigen Widerstand, doch die Schärfe der Klinge und die Verzweiflung, mit denen ich ihnen zusetzte, durchbrachen beides, und ein Teil der inneren Wand löste sich.

Ich setzte meine Attacke fort und riss Verputz, Holzlatten und Nägel herunter, bis mir eine etwa vierzig Zentimeter breite Gipsplatte entgegenfiel, hinter der sich eine kleine Nische befand. Und in dieser Nische, deren Holzverschalung so perfekt angepasst schien, als sei sie an Ort und Stelle angefertigt worden, befand sich der winzige Schädel eines Kindes.

Entsetzt trat ich von der Wand zurück und hielt mir den Mund zu, um mich nicht zu übergeben, als mir der Gestank jahrzehntelanger Verwesung aus diesem Grab aus ausgehöhltem Holz in die Nase fuhr. Noch mehr machte mir zu schaffen, dass ich nicht glauben konnte, was ich vor mir hatte. Was ich roch und sah, schien unmöglich. Es war unvorstellbar, wie es jemandem gelungen sein sollte, einen genau abgemessenen Raum so zu gestalten, dass er darin auf perfekte Weise die Leiche eines Kindes hatte verbergen können und erst jemand die Wand einreißen musste, um sie zu finden. Ich konnte keinen Zweck darin erkennen, es ergab keinen Sinn! Und dann, in einer Woge des Grauens, passte plötzlich alles zusammen.

Aber vor mir selbst habe ich keine Angst, Mommy, und deshalb muss ich auch vor ihm keine Angst haben! Der Arzt in der Burg für ängstliche Menschen hat das gesagt!

Der erste Geistesblitz kam, als ich herausgefunden hatte, warum seine Wahnvorstellungen sich änderten. Sie änderten sich jedes Mal, wenn ihn jemand mit einem neuen abschätzigen Namen bedachte.

Es geht in die Wände zurück, wenn sie kommen. Es schmilzt. Wie Eiscreme. Es sieht aus, als ob es selbst die Wand ist.

Wenn ich es das nächste Mal sehe, werde ich ihm sagen, dass ich keine Angst mehr vor ihm habe!

Der Ansturm meiner Gedanken war so schrecklich, dass ich nicht anders konnte, als einen lauten Schrei auszustoßen. In diesem Augenblick wusste ich, dass das, was sich in Wahrheit hier abgespielt hatte, viel schlimmer war als alles, was ich, Dr. G. oder Dr. A. vermutet hatten.

Der wahre Joe war tot seit jener Nacht, als er nach seinem ersten kurzen Aufenthalt aus der Klinik zurückgekehrt war. Er war von Händen erstickt worden, die eine feste Mauer durchdringen konnten, den Händen jenes Dings, das ihn gequält hatte. Und nachdem man dem Monster gesagt hatte, dass es Joe war und von seiner Angst und seinem Leid lebte, hatte es seine Gestalt angenommen und nährte sich von jenem All-you-can-eat-Büfett, das unsere »Burg für ängstliche Menschen« darstellte. Dort hatte es über mehr als zwei Jahrzehnte hinweg das Pflegepersonal und die Ärzte genauso gequält wie jene ahnungslosen Patienten, die unter psychischen Problemen litten. Es hatte sich ernährt von den »schlechten Gedanken«, die es dort mühelos wecken konnte, und mit jedem Versuch einer Therapie dieses Wesens hatten wir ein neues Opfer in die Klauen eines namenlosen, bösartigen Parasiten getrieben. Zuvor hatte ich mir wenigstens einen Rest des Glaubens an die heilende Macht der Wissenschaft und der Medizin bewahrt, doch diese Enthüllung zerstörte ihn.

Trotz allem Schmerz brachte die Einsicht aber auch eine Art kühler Klarheit mit sich. Als Martha, Joes Mutter, ins Zimmer stürmte, begriff ich, dass ich einen Weg finden musste, um jenem armen, ermordeten Jungen Gerechtigkeit widerfahren zu lassen, dessen Leiche ich soeben ausgegraben hatte.

Ich denke mir, dass Martha zunächst nicht akzeptieren wollte, was sie sah, als sie zum ersten Mal einen Blick in das Loch in der Wand warf. Denn sie konnte nur mit weit aufgerissenen, verständnislosen Augen auf das zarte Skelett starren, das so lange in jenem verfluchten Raum begraben gewesen war.

Als sie sich schließlich abwandte, sah sie mich mit einer kindlichen Miene an, die mich als Arzt zu beschwören schien, ihr eine rationale Erklärung zu geben.

»Was bedeutet das alles?«

Es gelang mir nicht einmal ansatzweise, eine Antwort zu formulieren, weshalb ich es erst gar nicht versuchte. Stattdessen stellte ich ihr meinerseits eine Frage: »Mrs. M., kann ich die Axt behalten?«

Noch immer sah sie mich mit einer Mischung aus Angst und Unverständnis an. Dann nickte sie langsam.

27. April 2008

Nun, Leute, hier kommt es nun: das Ende meiner Geschichte, das ich mehr als zehn Jahre lang verschwiegen habe. Endlich bekenne ich mich zu einer Wahrheit, die es fast geschafft hätte, mein Interesse an Medizin und Psychiatrie für immer zu zerstören, mir fast das Herz gebrochen und mich fast hätte wahnsinnig werden lassen. Und die der Grund für die verheerenden Erfahrungen so vieler Menschen war, die mit dem Connecticut State Asylum verbunden waren. Ich hatte, um ehrlich zu sein, zunächst gedacht, dieser Teil der Geschichte wäre am schwierigsten zu schreiben, doch nach all den positiven Rückmeldungen, die ich bekommen habe, empfand ich nichts als Erleichterung, als es mir gelang, diesen letzten Abschnitt festzuhalten. Mir ist klar, dass viele meine Entdeckung in der Wand von Joes Kinderzimmer nicht so interpretieren werden wie ich, aber ich glaube, ihr werdet meine Sichtweise verstehen, wenn ihr den letzten Teil gehört habt.

Die ersten Stunden nach meiner entsetzlichen Entdeckung schienen in einem Dunstschleier zu verschwinden. Halbherzig schlug ich Martha vor, die Polizei zu rufen, doch sie schien so sehr unter Schock zu stehen, dass sie mich kaum hörte. Ich hatte trotzdem den Eindruck, dass es angebracht sei, ihr Haus so bald wie möglich zu verlassen; immerhin hatte ich wahrscheinlich den letzten Funken Hoffnung, ihren Sohn jemals zurückzubekommen, zunichtegemacht und gleichzeitig alle möglichen unbequemen, ihre geistige Gesundheit bedrohenden Fragen aufgeworfen, wenn sie sich vergegenwärtigte, was dieses Etwas wohl sein mochte, dessen Klinikaufenthalt sie in den letzten fünfundzwanzig Jahren bezahlt hatte. Es wäre wohl am besten, so sagte ich mir, wenn nicht ausgerechnet ich der erste Psychiater wäre, mit dem sie nach dieser Erfahrung sprechen würde, weshalb ich mich verabschiedete und zu meinem Wagen ging.

Ich erinnere mich, dass es gegen vier Uhr nachmittags war, als ich mit der Feuerwehraxt in der Hand jenes verfluchte Landgut verließ, um von dort aus sogleich in die Klinik zu fahren. Aber ich nahm nicht den direkten Weg. Wenn es eine Möglichkeit gab, dieses Ding, das sich Joe nannte, zu einem Geständnis seiner Untaten zu bringen, so wollte ich sie nutzen. Deshalb hielt ich in der Nähe der Klinik bei einem Radio Shack und kaufte einen Minirecorder und eine leere Kassette, die ich in meiner Tasche verstecken konnte. Wenn dieses Ding, so dachte ich, nicht wissen würde, dass ich ein Aufnahmegerät dabeihatte, könnte es vielleicht einen Fehler begehen und mir die Möglichkeit geben, alles auf Band zu bekommen.

Dann fuhr ich zur Klinik.

Ich kam gegen Viertel vor sechs an und erwog kurz, die Axt aus meinem Kofferraum zu holen und dem Problem hier und jetzt ein Ende zu bereiten, doch weil ich wusste, wie die typischen Abläufe hinsichtlich unserer Belegschaft aussahen, hielt ich inne. Noch immer waren zu viele Leute anwesend, um jetzt schon etwas zu unternehmen, und während ich mich zwar irgendwie an dem Monster rächen wollte, hatte ich keineswegs vor, deswegen hinter Gitter zu kommen.

So war es vorerst nicht mein Ziel, »Joe« umzubringen, sondern ihm einige Antworten zu entlocken. Was immer er auch sonst sein mochte, er war nach wie vor ein Gefangener, der von der Gnade dessen abhängig war, der die Macht über den Schlüssel zu seinem Zimmer besaß. So eilte ich denn in die Klinik, und nachdem ich den Arztkittel aus meinem Büro geholt hatte, ging ich direkt auf die Höhle dieser verfluchten Kreatur zu. Vor der Tür schob ich die Kassette in den Recorder, drückte auf »Aufnahme« und ließ das Gerät in der Tasche meines Kittels verschwinden. Dann schob ich den Schlüssel ins Schloss und drückte energisch die Tür auf, denn meine berechtigte Empörung war stärker als jene bescheidene Spur an Furcht, die ich darüber empfand, dass ich mich diesem unbekannten, Entsetzen verbreitenden Wesen stellen würde.

»Joe« blickte auf, als ich eintrat. Er erkannte, dass ich es war, und sein Gesicht verzog sich zu seinem üblichen schiefen Grinsen, als wäre seit meinem misslungenen

Versuch, ihn zu befreien, nie auch nur das Geringste vorgefallen. Als er sprach, geschah dies mit derselben rauen Stimme, die er benutzt hatte, als er vorgab, geistig gesund zu sein.

»Na, na, na, das ist aber ganz schön lange her, Doc.«

»Schluss mit der Scheiße«, knurrte ich ihn an. »Was bist du?«

»*Was* ich bin? Junge, Junge, die hat Sie aber ganz schön verarscht. Ich hab' s Ihnen doch gesagt. Ich bin jener geistig gesunde Mann, den sie hierbehalten wegen des Gel– «

»Scheiße noch mal, wag das bloß nicht«, schrie ich mit bellender Stimme. »Ich war gerade im Haus des *echten* Joe, und ich habe gesehen, was sich in der Wand befindet. Ich frage dich also noch einmal: *Was bist du*?«

Ich zögere, das Folgende genauso niederzuschreiben, wie es mir im Gedächtnis geblieben ist. Viele Jahre lang habe ich versucht, mich selbst mithilfe sämtlicher Techniken, welche die Psychiatrie zu bieten hat, davon zu überzeugen, dass meine Erinnerungen nichts als das Produkt meiner Fantasie sind. Aber diese Erinnerungen wollten sich einfach nicht verändern. Wenn ich nun also eine Gefahr enthülle, vor der ich, wie ich es als meine Pflicht empfinde, jeden Menschen warnen muss, so bin ich gezwungen, meine Erfahrung zu respektieren und alles so zu berichten, wie ich mich daran erinnere, obwohl ich es tröstlicher fände, einfach vorzugeben, dass mich meine geistige Gesundheit damals für einen kurzen Augenblick verlassen hat.

»Joe« starrte mich lange an. Mein Angriff stellte offensichtlich eine Entwicklung dar, mit der er nicht gerechnet hatte. Er stand schließlich auf, entblößte seine Unterarme und streckte mir seine Hände entgegen. Wunden öffneten sich an seinen Handgelenken, und wie durch Zauberei schälte sich langsam die Haut ab. Aber es strömte kein Blut heraus, sondern eine Lawine zuckender, sich windender, gieriger Maden. Sein Lächeln wurde immer breiter, bis seine Wangen aufrissen und sich zu einem blutigen, starren Grinsen öffneten. Eine hässliche, giftgelbe Pfütze bildete sich zu seinen Füßen, in deren Mitte scharlachrote Streifen trieben. Seine Beine und sein Oberkörper wurden immer länger, bis er weit über mich hinausragte und mit einer bösartigen, albtraumhaften Amüsiertheit auf mich herabstarrte.

Als das Ding, das sich Joe nannte, wieder zu sprechen begann, troff Blut aus seinem frei liegenden Zahnfleisch, und es stimmte ein feuchtes, nach Verwesung klingendes Lachen an, das direkt aus meinen Albträumen stammte. »Parker ... mein Baby«, schnurrte es in einem Ton, der die abstoßende Parodie der verzerrten Stimme meiner Mutter darstellte. »Hilf mir.«

Einen Augenblick lang war ich gelähmt vor Angst. Wäre ich ein schwächerer Mensch gewesen und hätte ich in den Stunden zuvor nicht den kleinen Schädel und die Knochen in der Wand gesehen, wäre ich vielleicht in diesem Zustand verharrt. Oder ich wäre mit einem wirren Stammeln aus dem Zimmer gestürzt, nur um selbst auf eine Trage geschnallt zu werden. Doch die jahrelangen Schuldgefühle und eine tiefe moralische Empörung zeigten ihre Wirkung, und ich wusste in diesen Sekunden, dass Angst zu haben bedeutete, diesem Ding genau das zu geben, was es brauchte. Und das konnte und *wollte* ich nicht tun. Meine Angst verwandelte sich in rasende Wut, und ich spuckte in das verstümmelte, hämisch grinsende Gesicht dieses Dings, das sich Joe nannte.

»*Fick dich!* Du sprichst wie meine Mutter, weil du denkst, dass ich dann zu viel Angst habe, um mich zu wehren. Genau wie du gewusst hast, dass du dem echten Joe Angst einjagen konntest, wenn du wie ein riesiges Insekt ausgesehen hast.«

Obwohl keine Antwort kam und nur noch mehr Blut aus dem verstümmelten Mund dieses Dings strömte, schien es irgendetwas mitteilen zu wollen. Ich musste meine ganze Selbstbeherrschung aufbieten, um nicht zurückzuzucken, als es sich in einer Bewegung, die keinen Angriff einzuleiten schien, vorbeugte und ich seinen stinkenden Atem riechen konnte. Es hob eine seiner langen, spinnenartigen Hände und drückte auf die Tasche, in der ich den Minirecorder versteckt hatte. Dann erklang ein weiteres Mal dieses feuchte Lachen, und es wackelte auf spöttisch-vorwurfsvolle Art mit seinem Finger hin und her. Die Bedeutung war klar: *Das wird dir überhaupt nichts nützen.*

Ein eisiger Schauder durchfuhr mich. Auch ihn ignorierte ich, aber es kostete mich mehr Mühe als zuvor. »Was bist du? Ich muss es wissen.«

Der Kiefer des Dings schien sich aus dem Gesicht zu lösen, und diesmal gelang es der feuchten, nach Verwesung klingenden Stimme, einige Worte zu formen.

»Was ... glaubst ... du?«

Das war eine Falle. Es wollte mir eine neue Rolle in seinem Spiel geben.

»Ich glaube, du bist ein flauschiges kleines Kaninchen«, sagte ich in spöttischem Ton. »Ich glaube, ich werde dich Knuddel nennen.«

Wieder stieß das Ding ein grauenhaftes raues Gelächter aus.

»Das ... glaubst ...«

Es unterbrach sich länger als üblich. Blut suppte über sein Kinn.

»... du ... nicht.«

Ich starrte es an. »Vielleicht nicht. Doch ich bin nicht gut darin, eine Rolle auszufüllen, die du für mich ausgesucht hast. Ich weiß, wie du vorgehst«, entgegnete ich. »Und ich werde dir sagen, was ich noch weiß. Du hast Joe umgebracht. Du hast ihn umgebracht und seinen Platz eingenommen.«

Es antwortete nicht. Ein paar Sekunden lang reagierte es gar nicht. Dann stieß es erneut sein hämisches Gelächter aus und hob und senkte in einer ruckartigen Bewegung zustimmend den Kopf. Wieder unterdrückte ich ein Schaudern.

»Warum?«, fragte ich. Es war eher ein Reflex statt echter Neugierde.

Das Ding hielt inne und schien ernsthaft über meine

Frage nachzudenken. Als es seinen Mund öffnete, um abermals zu sprechen, war es mir so nahe, dass mich der faulige Geruch seines Atems fast erstickte.

»Keinem … Wesen … wie … mir … war … es … jemals … möglich …«

»… ein Mensch zu sein?«, beendete ich seinen Satz mit einem entsetzten Flüstern. Wie zuvor ließ es seinen Finger vor mir hin und her zucken und schüttelte mit einem übertrieben wissenden Grinsen den Kopf.

»… Beute … zu … sein«, beendete es seinen eigenen Satz, wobei es das erste Wort besonders betonte.

Mir war übel, aber ich gab mir alle Mühe, mich auch weiterhin der Situation mit so viel innerer Distanz zu stellen wie möglich. Das Ding verspottete mich, aber zwischendurch schien es doch ehrlich zu sein.

»Aber warum hierbleiben? Du hättest all die Jahre frei sein können. Du hättest Menschen quälen können, ohne in Gefangenschaft zu verkümmern. Warum so viel Zeit hier verbringen?«

»Wusste nicht … wie … man … Beute … ist …«, zischte das Ding. »Hier … so … viel … Nahrung. Hier … sicher. Hier … lerne ich … wie … Beute … denkt.«

Es deutete mit einem Finger zunächst auf seine Brust und dann auf mich.

»Neugierig«, sagte es mit pfeifendem Atem. »Wie … du.«

Unwillkürlich trat ich einen Schritt zurück, erschrocken über das, was dieses Ding mir damit stillschweigend zu verstehen gab.

»Ich bin *nicht im Geringsten* wie das ... was du bist!«, knurrte ich, bevor es mir gelang, mich wieder zu beherrschen. Sein pfeifendes, abgehacktes Gelächter dröhnte mir in den Ohren.

»Doch ... das ... bist ... du. Wir beide ... leben ... vom ... Elend. Du ... profitierst. Ich ... nähre mich ... davon.«

»Halt die Klappe«, hätte ich am liebsten geschrien, doch die Worte kamen nur hohl und zitternd aus meinem Mund.

Jetzt beugte sich das Ding noch tiefer zu mir herab. Seine Nähe war so groß, dass sie auf groteske Art intim wirkte.

»Könnte ... dir ... helfen. Könnte ... dir zeigen ... was ... andere Beute ... fürchtet.«

Mir war so übel, dass ich mich an die Wand lehnen musste, doch ich widerstand nach wie vor. Ich stellte mich diesem Ding mit allem Mut, den ich noch aufbringen konnte.

»Nein«, sagte ich. »Ich durchschaue dich. Du weißt, dass ich am meisten davor Angst habe, Menschen nicht retten zu können. Ich soll glauben, dass du in der Lage bist, mir zu helfen, damit du zusehen kannst, wie ich scheitere, um dich auch von meinem Elend zu nähren.«

Die Miene dieses Dings – wenn man angesichts seines verstümmelten Gesichts davon sprechen konnte – verdüsterte sich für einen kurzen Augenblick. Doch sofort war das Lächeln wieder da, und gleich darauf erklang sein Lachen wie ein Wasserfall aus Säure.

»Du ... kannst ... nicht ... kämpfen ...«, erklang sein

grässlich krächzendes Gurgeln. »Dumme Beute. Du bist ... hilflos.«

»Der Narr bist du«, sagte ich mit neu gewonnener Unerschrockenheit. »Du bist hilflos in der Lage, in der du dich jetzt befindest. Du kannst ein paar kleine Tricks abziehen und den Leuten Angst einjagen, doch wenn diese Tricks nicht funktionieren, steckst du tief in der Scheiße.«

»Warum ... bringst ... du ... mich ... dann ... nicht ... um? Hol ... die Axt. Komm zurück. Versuche es. Ich ... freue ... mich ... schon ... darauf.«

Axt? Einen Augenblick lang war ich sprachlos und fühlte, wie Beklommenheit in mir aufstieg. Dann hatte ich plötzlich eine Idee, und ich erwiderte sein spöttisches, sadistisches Grinsen mit dem genau gleichen Gesichtsausdruck.

»Ich brauche dich nicht umzubringen«, sagte ich leise. »Ich muss nur dafür sorgen, dass dir hier niemand mehr irgendwelche Aufmerksamkeit schenkt. Was mir gelingen dürfte, nachdem ich gesehen habe, was du dem echten Joe angetan hast. Und genau das würde dich *tatsächlich* umbringen, nicht wahr? Wenn wir damit aufhören, Pfleger, Schwestern und Ärzte zu dir zu schicken, hast du keine Opfer mehr. Du verhungerst hier drin. Also lass dir die schlechten Gedanken schmecken, die du vielleicht noch aus mir rausholen kannst, du beschissener Parasit, denn sie sind die letzten, die du jemals bekommen wirst. Das verspreche ich dir.« Ich wandte mich ab und wollte gehen, als ich hörte, wie das Ding noch einmal zu sprechen begann, diesmal in Joes normaler Stimme. Und irgendwie klangen seine Worte dadurch nur umso misstönender und beunruhigender.

»Doc? Hör dir das Band an. Hör es dir um deiner selbst willen an, bevor du irgendetwas versuchst. Bitte.«

Gegen meinen Willen drehte ich mich um. »Joe« sah mich mit angstvoller Miene an. Jede Spur von Blut und Verstümmelung waren aus seinem Gesicht und von seiner Kleidung verschwunden, und er war zu seiner früheren Patienten-Erscheinung zurückgekehrt. Und als sei ich plötzlich aus einer Halluzination aufgetaucht, konnte ich auf dem Boden keine Körperflüssigkeiten mehr entdecken. Ich ließ allerdings nicht zu, dass der Anblick länger auf mich wirken konnte. Erneut drehte ich mich um, schlug die Tür hinter mir zu und verließ von rasender Wut erfüllt die Klinik. Als ich wieder in meinem Auto saß, nahm ich den Minirecorder aus der Tasche, stoppte das Band und spulte es zurück. Dann spielte ich die Aufnahme ab, während ich nach Hause fuhr.

Ich wollte, ich könnte sagen, dass ich das Ergebnis vorausgesehen hatte, doch unglücklicherweise hoffte ich noch immer, irgendeinen Beweis dafür zu erhalten, dass ich nicht wahnsinnig war.

Wahrscheinlich können sich die meisten denken, was mich erwartete: Das Band hatte meine eigene Stimme und meine wütenden Proteste klar und deutlich aufgezeichnet. Doch von den spöttischen, verhöhnenden Bemerkungen dieses Dings, das sich Joe nannte, war absolut nichts zu hören.

Stattdessen erklang das verängstigte Flehen der vertrauten, eindringlichen Stimme eines Menschen – eine Stimme, die zwar ein wenig rau war, weil ihr Besitzer nur selten sprach, aber ansonsten durch und durch normal.

Ich brauche kaum zu erwähnen, dass ich das Band mit einem Hammer zerschmetterte und es wegwarf, als ich zu Hause war. Ich steckte in einer Sackgasse. Ich konnte niemandem erzählen, was ich erfahren hatte. Dieses Ding hatte mich mühelos ausgeschaltet. Ohne den Beweis, dass es sich um ein Monster handelte, das sich von der Angst und dem Leid der Menschen nährte, die mit ihm in Berührung kamen, konnte ich nicht darauf hoffen, dass die Klinik damit aufhören würde, ihm auch weiterhin alles Lebensnotwendige zur Verfügung zu stellen. Während die Stunden vergingen, begann ich an allem zu zweifeln, was gerade geschehen war. Ich war nicht einmal mehr sicher, ob ich noch bei Verstand war.

Ich weiß, wenn das ein Film wäre, würde alles folgendermaßen zu Ende gehen: Ich hätte meine Zweifel überwunden, wäre zurückgekehrt, hätte mich noch einmal dem Monster gestellt, das sich »Joe« nannte, und hätte ihm mit der Klinge meiner Axt den Schädel gespalten oder etwas ähnlich Dramatisches. Doch obwohl es Momente gab, in denen alles einem Horror-Psychodrama im Hollywood-Stil ähnelte, sieht das tatsächliche Ende anders aus.

Ich kehrte an jenem Abend nicht in die Klinik zurück. Genau genommen bin ich nicht einmal sicher, ob ich Joes Zimmer jemals wieder betreten habe.

Warum sage ich, ich bin mir nicht sicher? Nun, das ist der letzte seltsame Teil der Geschichte.

Als ich nach meinem Besuch bei diesem Ding nach Hause kam, sah ich, dass Jocelyn auf mich wartete. Es ehrt sie, dass sie sofort sah, dass etwas nicht in Ordnung und ich nicht bereit war, darüber zu sprechen. Sie schenkte mir ein paar Drinks ein und hielt mich dann in ihren Armen, bis es mir gelang einzuschlafen.

Und in jener Nacht träumte ich, dass ich in die Klinik zurückkehrte, doch in dem ganzen Gebäude brannte kein Licht, wie das in einer Klinik bei Nacht normalerweise der Fall gewesen wäre. Alle Fenster waren pechschwarz, und wäre ich wach gewesen, hätte ich keine Ahnung gehabt, wie ich mich im Inneren hätte zurechtfinden können. Doch im Traum spürte ich, wie mich eine unerbittliche Macht immer weiter vorwärtstrieb. Mein Unterbewusstsein kannte die Klinik besser als mein Tagesverstand, denn ich betrat das Gebäude nicht durch den Haupteingang. Stattdessen schlüpfte ich durch einen kaum bekannten Notausgang, den man aus irgendeinem Grund hatte offen stehen lassen. Normalerweise wäre ich völlig desorientiert gewesen und in der Dunkelheit eine Treppe hinaufgestolpert, ohne zu wissen, wohin sie führte, doch jetzt trat ich sicher auf jede einzelne Stufe, denn derjenige Teil meines Geistes, der diese Vision heraufbeschwor, kannte den Weg.

Wie wahrscheinlich jeder inzwischen erraten hat, war mein Ziel das Zimmer des Dings, das sich »Joe« nannte. Doch der Weg dorthin fühlte sich nicht normal an, was daran liegen mochte, dass ich im Traum barfuß lief. Der Boden jedenfalls war eindeutig rutschig, fast feucht, als hätte ihn das Reinigungspersonal gerade gewischt. Aber nicht dieses Gefühl war es, das am deutlichsten auf einen Traum hinwies. Die eindeutige Empfindung stellte sich vielmehr ein, als ich das Zimmer erreicht hatte und die Tür sich mit einem Klicken von selbst öffnete.

Ich konnte das Echo eines meckernden Gelächters hören, das mir auf entsetzliche Weise vertraut war, und eine Flüssigkeit strömte durch den Türspalt. Sie ergoss sich aus dem Zimmer, als hätte ich ein Aquarium geöffnet, und quoll wie ein Sturzbach durch den Flur, begleitet von einem rauen, wie in einer Gruft widerhallenden Lachen von ohrenbetäubender Lautstärke. Die Flüssigkeit besaß jenen widerlichen Gestank von Eisen, Blut und Urin, der mich in meinen Albträumen heimgesucht hatte, seit ich klein war. Vielleicht wäre der Traum noch weitergegangen, doch an dieser Stelle fühlte sich die beklemmende Empfindung, mit der die Flüssigkeit gegen meine Haut schlug, so echt an, dass sie mich aus dem Schlaf riss und ich spürte, wie mich Jocelyn heftig schüttelte. Anscheinend war sie aufgewacht, als ich in einer tiefen, fremd klingenden Stimme zu reden begonnen hatte, die Jocelyn so sehr ängstigte, dass sie mich einfach wecken musste. Überdies hatte ich meinen Pyjama durchgeschwitzt, denn er fühlte sich wie ein Bündel triefend nasser Lumpen an, als ich wieder zu mir kam. Jedenfalls sage ich mir, dass es sich um Schweiß handelte, denn die Alternative wäre zu niederschmetternd.

Als ich am nächsten Tag in die Klinik kam, um Dr. G. darüber zu informieren, was ich in Joes Haus entdeckt hatte, sah ich auf dem Parkplatz den Van eines Elektrikers und mehrere Streifenwagen stehen. Ich dachte mir gleich, dass etwas Gravierendes geschehen sein musste, denn Personal und Patienten wirkten völlig erschüttert, als ich ins Büro der medizinischen Direktorin im obersten Stock eilte.

Dort besprach sich die Ärztin gerade mit einigen wenigen Mitarbeitern, die sie jedoch sofort nach draußen bat, damit sie sich mit mir alleine unterhalten konnte.

»Ich würde gerne wissen, was auf Ihrer gestrigen Exkursion geschehen ist«, sagte sie mit hörbarer Anspannung in der Stimme. »Aber zuerst sollten Sie wissen … Letzte Nacht ist auf der Station im zweiten Stock ein Rohr geplatzt, und das Wasser hätte beinahe einen in der Nähe befindlichen Sicherungskasten überflutet. Der Sicherungskasten befindet sich im Zentrum des Gebäudes, damit er auf diese Weise gegen Einflüsse von außen geschützt ist. Der Elektriker konnte vorbeikommen und alles reparieren, aber im ganzen Gebäude hat es einen Blackout gegeben, der neunzig Minuten bis zwei Stunden andauerte. Und während dieses Blackouts ist jemand in die Klinik eingebrochen, hat die Tür zum Zimmer eines Patienten – zu Joes Zimmer – und die Türen zu seiner Station aufgeschlossen.«

»Aufgeschlossen? Jemand hat ihn nach draußen gelassen?« Meine Stimme klang schrill.

Ihr Gesichtsausdruck änderte sich ein wenig, als habe

sich in diesem Augenblick etwas für sie geklärt. »Ja. Jemand hat genau das getan. Und, nein, der Täter wurde noch nicht identifiziert. Unglücklicherweise hat der Blackout die Überwachungskameras in Mitleidenschaft gezogen. Auch Joe wurde bisher noch nicht gefasst. Er ist entkommen.«

30. April 2008

Mir ist klar, dass der letzte Post kürzer als die anderen ausgefallen ist. Nachdem ich die letzten Worte »Joe ist entkommen« getippt hatte, drehte ich mich vom Computer weg und schrieb eine Weile lang nichts mehr. An jenem Tag waren einige Dinge geschehen, die mir immer noch zu schaffen machen, und es fällt mir schwer, gerade sie mit anderen zu teilen. Ich war lange nicht sicher, ob ich es überhaupt tun sollte, besonders angesichts der Reaktionen, die ich bekommen habe – viele von euch sind nicht unbedingt zurückhaltend, wenn es darum geht, ihre negative Meinung über meinen letzten Post zu äußern –, aber ich denke, ich sollte euch gegenüber so ehrlich wie möglich sein, zu welchem Urteil auch immer ihr kommen mögt. Inzwischen habt ihr also den entscheidenden Teil des Geheimnisses gehört, aber was danach folgen sollte, ist ebenso aufschlussreich.

Die Polizei hat mich natürlich befragt, weil ich unter Verdacht stand, in die Flucht verwickelt zu sein. Die Überwachungskameras zeigten, dass ich mich an jenem Abend von ungefähr sechs Uhr an zwanzig Minuten lang in Joes Zimmer aufgehalten hatte, und Hank, der Pfleger, den Dr. G. gebeten hatte, mich im Auge zu behalten, berichtete, er habe gehört, wie in Joes Zimmer ein Streit zwischen dem Patienten und mir ausgebrochen war. Hank hatte einen Blick durch das Sichtfenster in der Tür geworfen, und was immer er auch gesehen haben mochte, überzeugte ihn davon, dass keiner von uns beiden den anderen verletzen würde – was für mich nur heißen konnte, dass er von Joes Verwandlung nichts mitbekommen hatte. Darüber hinaus gab es die Zeugenaussage von Dr. P., dass ich möglicherweise am Tag zuvor versucht hatte, Joe bei seiner Flucht zu helfen. Aber Jocelyn bestätigte mein Alibi, indem sie sagte, dass wir in jener Nacht gemeinsam zu Bett gegangen waren, und wie ich sehr viel später erfuhr, machte Dr. G. eine Aussage zu meinen Gunsten, indem sie erklärte, meine vermeintliche Fluchthilfe sei eine mit ihr abgesprochene Aktion zur Untersuchung der Reaktion des Patienten gewesen. Deshalb wurde ich schon bald als Verdächtiger ausgeschlossen. Andere Klinikmitarbeiter, besonders die Pfleger Marvin und Hank, waren nicht so schnell bereit, an meine Unschuld zu glauben, doch ich war zu beschäftigt, als dass ich darauf geachtet hätte, wenn sie mich schief ansahen.

Die Ironie der Situation bestand darin, dass die Polizei davon ausging, jemand wolle Joe schaden. Es gehört zum üblichen Vorgehen der Klinik, die Behörden darüber zu informieren, wenn ein Patient ausbricht – und zwar selbst dann, wenn dieser sich freiwillig eingewiesen hatte. Die Beamten waren besorgt, dass jemand nur deshalb Joe geholfen hätte, die Klinik zu verlassen, weil er ihm einen üblen Streich spielen wollte. Joe hat keinerlei Vorstrafen; laut Unterlagen der Polizei war er nicht gewalttätig. Und obwohl die meisten Mitarbeiter der Klinik Joe verabscheuten und sich von ihm fernhielten, waren sie noch nicht lange genug im Haus, um zu wissen, dass er als Kind andere angegriffen hatte. Patienten und Mitarbeiter, die Gerüchte darüber gehört hatten, dass Menschen in Joes Umgebung verrückt geworden seien, meldeten sich aus Angst, dass man sie verspotten würde, nicht zu Wort. Deshalb suchte die Polizei nach einem erwachsenen Mann, dem es nicht gut ginge und der medizinische Hilfe benötigte.

Sie hatten keine Ahnung.

Mein Gespräch mit Dr. G. an jenem Tag wurde von der Nachricht unterbrochen, dass irgendetwas mit ihrem Mentor Dr. A. nicht in Ordnung war. Sie musste abrupt gehen, weshalb ich ihr nichts von dem berichten konnte, was ich in Joe M.s altem Zuhause erfahren hatte, und ich konnte ihr auch nicht von dem Skelett in der Wand des Kinderzimmers erzählen. Ich berichtete ihr ferner nichts über meine abendliche Konfrontation mit jener abscheulichen Kreatur, die meine Erkenntnisse bestätigte, mir allerdings keine Bandaufnahme ermöglichte, die ich als Beweis hätte verwenden können. Darüber hinaus war Dr. G. in den Wochen danach untröstlich und geradezu unnahbar, sodass ich keine Gelegenheit zu einem weiteren Gespräch fand. Anscheinend war Dr. A. an Herzversagen gestorben. Seine Haushälterin fand ihn am darauffolgenden Morgen auf dem Küchenboden liegend vor, und die Rechtsmediziner vermuteten, dass seine Symptome heftig und überaus schmerzhaft waren. Ein Stuhl war umgeworfen worden, und neben der Leiche lag eine zerschmetterte Teetasse neben verstreuten Papieren, die er, so schien es, gerade durchgesehen hatte.

Etwa eine Woche später erhielt ich eine Nachricht der medizinischen Direktorin, überbracht von Dr. P. Ausgerechnet er wirkte seit dem Verschwinden des Patienten, den er als »Joe« kannte, merkwürdig zuversichtlich und fast beschwingt. Es war, als hätten mein Kollege und ich die Plätze getauscht. Ich fühlte mich entmutigt und ausgelaugt und zweifelte am Wert unserer Arbeit angesichts der Verheerungen um uns herum, während Dr. P. von neuer Energie erfüllt schien. Da er mich jedoch nicht beschimpfte, nahm ich den Wandel gleichmütig hin. Die Nachricht, die er mir von Dr. G. mitteilte, informierte mich darüber, dass Martha M., Joes Mutter, Selbstmord begangen hatte. Ein Gärtner hatte sie zwei, vielleicht auch drei Tage nach Dr. A.s Tod gefunden. Es sah so aus, als sei sie aus dem Fenster im Zimmer ihres Sohnes gesprungen. Weder im Kinderzimmer selbst noch im gesamten Haus hatte man anscheinend irgendetwas Ungewöhnliches entdeckt. Ebenso wenig wurde das Loch in der Wand oder die einer Gruft gleichende Aushöhlung für die Knochen ihres kleinen Sohnes erwähnt. Ich wusste nicht, was ich davon halten sollte, und da ich Dr. G. die ganze Zeit über nicht mehr sah, konnte ich sie auch nicht fragen.

Innerhalb der nächsten zwei Wochen fand die Klinik zu einem gewissen Maß an Normalität zurück, nur ich war fast gelähmt vor Angst und Sorge. Obwohl ich eine Art Rekord vorweisen konnte – ich war der einzige Arzt, der eine längere Begegnung mit Joe unbeschadet überlebt hatte – kam ich mir wie ein Totalversager vor. Und eine weitere Katastrophe sollte sich erst noch ereignen.

Etwa zwei Wochen, nachdem der Dämon verschwunden war, weckte mich die Campus-Polizei und brachte mich in die Universitätsklinik, wo ich Jocelyn blutbeschmiert und voller blauer Flecke vorfand. Ihr Anblick machte mir schlagartig klar, dass nichts mehr in Ordnung war. Ihre sonst so ausdrucksvollen und strahlenden grünen Augen waren glasig und tot. Ihr Haar hing wirr und verfilzt herab. Ihr Gesichtsausdruck war manisch und auf eine Weise unstet, die mich schockierte. Als ich sie umarmen und trösten wollte, zuckte sie zurück, als würde ihr übel bei dem bloßen Gedanken daran, jemand könne sie berühren. Nach einer Weile aber drückte sie sich doch zögernd an mich, mit einem schiefen, fragilen Lächeln, das nur allzu deutlich verriet, dass sie etwas zutiefst Traumatisches erlebt hatte.

Die Polizei erklärte, dass Jocelyn an jenem Abend angegriffen worden war, nachdem sie die Bibliothek verlassen hatte. Als sie nach dem Aussehen des Angreifers gefragt wurde, berichtete sie – was niemanden überraschen dürfte – von einem schlanken Mann mit zerzaustem blondem Haar und irrem Blick – mit anderen

Worten also von dem, was für mich der menschlichen Gestalt entsprach, welche dieses Ding angenommen hatte, das sich Joe nannte. Ich konnte nur vermuten, dass es mir irgendwie in die Stadt gefolgt war.

Als ich dies hörte, musste ich all meine geistigen Kräfte bündeln, die mir noch verblieben waren, um nicht zusammenzubrechen. Wie konnte ich – ein Mensch, der sich für die Medizin entschieden hatte, weil er es nicht ertragen konnte, wie eine der wichtigsten Frauen in seinem Leben, nämlich die eigene Mutter, durch Vernachlässigung zugrunde ging – es zulassen, dass eine ebenso wichtige Frau auf ähnliche Weise durch *meine* Vernachlässigung zugrunde ging? Es war quälend, darüber nachzudenken, und das umso mehr, weil ich Jocelyn so sehr liebte und es mich zutiefst schmerzte, sie auf eine solch archaische und nicht wiedergutzumachende Art verletzt zu sehen. Wäre sie nicht so schwer verwundet gewesen, dass sie im Krankenhaus behandelt werden musste, hätte ich möglicherweise New Haven, sie selbst und mein ganzes Erwachsenenleben auf der Stelle hinter mir gelassen, denn ich wusste, dass das Einzige, was ich als meine wahre Aufgabe im Leben betrachtete – Menschen zu heilen und zu schützen –, der Grund dafür war, dass ich jemanden im Stich gelassen hatte, den ich liebte. Ich kann mir gut vorstellen, wie unvernünftig sich das anhören mag, doch gerechterweise sollte man mir zugestehen, dass ich ein emotionales Wrack war.

Die Gefahr, in die ich Jocelyn und die ganze Welt ungewollt gebracht hatte, ließ sich nicht leugnen, nicht einmal für einen Augenblick, und fast ebenso schrecklich war die vollkommene *Sinnlosigkeit* von all dem. Gerade als ich dachte, ich hätte den Dämon durchschaut, überraschte er mich aufs Neue. Ich hatte gedacht, dass er eingesperrt bleiben wollte, umgeben vom psychischen Elend unserer Patienten. Warum war er gerade jetzt ausgebrochen? Seit Jahrzehnten hatte er es sich auf dieser Station bequem gemacht und die Bedrohung, die ich zunächst darstellte, mühelos ausgeschaltet. Warum wollte er sein Glück in der Freiheit aufs Spiel setzen?

Unglücklicherweise kam ich schließlich auf eine Theorie zur Beantwortung dieser letzten Frage, die sogleich ein tiefes Schuldgefühl bei mir auslöste. Als ich mir meine letzte Unterhaltung mit diesem Ding ins Gedächtnis rief, erinnerte ich mich wieder daran, dass es deshalb in der Klinik geblieben war, weil es »nicht wusste, wie man Beute ist«, was bedeuten sollte, wie es ist, ein Mensch zu sein. Außerdem hatte er sich nicht mit dem »flauschigen kleinen Kaninchen« provozieren lassen, denn ich »glaubte das nicht«. Und da war noch etwas. Zwar verließ er sich auf Wissen, das Menschen nicht haben konnten, wenn er seine Opfer psychisch quälte, doch die Methoden selbst konnten durchaus von Menschen angewendet werden. Aufgrund all dieser Dinge konnte ich nur zu einem einzigen Schluss kommen: Solange alle Klinikmitarbeiter dieses Ding behandelten, als sei es ein Mensch, entsprach es genau ihrer Wahrnehmung.

So hatte also der arme kleine Joe dieses Ding auf

schrecklich traurige Art zu einem Gefangenen gemacht, indem er es dazu brachte vorzugeben, ein Mensch zu sein. Gewiss, ein Patient hatte es ein »beschissenes Monster« genannt, aber es musste gespürt haben, dass der Patient das nur im übertragenen Sinne meinte und nicht wörtlich. Der Patient glaubte nicht, dass es etwas anderes als ein Mensch war, weshalb es sich auch nicht verwandeln konnte. Und solange auch sonst niemand seine Täuschung durchschaute, blieb es weiterhin in dieser Erscheinungsform gefangen.

Dann aber war ich gekommen und hatte diesem Ding nicht nur gesagt, dass ich glaubte, es sei kein Mensch: Ich *wusste*, dass es sich so verhielt. Was bedeutete, dass ich ihm die Möglichkeit gab, die wirkungsvollste Erscheinungsform anzunehmen, sei diese nun ein Monster, ein bestimmter Mensch oder jene Flut aus Pisse und Blut, von der ich geträumt hatte. Und sobald es die Fähigkeit zur Gestaltwandlung wiedergewonnen hatte, brauchte es unsere Klinik, in der die Menschen angehalten sind, nicht an Monster zu glauben, nicht länger als Rückzugsort.

Dies war und ist meine Theorie, mit der ich mir erkläre, warum dieses Ding ausgebrochen ist. Unglücklicherweise werde ich wahrscheinlich nie in die Lage kommen, sie zu beweisen oder zu widerlegen, was bedeutet, dass die ganze Angelegenheit für den Rest meines Lebens mein Gewissen belasten wird, ohne je eine Klärung zu finden.

1. Mai 2008

Ich war aufrichtig davon überzeugt, dass der Post vom 30. April mein letzter sein würde, doch ich schaffe es einfach nicht, alles in einem so negativen Ton enden zu lassen. Ich will, dass ihr wisst, wie ich versucht habe, einige Dinge in meinem Leben wiedergutzumachen.

Der Angriff hatte Jocelyn schwer gezeichnet. Sie verbrachte einige Tage im Krankenhaus und zog sich dann zur weiteren Erholung in unser Schlafzimmer zurück, wodurch sie jedoch in eine tiefe Depression abrutschte. Nachdem sie immer wieder betont hatte, dass sie fest entschlossen sei, ihre Dissertation nicht zu beenden, und schließlich so weit ging, ihren Computer und die Sicherungskopien zu zerstören, schlug ich einen Umzug vor. Wir mussten konsequent aus dieser Situation ausbrechen.

Jocelyn gab ihr Studienprogramm auf, und ich beschloss, in Zukunft privat zu praktizieren. Kontakte aus meinem Studium und meiner Zeit als Assistenzarzt ermöglichten uns den Umzug. Es stimmt, wir wohnen nicht mehr in derselben Region, aber ich werde nicht sagen, wo. Ein körperlicher Angriff und ein Trauma können einen Menschen verändern. Lange Zeit erkannte ich Jocelyn kaum wieder, und ich vermute, dass es ihr mit mir ebenso ging. Trotzdem hielt unsere Liebe stand, und achtzehn Monate später haben wir geheiratet. Jeden Tag lernten wir einander neu kennen. Auch wenn wir unsere Narben tragen und ich sehe, dass Jocelyn noch immer gegen eine Depression ankämpft. Sie zeigt mir eine glückliche Fassade, aber sie ist am liebsten daheim und zeigt kein Interesse daran, neue Freundschaften zu knüpfen. Sie sagt, ich sei alles, was sie brauche.

Was mich angeht, so hatte ich immer das Gefühl, einen bedeutenderen Beitrag leisten zu müssen. Vielleicht weil ich im Gegensatz zu Jocelyn nicht in einer Umgebung aufgewachsen bin, in der alles mithilfe von viel Geld abgefedert wird oder weil mir mein Teil der Verantwortung an dieser Geschichte bewusst ist. Jedenfalls werde ich den Rest meines Lebens im Bemühen verbringen, meine Taten zu sühnen.

Dazu nutze ich das Wissen, dass ich durch diesen einen Patienten erlangt habe, so gut ich kann. Ich habe eine psychiatrische Praxis eröffnet und mich auf die Behandlung von Kindern mit paranoiden Wahnvorstellungen und Angststörungen spezialisiert. Einige meiner Patienten entsprachen bisher mehr oder weniger der Norm, während ich es in anderen Fällen mit Wahnvorstellungen zu tun hatte, die von mehreren Patienten geteilt wurden, wie zum Beispiel bei jenem Jungen, dessen Eltern davon überzeugt waren, dass er vom Geist seiner totgeborenen Schwester heimgesucht wurde.

Gelegentlich kommt auch das ein oder andere Kind

zu mir in Behandlung, weil ein Monster es nicht schlafen lässt. Manchmal kommt dieses Monster aus der Wand. Manchmal aus dem Schrank. Manchmal kommt es unter dem Bett hervor. Aber wo auch immer das Monster herkommen mag, es verkörpert dabei stets das, was das Kind am meisten fürchtet. Bisweilen jedoch gibt es ein weiteres Detail, das den Schlaf schwer macht – auch meinen eigenen: Manchmal versucht das Monster nämlich, ein Kind zu etwas anzustacheln, indem es behauptet, es, das Monster, sei in Wahrheit ein Kind, das nur in ein Monster verwandelt wurde, und es bittet sein Opfer, es zu befreien, weil es ein ganz normaler Mensch sei. Schlimmer noch, manchmal bin ich mir nicht sicher, ob diese Kinder überhaupt meine Hilfe suchen oder tatsächlich Kinder sind. Vielleicht sind sie Dämonen, die Joe ähneln und selbstgefällig ihr Werk dem einzigen Menschen vorführen, der weiß, was sie sind. Manchmal glaube ich, sie lachen mir hinter der Maske ihrer verängstigten und vorgeblich unschuldigen Kinderaugen ins Gesicht.

Aber was auch immer der Grund sein mag, warum die Kleinen mir ihre Geschichten über Dinge erzählen, die sie nachts in Angst und Schrecken versetzen, so bleibt doch die Tatsache, dass einige von ihnen definitiv einfach nur Kinder sind. Und diese schutzlosen, verzweifelten kleinen Wesen und ihre Familien sind die Menschen, derentwegen ich Mediziner bin. Denn im Gegensatz zu anderen Ärzten weiß ich, was auf dem Spiel steht. Vielleicht bin ich überdies paranoid, aber ich erinnere mich noch genau an die Worte des Monsters. Ich erinnere mich an den triumphierenden Ton in der Bemerkung »Keinem Wesen wie mir war es jemals möglich, Beute zu sein«. Und ich erschaudere angesichts dessen, was die vier ersten Wörter andeuten, denn mir ist klar, was sie mir sagen sollen: Was auch immer Joe sein mag, er ist nicht der Einzige. Es könnte eine ganze Spezies dieser Kreaturen geben, die neben uns existieren und denen erst jetzt bewusst wird, dass sie *unter uns* leben könnten.

Aber ich will verdammt sein, wenn ich es jemals zulasse, dass noch einmal eine dieser Kreaturen das Leben eines Kindes übernimmt. Und ich vermute, dass mein Misstrauen in den meisten Fällen gerechtfertigt ist, denn die Kinder, die angeblich wegen dieser besonderen Art nächtlicher Ängste zu mir kommen, brauchen selten eine zweite Sitzung, nachdem ich mit ihnen gesprochen habe.

Bis jetzt kennt nur Jocelyn diese Geschichte, und sie glaubt mir. Sie hat mich immer wieder gedrängt, ich solle die Ereignisse auch jemand anderem erzählen, und dabei war sie derart hartnäckig, dass ich manchmal den Eindruck hatte, sie verzehre sich geradezu danach. Bis vor Kurzem habe ich das stets abgelehnt.

Vor ein paar Monaten aber, bevor ich angefangen habe, dies hier aufzuschreiben, hat sie mir gesagt, dass sie schwanger ist. Und als sie mich jetzt bat, diese Geschichte öffentlich zu machen, hatte sie einen verdammt guten Grund.

»Ich möchte dich daran erinnern, was für ein guter Mensch du bist, Parker«, sagte sie zu mir. »Du scheinst nicht zu verstehen, dass du das Beste bist, was mir jemals passiert ist. Du begreifst nicht, wie frei ich mich mit dir fühle. Wie gerne ich der Mensch bin, der ich mit dir zusammen bin, trotz allem, was passiert ist. Und vielleicht wirst du das auch nie verstehen. Aber wenn du nicht weißt, dass du ein guter Mensch bist, wie kannst du dir dann zutrauen, ein guter Vater unserer Kinder zu sein? Vielleicht wirst du es schaffen, dir zu vergeben, wenn du diese Geschichte erzählst, wer weiß? Und außerdem, würde ein guter Mensch zulassen, dass die Welt auch weiterhin keine Ahnung von den Dingen hat, die du weißt?«

Als ich Jocelyn das sagen hörte, sah ich für einen kurzen Augenblick die Frau, in die ich mich verliebt hatte, hinter ihrem manischen, leicht schiefen Lächeln, das sie seit ihrer schweren Zeit aufsetzte. Und mit einer Einsicht, die mich traf wie ein Blitz, wusste ich, dass ich ihr diesen Wunsch nicht abschlagen konnte.

Also sitze ich hier, tippe diese Zeilen und bete darum, dass ihr mir glauben werdet. Aber wenn nicht, ist das auch in Ordnung. Ich bin nicht einmal sicher, ob ich mir selbst glaube oder es nur eine Episode einer viel umfassenderen Psychose ist, die mich eines Tages genauso verrückt machen wird wie meine Patienten. Aber wenn ihr selbst Eltern oder Psychiater seid und selbst Kinder oder Patienten habt, die euch dieselben Geschichten erzählen wie der wahre Joe, dann ist es meine Pflicht, euch als Mediziner wie als Mensch folgende Warnung mit auf den Weg zu geben:

Was immer ihr auch tun mögt, sagt euren Kindern nicht, dass die Monster, die sie sehen, nur etwas sind, das ihrer eigenen Fantasie entspringt, denn wenn auch nur ein kleiner Teil meiner Geschichte der Wahrheit entspricht, dann könnte es sein, dass ihr damit ihr Todesurteil unterschreibt.

Danke, dass ihr das hier gelesen habt.

Alles Gute,

Parker

Danksagung

Mein erster Dank gilt Jaime Levine von Houghton Mifflin Harcourt (HMH) Books and Media, die mir das Geschenk machte, eine Lektorin zu sein, der ich ohne jede Einschränkung mein Geistesprodukt anvertrauen konnte – im sicheren Wissen, dass sie es zurechtfeilen und angemessen verfinstern würde. Dank auch an Dr. Harrison Levine dafür, dass er die zahllosen Fragen eines begeisterten Amateurs zu psychiatrischen Methoden und Verfahrensweisen beantwortet hat. Alle Fehler stammen ausschließlich von mir oder waren wegen Joe für die Geschichte notwendig. Ebenso möchte ich Katie Kimmerer, der leitenden Lektorin bei HMH, und der Redakteurin Laura Brady danken. Darüber hinaus gilt mein Dank Wendy Muto von Westchester Publishing Services dafür, dass sie den *Angstsammler* durch all die kleinen Strömungen und Untiefen des Herstellungsprozesses begleitet hat.

Ebenso gilt bei HMH mein Dank Michelle Triant, die als Pressesprecherin all meine panischen E-Mails mit erfahrener Gelassenheit beantwortet hat. Dank auch an die für mich zuständige Marketingfrau Hannah Harlow; HMH-Verleger Bruce Nichols, HMH Editorial Director

Helen Atsma; Editoral Assistant Fariza Hawke; Tommy Harron und dem Audio-Team; darüber hinaus an Ed Spade, Colleen Murphy und die gesamte Verkaufsabteilung. Weiterer Dank an Ellen Archer, HMH Trade President; Lori Glazer, Senior Vice President of Publicity; Matt Schweitzer, Senior Vice President of Marketing; Becky Saikai-Wilson, Associate Publisher; Jill Lazer, Vice President of Production; Kimberley Kiefer, Production Manager; Emily Snyder, Design Supervisor; sowie Christopher Moisan, Art Department Director. Und schließlich geht mein nicht minder aufrichtiger Dank an Mark Robinson für seinen faszinierend klaustrophobischen und verstörenden Umschlagentwurf des Originals.

Dank an meinen Manager Josh Dove von Stride Management, der dieses Risiko mit mir eingegangen ist, bevor ich selbst glaubte, eine solche Chance zu verdienen; an meine Film- und Fernsehagentin Holly Jeter von William Morris Endeavor (WME), die mein Erscheinen im blendenden, glühend heißen Scheinwerferlicht Hollywoods ermöglicht hat; und an meinen Literaturagenten Joel Gotler von der Intellectual Property Group, der über meine Kreativität in der literarischen Welt wacht. Ebenfalls bei WME gilt mein Dank June Horton und Beau Levinson dafür, dass sie unermüdlich zu meinen Gunsten verhandelt haben und dabei *den Schling' und Pfeilen trotzten,* die für Hollywoods juristische Gepflogenheiten typisch sind. Dank an Ryan Reynolds und Roy Lee, die mein Leben für immer verändert haben, als sie beschlossen, mein kleines Monster auf die große Leinwand zu bringen.

Dank an die vielen Freunde, die mich zu einzelnen Figuren inspiriert und mich ermutigt haben, diese zu Papier zu bringen. Besonderer Dank gilt meiner Dungeons-&-Dragons-Gruppe (ihr wisst, wer ihr seid), die mich zuallererst dazu gedrängt hat, es einmal mit dem Schreiben einer Geschichte zu versuchen. Dank an McKenna, ohne den der Patient nicht diesen Namen hätte. Dank an meine Mutter, die meine Fantasie förderte, als ich ein Kind war, und die, anders als ich, nie den Glauben an sie verloren hat. Dank an Stephen, den Vater, den ich hätte haben sollen. Dank an Sophie, die mich unermüdlich gedrängt hat, meine Fertigkeiten als Schriftsteller zu verfeinern und stets fest an diese geglaubt hat. Dank an IHOP für den endlosen Strom an Eiskaffee, der mir beim Durchhalten half, als ich die ersten vier Kapitel dieser Geschichte schrieb und noch nicht daran dachte, sie mit irgendeinem Leser zu teilen.

Schließlich danke ich allen Reddit-Usern, die so positiv auf diese Geschichte reagiert haben, nachdem sie im Dezember 2015 ihr Teildebüt feierte. Ohne euch wäre *Der Angstsammler* nie beendet worden. Ohne euch wäre er nicht dort, wo er jetzt ist. Ohne euch wäre ich ein anderer Mensch. Aus tiefstem Herzen: Danke.

Anhang

Exklusives Interview mit Jasper DeWitt

1. **Wovor haben Sie am meisten Angst?**
   Tief in meinem Inneren habe ich am meisten Angst vor Verrat und davor, verlassen zu werden. Wahrscheinlich hat es etwas damit zu tun, dass ich von einem gewalttätigen und paranoiden Elternteil verlassen wurde, als ich noch ein Kind war.

   Und vor Würmern. Ich hab eine wirklich peinliche und völlig irrationale Angst vor Würmern.

2. **Wie gehen Sie mit Ihren Ängsten und Albträumen um?**
   Um ehrlich zu sein, betrachte ich meine Albträume wie eine Art Brainstorming für mein nächstes Buch. Was meine Ängste betrifft, versuche ich das, was mir Angst macht, zu beherrschen, indem ich es kreativ nutze. Offenbar funktioniert dies für einen Autor im Genre »Horror« ganz gut.

3. **Gibt es Erfahrungen aus Ihrer eigenen Kindheit, auf denen Josephs Albträume beruhen?**

Die Geschichte, die Joe über die Katze erzählt, die von seinem Vater im Wald ausgesetzt wurde, war etwas, das mein Vater wirklich getan hat. Glauben Sie mir, es fühlte sich wirklich gut an, das niederzuschreiben, wenn auch nur in der Fiktion. Außerdem hatte ich immer Angst vor einem Monster, das aus dem Zwischenraum meiner geöffneten Schlafzimmertür und der Wand kommt. Das Monster, vor dem ich Angst hatte, sah jedoch wie eine riesige, aus gefrorenem Eis bestehende Schlange aus. Daher kommt auch die Beschreibung von Joes Lachen in den ersten Kapiteln, das an einen berstenden Gletscher erinnert. Die Erfahrung, Angst vor dieser Kreatur zu haben und sich ständig unter der Decke zu verstecken, war so prägend, dass ich bis in meine Dreißiger brauchte, um ohne Decke über dem Kopf behaglich schlafen zu können.

4. **Welches Buch hat Sie in Ihrer Kindheit am meisten beeinflusst?**
   Oje, wo soll ich da nur anfangen? Wenn es um Kinderbücher geht, wahrscheinlich »Der Wind in den Weiden« von Kenneth Grahame und »Pu der Bär«von A. A. Milne. Als Jugendlicher beeinflussten mich die Harry Potter-Romane maßgeblich, bis zu dem Punkt, an dem ich manchmal denke, mein Schreibstil imitiert an einigen Stellen den von J. K. Rowling.

Aber was die Bücher angeht, die mich ins Horror-Genre geführt haben, war es vor allem ein kleines Buch mit dem Namen »The Young Oxford Book of Nasty Endings«, welches ich mit 12 Jahren aus der örtlichen Bücherei ausgeliehen habe. Die erste Geschichte in diesem Buch, »The Loony« von Alison Prince, handelt von einem Mädchen, das in ein altes Herrenhaus zieht, in dem vor Jahren ein psychisch krankes Mädchen gleichen Alters gestorben ist. Die Heldin wird in ihren Träumen vom Geist des kranken Mädchens gequält und schließlich in den Wahnsinn getrieben. Diese Geschichte hat mich so sehr traumatisiert, dass ich mir zwanzig Jahre später die Mühe machte, ein antiquarisches Exemplar des Buches auszugraben. Endlich konnte ich die Geschichte als reifer Horrorautor noch einmal lesen, und sie ist immer noch absolut brillant.

5. **Welche fiktive Figur würden Sie gerne sein?**
Nun, ganz klar niemand in »Der Angstsammler«! Aber was andere Literatur angeht wahrscheinlich Artemis Fowl. Ich habe das Gefühl, ich würde seinem Reich der Tricks und Täuschungen gerecht werden.

6. **Was war das letzte Buch, dass Sie besonders fasziniert bzw. bewegt hat?**
Da ich schon so viele Horrorbücher gelesen habe, fällt es mir schwer, an ein spezielles Buch zu den-

ken, das mich wirklich »bewegt« hat. Es ist ziemlich schwer, jemanden emotional zu packen und gleichzeitig noch zu erschrecken. Ein sehr gutes Beispiel dafür wäre »Psychopath« von Keith Ablow. Allerdings ist es schon sehr lange her, dass ich es gelesen habe, sodass ich jetzt kaum mehr davon erzählen könnte. Wenn es jedoch um Bücher geht, die mich faszinieren, fallen mir einige ein. Zurzeit arbeite ich mich durch »Das Haus Usher« von Robert McCammon und ich liebe es, wie es ihm gelingt, dieses zugrunde liegende Geheimnis zu erschaffen und jede Vorhersehbarkeit der Handlung zu vermeiden. Ebenso fesseln mich die Bücher von John Saul fast jedes Mal, wobei »Prophet des Unheils« und »Wehe, wenn sie wiederkehren« besonders hervorzuheben sind. Wenn wir in die Sphäre der Mangas eintauchen, kann ich mich nicht erinnern, wann ich das letzte Mal so sehr in eine Welt hineingezogen wurde wie in die von Junji Itōs »Uzumaki«. Dies war die überzeugendste Lovecraft-Umsetzung seit Lovecraft selbst. Ich fühlte mich völlig hineingesogen und war absolut ahnungslos, was als Nächstes geschehen würde.

7. **Welche Tageszeit ist für Sie am produktivsten zum Schreiben?**

Wann immer ich reichlich Koffein und/oder Alkohol konsumiert habe. Abgesehen davon entstanden einige meiner besten Arbeiten in den frühen Morgenstunden. »Der Angstsammler« selbst begann eigentlich als eine Art Ablenkung, wenn ich nachts nicht schlafen konnte. Ich ging zum All Night IHOP-Diner in der Nähe meines Wohnortes und schrieb daran.

8. **Was ist Ihr Lieblingsplatz zum Schreiben?**
Der Coffeeshop. Diese Art von Räumen erinnert einen daran, dass man da ist, um zu arbeiten, hart zu arbeiten. Vielleicht ist es auch das Gefühl ständiger nervöser Energie, die alle verströmen, die Koffein getankt haben.

9. **Welche drei Dinge sollten beim Schreiben auf Ihrem Schreibtisch nicht fehlen?**
Ganz klar mein Computer, mein Aschenbecher und meine Lieblingstasse mit Kaffee oder Tee.

10. **Was hat Sie dazu inspiriert, diesen Roman zu schreiben?**
Ironischerweise eine Therapie. Ich kämpfte mit Problemen wie Selbsthass und bemerkte, dass ich, wenn jemand etwas Negatives über mich sagte, das automatisch verinnerlichte und mich demensprechend verhielt. Es war egal, wie unbegründet es tatsächlich war, ich verhielt mich, als ob es wahr wäre. Ich begann darüber nachzudenken: Was wäre, wenn es eine Person gäbe, die sich buchstäblich in etwas Negatives verwandelt, nur weil andere dies über sie sagen? Mir wurde schnell klar, dass eine solche Figur

nicht mehr menschlich sein kann. So wurde »Der Angstsammler« geboren. Der Rest der Geschichte fügte sich dann irgendwie.

11. **Die formale Struktur Ihres Buches erinnert an Schauerromane wie Bram Stokers »Dracula«. Diente dieser Roman Ihnen eventuell als Inspiration?**
Wahrscheinlich auf unbewusster Ebene, da »Dracula« der erste Horror-Roman war, den ich damals mit 13 gelesen habe. Aber nein, bewusst diente er mir nicht als Inspiration für den »Angstsammler«. Das Buch, welches diese Geschichte wohl am meisten beeinflusste, war »Der Fall Charles Dexter Ward« von H.P. Lovecraft. Ich würde sagen, dass es mein persönliches Anliegen ist, den Horror aus der Zeit des Gaslichts herauszuholen und zu zeigen, dass die Themen dieses Genres selbst in der Welt der Smartphones unsterblich sind. »Der Angstsammler« war ein mühseliger, aber authentischer erster Versuch, dies zu beweisen.

12. **Es bleibt offen, ob das Monster Parkers Fantasie entsprungen ist. Wie sehen Sie das?**
Ich habe beabsichtigt, dass dies eine Geschichte wird, in deren Zentrum ein unzuverlässiger Erzähler steht. Noch jemand, der von Joe in den Wahnsinn getrieben wird. Damit die Pointe aber am Ende funktioniert, muss das Monster real sein und da-

rüber hinaus mit Parker, als dessen Frau getarnt, zusammenleben. Ich habe mir immer gedacht, dass Joe ein dunkles Spiegelbild von Parkers eigener Neugier ist. Wenn er sagt, dass er neugierig wie Parker ist, bedeutet dies, dass Joe, genauso wie Parker, zur Avantgarde gehört. Er war der Erste seiner Art, der neugierig genug auf die »Beute«, in dem Fall die Menschen, war, um unter ihnen leben zu wollen. Angesichts dieser Gemeinsamkeiten zwischen den beiden ist es sehr gut möglich, dieses Buch gleichsam als eine verdrehte Liebesgeschichte zu lesen, in der Parker und Joe beide auf das eine Wesen treffen, das sie selbst unter den widrigsten Bedingungen verstehen kann.

Es ist quasi »Die kleine Meerjungfrau«, aber mit einem mörderischen Geist als »weibliche« Hauptrolle. Ich selbst will mich dabei nicht auf diese Interpretation festlegen, aber ich freue mich darüber, dass sie existiert, wenn Sie die Geschichte als übernatürlichen Horror interpretieren und nicht als die Fantasie eines Verrückten. Aber nur weil ich diese Lesart bevorzuge, heißt das nicht, dass dies die einzig richtige ist.

13. Was das Genre Horror betrifft: Haben Sie Vorbilder?

O ja. Tatsächlich kam meine Entscheidung, selbst Horror zu schreiben, erst, als mir klar wurde, dass ich nicht mehr denselben Nervenkitzel empfinden konnte, wenn ich nur ein eifriger »Schüler« dieses Genres blieb. Im klassischen Horrorgenre habe ich die größte Ehrfurcht vor H. P. Lovecraft und M. R. James für ihre Fähigkeit, eigentlich lustige Bilder in Objekte des Schreckens zu verwandeln, wie z.B Fischmenschen oder das Klischee des »Bettlakengeists«. Ebenso bewundere ich sie für ihre umfassende Kenntnis der Mythologie. Ich kann außerdem sagen, dass ich nur davon träumen kann, eines Tages eine Vision zu erschaffen, die nur halb so gruselig ist wie die, die Junji Itō so mühelos zeichnet. Und was die verschlungene Handlung und die Schönheit der Sprache in einem eher zeitgenössischen Setting angeht, glaube ich wirklich nicht, dass man Peter Straubs unheimlichen literarischen Horror schlagen kann.

14. Woran arbeiten Sie momentan? An einem neuen Roman?

Ja, das tue ich! Ich arbeite am ersten Teil einer Serie. Ich überarbeite ihn gerade noch, aber während »Der Angstsammler« ein Liebesbrief an die Schreckensbilder von Lovecraft ist, ist dieses neue Werk eher eine Hommage sowohl an die klassische Geistergeschichte als auch an die Romane Daphne du Mauriers und der Brontë-Schwestern. Ich bin der Meinung, dass man sich irgendwann an jeder Art von Werk in seinem Genre versuche sollte. Diese neue Arbeit wird meine »Farbpalette« als Autor erweitern.